LES

UGUENOTS

D'ISSOUDUN

ÉPISODE DES GUERRES DE RELIGION EN BERRY

1562

PAR JUST VEILLAT

DEUXIÈME ÉDITION

REVUE ET CORRIGÉE PAR L'AUTEUR

CHATEAUROUX

NURET ET FILS, IMPRIMEURS-LIBRAIRES

72, RUE GRANDE, 72

1878

LES HUGUENOTS

D'ISSOUDUN

Châteauroux. — Typog. et Stéréotyp. A. Nuret et Fils.

LES

HUGUENOTS

D'ISSOUDUN

ÉPISODE DES GUERRES DE RELIGION EN BERRI

1562.

Par JUST VEILLAT

———

DEUXIÈME ÉDITION

REVUE ET CORRIGÉE PAR L'AUTEUR.

A. N. & F.

CHATEAUROUX

A. NURET ET FILS, IMPRIMEURS-LIBRAIRES

72, RUE GRANDE, 72

———

1878

AVANT-PROPOS

L'histoire qu'on va lire se passe en Berri, vers le milieu du XVIe siècle, sous la minorité de Charles IX, à l'époque où les guerres de religion ensanglantaient la France et la séparaient en deux camps ennemis.

Certes, en racontant ces événements, le philosophe, le critique et l'homme de parti pourraient facilement prouver que, de tout temps et dans tout pays, les crises politiques ou religieuses ont présenté les mêmes phénomènes, les mêmes illusions, les mêmes déceptions, les mêmes désastres.

D'une part, enthousiasme ardent, passions désordonnées, exubérance de systèmes contradictoires, folles ambitions, illusions sincères ou intéressées ; de l'autre, résistance énergique au nom de la raison, de l'expérience, de la tradition ou de la foi : intolérance des deux côtés. En dessous, la foule aveugle se passionnant pour tel ou tel parti, selon ses caprices, ses affections, rarement selon ses intérêts.

A l'appui de ces vérités, ils montreraient Lu-

1

ther, dans la première partie de sa vie, hardi révolutionnaire, prédicateur acerbe, tribun impitoyable, secouant le monde de sa parole, marchant au triomphe par tous les moyens, sans trêve ni merci; dans la seconde, alors que la victoire lui est acquise, praticien satisfait, fixant arbitrairement les limites du progrès, le personnifiant en lui-même, s'efforçant de tracer avec le compas de sa raison le point de section où doivent se rencontrer la réaction et le radicalisme de son temps.

Ils diraient son mépris pour Érasme le modéré, le conciliateur, le fusionniste, sa résistance à l'esprit progressiste et sacramentaire de Zwingle, de Carlostad et d'OEcolampade.

Ils présenteraient à son tour Calvin, élève raisonneur, fondant une école dissidente en France et à Genève, comme Luther, novateur ardent pour la conquête, comme lui furieux de personnalité, voulant plus tard poser un point d'arrêt au mouvement d'idées qui le débordent et brûlant Michel Servet qui gêne sa gloire et sa logique.

Ils compléteraient le tableau en faisant passer sous les yeux les eaux furieuses du torrent révolutionnaire, avec les anabaptistes de Munster, ces communistes, ces niveleurs d'un autre âge, dont le règne sanglant éclata comme un météore sinistre pour épouvanter le monde et lui servir de leçon.

Enfin, dans le lointain, à travers ces nuages d'où jaillissent la tempête, ils découvriraient le pays frappé au cœur, ravagé par les passions, et chercheraient d'un œil inquiet dans quel coin isolé a pu germer, pendant la tourmente, le grain du progrès et la magnifique récolte promise en son nom.

Pour moi, qui n'ai ni la puissance ni le désir de professer sur de tels sujets, de faire le procès du présent avec les exemples du passé, je laisse à d'autres ces tristes appréciations, le soin de rapprocher les faits, d'en tirer des inductions, sombre travail comparable à celui de l'anatomiste sur les cadavres, aux études du médecin sur notre éternelle infirmité.

Abordant l'histoire comme un simple spectacle mêlé de drame et de comédie, je me bornerai à raconter de mon mieux, et sans commentaires les événements de cette époque terrible, à réveiller l'écho plus ou moins redoutable qu'ils ont trouvé dans nos contrées ; je placerai la scène chez nous, à Issoudun, la ville celtique, la vieille capitale du Bas-Berri, la rivale de Bourges, et, sans entreprendre de reconstruire son histoire dès les premiers âges, de discuter son origine, ses médailles et ses monuments, je m'efforcerai de la retrouver telle qu'elle était à cette époque.

A ce propos, si je voulais pratiquer l'usage gé-
néralement admis, je devrais peut-être jeter ici
sur la toile une fougueuse pochade, haute en couleurs, vagabonde de contours et grimaçante de
pittoresque. Il faudrait peut-être, dans un cliquetis
de mots et d'images, bâtir une ville fantasque,
entasser l'un sur l'autre beffrois à horloge, tours
noircies, clochers à jour, pignons pointus, girouettes
criardes, auvents vermoulus, portes surbaissées,
fenêtres en ogive, enfin toute la fantasmagorie et
le bric-à-brac d'une décoration d'opéra ou d'une
page de roman.

Malheureusement ou plutôt heureusement, j'ai
là, sous les yeux, un honnête et véritable plan
d'Issoudun, pris sur nature par le naïf chroniqueur
du Berri, Chaumeau, en l'an 1566, c'est-à-dire
quatre ans après la date que j'ai choisie.

Devant ce vénérable tableau tout couvert de la
poussière du XVIᵉ siècle, tout jaune encore de
son vieux vernis, que vaudraient les peintures
de commande, les jeux d'ombres et de couleurs
plus ou moins frelatées et les sculptures de fantaisie?

Aussi, n'en déplaise au lecteur trop amateur de
faux pittoresque, je le renverrai à cette bonne et
saine description, inventaire exact, véritable carte
de géographie relevée sur place, pour la plus

grande intelligence des lieux et de la narration [1].

La consultera qui voudra. Quant à moi, qui n'ai
pas le don de seconde vue, je mettrai au moins ma
conscience en repos, et, renonçant à m'égarer dans
le dédale du romantisme et de l'imagination, je me
garderai de braver la sévérité du public, au moment où j'ai le plus besoin de son indulgence.

Châteauroux, le 9 juillet 1850.

1. Voy. l'*Histoire du Berry*, par Jean Chaumeau, seigneur de
Lassay, *advocat au siége présidial de Bourges* (pag. 254 et suiv.).
— Selon lui, la ville primitivement nommée *Ys*, se trouvant dominée
par le château (*Dun*), se serait appelée plus tard *Ys-sous-Dun*; ou
ou bien encore, elle aurait reçu le nom *Ypsoldun*; de l'Y grec (*ypsi-
lon*) ou *pairle d'or*, qui figure sur ses armes *en champ d'azur,
accompagné de trois fleurs de lys, une au chef, deux ès-flancs*.

De son côté, Catherinot croit qu'un certain *Auxilius* ayant été son
fondateur ou restaurateur vers l'an 350, *Exoldunum* n'est que la
corruption de *Auxiliodunum*. — Dans son dictionnaire celtique,
Bullet fait venir Issoudun de *Y-Kill-Dun*, signifiant *mont dans une
presqu'île* ce qui n'est pas la position de la ville). — D'autres enfin
supposent qu'un temple d'Isis, construit au pied de la butte du château, aurait enfanté le mot *Isis-Dunum*.

Ces différentes versions sont citées et discutées par M. A. Pérémé
dans ses *Recherches historiques et archéologiques sur Issoudun*.

Quant à son origine celtique, les nombreuses médailles trouvées
sur son emplacement ne laissent aucun doute. On peut s'en convaincre en consultant la belle collection, dont M. le capitaine Pays
s'empresse de faire si obligeamment les honneurs.

LES

HUGUENOTS D'ISSOUDUN

CHAPITRE PREMIER.

UN COURS D'HISTOIRE LOCALE ENTRE LA POIRE ET LE FROMAGE.

Dans la soirée du 20 juillet 1562, le digne propriétaire et régisseur de l'auberge de la Pomme-de-Pin, à Issoudun, maître Pierre Bureau, se tenait majestueusement appuyé sur le montant de sa porte, prêt à accueillir de son meilleur sourire, de ses plus doux compliments, le grand concours de chalands attirés dans la ville par les deux circonstances réunies du marché du jour et de la foire du lendemain, veille de Sainte-Marie-Magdeleine.

Depuis quelques instants, son regard perçant,

fixé dans la direction du pont, épiait avec sollicitude la marche d'un cavalier qui venait de débou-
cher dans le faubourg Saint-Patier [1], le caressant
tant qu'il se maintenait dans la droite ligne, s'as-
sombrissant au moindre crochet qui semblait devoir l'éloigner de la maison et de la bonne voie.

A mesure que le cavalier approchait, la figure
rubiconde de maître Pierre s'animait visiblement
et passait par toutes les nuances d'incertitude.
d'espoir et de joie qui accueillent d'ordinaire une
visite désirée et inespérée.

Enfin, quand le doute ne fut plus possible, quand
la jument blonde du voyageur eut frappé du nez
dans la porte de l'écurie, comme une vieille connaissance sûre de l'accueil et du gîte, le brave
aubergiste sortit de sa pose contemplative, décroisa
ses bras pour les lever au ciel en guise d'action
de grâces, ouvrit démesurément ses petits yeux
gris et s'écria avec épanouissement :

« Est-ce possible, monsieur Pinault, vous à
Issoudun ?

— Moi-même, père Bureau, moi-même.

— Par la messe ! je vous tenais pour mort depuis
un an.

— Pas encore, grâce au ciel.

1. Aujourd'hui Saint-Paterne.

— Vous avez donc oublié le chemin de la Pom-me-de-Pin ?

— Moi, oublier la Pomme-de-Pin, la meilleure auberge, et Pierre Bureau, le plus vaillant auber-giste du pays !.. oh ! que non pas.

— Alors on ne fait donc plus d'affaires à Châ-teauroux, les métiers de la rue de l'Indre ne mar-chent donc plus, les fabricants ne vont donc plus en foire ?

— Plus que jamais, mon compère ; les métiers battent jour et nuit, les draps se font et se vendent, les laines s'arrachent... mais que voulez-vous ? On se tourne d'un autre côté ; on traite avec Levroux, Argenton, Buzançais, Valençay, honnê-tes contrées, bien tranquilles, tandis qu'à Issou-dun, on n'est jamais certain du lendemain. Vous êtes de terribles gens avec vos disputes touchant le culte et la religion.

— Ah ! ne m'en parlez pas, la foi s'en va ; nous sommes menacés de devenir païens. Ces damnés huguenots renvoient les braves gens, ruinent le commerce... Je le disais bien, si l'on n'entend pas parler de maître Pinault, c'est qu'il veut vivre tranquillement chez lui avec de bons catholiques, et il a raison. Partant de ce principe, pourquoi êtes-vous venu nous trouver aujourd'hui ?

— Bab ! n'ai-je pas de vieux comptes à régler,

1.

des créances à recouvrer? Je me suis hasardé malgré ma femme ; j'ai voulu profiter du marché et de la foire, pensant que vous consentiriez à rester en paix pendant deux jours.

— Merci de moi, vous tombez bien ! juste au moment où la ville est à l'envers.

— Jésus, vous m'effrayez, compère ; aurais-je à me repentir d'avoir quitté la rue de l'Indre ?

— Dans quel monde vivez-vous donc là-bas ; ignorez-vous que c'est demain qu'on juge les gars de Diou et de Sainte-Lizaigne ? On espère, à cette occasion, quelque émotion dans les faubourgs.

— Diable ! je commence à regretter d'avoir été si entreprenant ; je suis vraiment inquiet de l'inquiétude que va en ressentir madame Pinault. J'avais bien ouï parler de cette affaire, mais j'étais loin de me douter qu'elle fût si sérieuse.

— Comment donc. c'est grave, très-grave. Affaire d'État entre les deux partis, chacun s'en préoccupe vivement.

— Peste soit de la circonstance et de sa gravité !

— Un peu de calme, mon cher monsieur; pendant que Baptiste conduira la blonde à l'écurie, passons à l'office, et, tout en soupant, je vous conterai l'affaire dès le commencement, pour votre plus grande instruction. »

Sur cette invitation fraternelle, et malgré ses perplexités, le triste drapier suivit l'aubergiste dans la grande salle commune, où bourdonnait une foule compacte de Berrichons de tout état et de toute couleur, fabricants, bourgeois, métayers et vignerons, accourus des quatre coins de la province, ébauchant déjà leurs marchés ou célébrant leur conclusion au milieu des pots.

Çà et là, derrière un pilier, dans l'embrasure d'une fenêtre, se voyaient encore quelques figures soucieuses, fortes têtes de l'endroit, agitant à voix basse les grandes questions du culte et de la politique, et développant la solution indigène à laquelle était attaché le salut du royaume.

A travers cette cohue, maître Pinault avisa bientôt bon nombre de vieilles pratiques arriérées, causes de ses mortelles inquiétudes et de ce malencontreux voyage. Désireux d'accrocher l'occasion et d'en finir avec Issoudun, il s'avança, la main tendue, le sourire aux lèvres et présenta sa supplique.

Les politesses, la poignée de main et le sourire furent scrupuleusement rendus ; mais pour le reste, chacun entonna la piteuse antienne du débiteur impuissant ou malveillant. A quoi songeait M. Pinault, avec ses réclamations intempestives, à une époque de perdition, où l'hérésie mettait en fuite les acheteurs, la confiance et les écus? Et vraiment il y avait lieu de s'étonner qu'un digne homme tel que lui se montrât si dur au pauvre monde, en ces pénibles circonstances.

A cette réponse lamentable, invariablement faite du même ton et dans la même forme, le candide fabricant battit en retraite, s'excusa de son mieux, et murmura dans un accès de désespoir :

« Toujours la même chanson! c'est donc la fin du monde, et que suis-je venu chercher à Issoudun?

— La chanson est triste, mais elle est vraie, fit sentencieusement Pierre Bureau. Allons, mon cher monsieur, placez-vous là, en face de moi, à cette petite table, attaquez-moi ce beau brochet de la Théols, ces écrevisses des prés de Chapitre et ce vieux vin de Crève-Cœur, tandis que, selon ma promesse, je vais vous déduire *ab ovo* l'histoire des gars de Sainte-Lizaigne, ne fût-ce que pour justifier le dire de ces braves gens et endormir vos chagrins.

— Ne faites pas attention, mon compère, j'ai pris durant la route une grosse migraine qui me coupe l'appétit. Mort de ma vie! faut-il... enfin... commencez.

— Pour lors, vous savez que, depuis tantôt cinquante ans, le royaume se divise en deux camps bien tranchés, celui des honnêtes chrétiens qui prétendent vivre et mourir dans la foi de leurs pères, sans en chercher plus long, et celui des huguenots maudits qui, sous prétexte de réforme, veulent tout renverser, depuis la messe jusqu'au pape.

— C'est une pitié.

— Vous savez encore que cette maladie, qui voyage en France, n'a pas épargné Issoudun, et que la vache à Colas y a posé son étable. Pourtant, notre sainte religion avait eu le dessus jusqu'alors et les hérétiques, traités selon leurs mérites, avaient été forcés de déguerpir et de se cacher.

— Ce n'était pas dommage, vraiment.

— Mais, depuis l'avénement de notre jeune roi Charles IX, un enfant de douze ans, ne voilà-t-il pas que sa mère, Madame Catherine de Médicis, l'Italienne, et le chancelier de l'Hospital, se sont mis en tête d'accommoder les deux religions, ont permis de discuter les articles de foi dans le colloque de Poissy et publié ce bel édit de tolérance, qui rend ces parpaillots si joyeux et si insolents. Dès lors, tout fut perdu ; M. Antoine Dorsanne, ce lieutenant-général de Satan, qui s'était prudemment réfugié à Genève, près de Calvin, se hâta de revenir ici, en compagnie de Jacques-Paul Spifame, l'évêque apostat de Nevers, reprit ses fonctions, encouragea ses coreligionnaires, si bien que la plupart des officiers de la ville, des avocats et des procureurs suivirent son exemple et se prononcèrent hautement pour la réforme.

— Voyez-vous cela !

— Bientôt le culte fut bouleversé, les processions ne purent sortir qu'à heure réglée, des prêches s'improvisèrent à chaque coin de rue, dans chaque jardin. En même temps, et sous couleur de corriger les mœurs, M. le procureur du Roi, François Arthuys, fit publier à son de trompe qu'il était interdit à toutes personnes de hanter les cabarets passé huit heures, de danser par la ville, de porter masques ni aller déguisés, et à tous joueurs d'instruments de les accompagner, sous peine de punition corporelle.

— Quel beau carnaval vous avez passé, mon compère, et combien vous avez dû vous divertir !

— Comme une chandelle au fond d'un puits, maître Pinault.

— Diable, cela ne se pratique pas ainsi à Châteauroux ; on s'amuse comme par le passé, à sa guise et sans que personne y trouve à redire. C'est tout au plus si l'on s'émeut au sujet des deux familles qui, depuis la mort du dernier Chauvigny, se disputent la seigneurie de Châteauroux. La rue de l'Indre prend bien parti pour les Latour-Landry contre la Grande-Rue qui soutient les d'Aumont, mais cela se passe tranquillement et en paroles, comme il convient entre citoyens paisibles, qui s'en rapportent à justice pour semblables décisions [1].

— Vous êtes bien heureux, vous autres. Mais tout cela n'est rien en comparaison de ce qui eut lieu à Bourges, où Spifame, après avoir joué son jeu chez nous, se rendit pour soulever les réformés et célébrer la Cène dans la grande salle du Palais, malgré l'édit de tolérance lui-même qui, tout en autorisant le culte dans les campagnes, le défendait formellement dans les villes.

— Jésus Maria! et que firent les catholiques?

— Ils voulurent bien montrer quelque peu les dents, mais leurs remontrances ne servirent qu'à irriter les huguenots qui menacèrent de livrer la ville et la grosse tour au prince de Condé, chef de l'armée hérétique et déjà maître d'Orléans ; ce qui finit par arriver, car vous n'ignorez pas comment, plusieurs mois après, la veille de la Fête-Dieu,

1. Ce procès, commencé en 1502, à la mort d'André III de Chauvigny, ne s'éteignit qu'en 1613, par la vente que firent les deux branches de leurs droits réciproques au prince de Condé (La Thaumassière; *Histoire de Berry*, page 561).

Bourges fut ouverte à l'âme damnée du prince, à ce Gabriel de Lorges, comte de Montgommery, le même qui tua le roi Henri II dans un tournoi ; comment ces mécréants se comportèrent, détruisant les images et les statues, tirant des coups d'arquebuse sur les sculptures de la cathédrale, qu'on a eu tant de mal à édifier et à tailler.

— Ce sont donc vraiment des suppôts de Satan ?

— Voyez plutôt, le lendemain du 28 mai, on désarma les catholiques ; un des ministres protestants, M. de Rovières, prêcha sur les marches de Saint-Etienne la destruction des images et le pillage des églises. Les arquebusades de la ville n'ayant pas assez agi, on abattit avec des cordes les grandes statues des saints qui garnissaient les niches de chaque portail, on les brisa à coups de marteau. Enfin, cette diabolique impiété arrivant à son comble, une voix s'éleva qui proposa de détruire la cathédrale elle-même.

— Abomination de la désolation !

— Oui monsieur Pinault, déjà le trou était pratiqué à la base d'un des énormes piliers qui sont à l'entrée de la grande nef, on allait y placer un baril de poudre, lorsque ces enragés furent détournés de leur exécrable dessein par la peur de s'engloutir eux-mêmes sous les décombres.

— Dans quel siècle vivons-nous, grand Dieu !

— Il serait trop long de vous raconter les horreurs commises par le capitaine Lorges, et par son digne lieutenant d'Yvoi, qui lui succéda dans le commandement de la ville. Que vous dirai-je ? On viola les sépulcres des saints et celui de la bonne duchesse Jeanne de France, dont les os furent brûlés et les cendres jetées au vent[1]. On ne respecta même pas notre saint archevêque, Jacques Leroy de Chavigny, qui, par suite de ses infirmités, n'avait pas quitté le palais épiscopal depuis quatre ans et à qui la peur rendit ses jambes de jeune homme.

— Peste, si ce n'était en si piteuse circonstance, j'y verrais un miracle fort heureux pour lui.

— De toutes ces richesses volées, on battit monnaie. Châsses précieuses, treillis d'or, ciboires et saints-sacrements, croix semées de pierreries, splendides ornements, tout cela fut vendu ou fondu.

— Miséricorde !

— Et les religieuses, donc !

— Quoi, les religieuses aussi ?...

— Oui-da, c'est bien autre chose, une horreur, mon cher monsieur !...

---

1. Jeanne de France, fille de Louis XI, répudiée par Louis XII son mari, ayant reçu en apanage le duché de Berry, s'était retirée à Bourges, où elle avait fondé le couvent des annonciades. Elle fut plus tard béatifiée.

— Vive Dieu! contez-moi donc cette horreur-là; je suis tout oreilles.

— Vous êtes honnête homme, maître Pinault, craignant Dieu, les saints et le diable?

— Je l'espère.

— Bon père, bon époux?

— Je m'en vante.

— Vous seriez désolé qu'il arrivât malheur à votre femme, à vos filles?

— Je ne m'en consolerais jamais. Eh bien?...

— Eh bien! Je n'ai pas la force d'achever; je ne vous dis que ça...

— Pas possible!

— C'est la pure vérité!

— Oh!!!

— Enfin la ville fut transformée en caverne de brigands, d'où les bonnes gens s'empressaient de fuir; on n'y voyait plus ces prêtres nombreux, ces religieux de toutes couleurs, ces grandes troupes de mendiants qui vivaient de l'aumône des couvents, si bien que maître Habert, le poëte issoldunois, a fait ces deux vers qui vivront longtemps :

> L'an mil cinq cent soixante et deux,
> Bourges n'a plus prêtres ne gueux [1].

[1]. Pour tous ces détails, voyez l'histoire de M. Raynal, tome IV, pages 35 et suivantes.

— Sainte Vierge, la ville la plus pieuse de France!

— Pour en venir à l'affaire qui nous occupe, vous pensez bien que tous les villages et bourgs circonvoisins, apprenant ce qui se passait là-bas, se mirent à redouter les huguenots comme la peste qui, dit-on, court également la France. Pour lors, les paysans s'imaginèrent de faire bonne garde chez eux et de veiller en armes nuit et jour, pour interdire l'entrée de leur territoire aux hérétiques.

— C'était de bonne précaution.

— Pas du tout ; c'est ce qui fit le malheur des gars de Diou et de Sainte-Lizaigne, vous allez en juger; car, ayant réussi au delà de ses désirs à Bourges, Spifame s'imagina de revenir à Issoudun nous porter le dernier coup. A la nouvelle de son retour, treize écervelés, la fine fleur de la jeunesse hérétique, entreprirent d'aller au-devant de lui, sous la conduite de Julien Jugand, le fils de ce vieux ministre endiablé. Ils s'avancèrent donc jusqu'à Sainte-Lizaigne, armés jusqu'aux dents, et s'installèrent en plein midi dans l'auberge du père Catherinot, le plus chaud papiste de l'endroit, riant et blasphémant sur les choses les plus saintes.

— Quelle audace!

— Oh! pour le coup, Catherinot, dont la patience n'est pas la première vertu, n'en fit ni une ni deux. Il courut chez le curé et le sacristain, se mit à sonner les cloches, et, en moins d'un quart d'heure, tous les gars de Sainte-Lizaigne furent sur pied, la fourche au poing, bien décidés à donner la chasse. Nos jeunes braves, voyant l'affaire tourner à mal, s'empressèrent de virer de bord, sans prendre le temps de payer leur écot. Mais le branle était donné, et les paysans les suivirent jusqu'à Diou au pas de course, en criant au *loup-garou*. Ceux de Diou, comprenant la chose, s'empressèrent également de sonner le tocsin et de prendre les armes, si bien que cette maudite engeance se trouva serrée par derrière et par devant, ayant à gauche le village, à droite la rivière.

— Diable! fâcheuse position, pour un général d'armée; comment s'en tirèrent-ils?

— Ils ne s'en tirèrent pas du tout, car, avant d'avoir pu se mettre en garde, ils furent appréhendés au corps et, sans s'en douter, poussés dans la Théols, où ils se noyèrent tous, à l'exception de Julien Jugand et d'un autre qui sont venus déposer de l'affaire.

— Mais, aucun de ces hérétiques ne savait donc nager? car la Théols n'est pas si large qu'en deux brassées...

— Les cafards prétendent méchamment qu'on les avait liés et garrottés deux à deux, d'où il résulterait que leur science natatoire aurait été insuffisante ; mais ce sont propos de mécréants.

— Malepeste ! la chose serait beaucoup plus grave...

— Sur la dénonciation des fugitifs, le lieutenant-général Dorsanne et le substitut du procureur du Roi, M. de Valenciennes, se transportèrent sur les lieux ; on saisit les prétendus coupables, et, sans autres formalités, on pendit, après lui avoir coupé le poing, un des gars de Sainte-Lizaigne, le garçon de Michelet le maquignon qui, dit-on, tapait avec une perche sur ceux qui s'approchaient de la rive.

—Dame, mon compère, c'était un peu dur en effet.

— Bah ! ces parpaillots ne méritent pas d'autre traitement. Quant aux autres, ils furent bel et bien mis en cage, pour être jugés plus régulièrement, et c'est demain, comme je vous l'ai dit, que chacun vide son sac. Vous comprenez que l'affaire est de haute importance pour l'une et l'autre religion. C'est tout ou rien, victoire ou défaite.

— Ainsi donc, vous pensez qu'il y aura remue-ménage ?

— Mort de ma vie ! j'y compte bien, et ce n'est pas moi qui irai mettre le holà.

— Jour de Dieu ! père Bureau, vous êtes devenu féroce et je ne vous reconnais plus.

— Affaire de religion, monsieur Pinault, on ne saurait être trop chatouilleux sur ce point.

— Et quels sont donc vos auxiliaires, vos co-religionnaires et vos ennemis ; comment se divise-t-on chez vous ?

— Voici : naturellement tous les braves gens sont pour les gars de Diou et de Sainte-Lizaigne, tous les scélérats se prononcent pour les noyés. Nous avons pour nous les jardiniers et les vignerons, bons royalistes et bons catholiques, voulant prier comme par le passé, détestant les réformes et les réformés ; de l'autre côté, il y a les corps de métiers qui se croient plus savants que leurs pères, quelques bourgeois inquiets, mal en affaires, puis les jaloux, les ambitieux qui ne sont contents de rien et espèrent pêcher en eau trouble. Ceux-là veulent substituer le prêche à la messe, détrôner le pape et le roi, enfin renverser le monde ; mais patience, on verra bien, et pas plus tard que demain...

— Mauvaise parole, Pierre Bureau, où cela vous mènera-t-il ?

— A en finir d'une façon ou de l'autre.

— Il aurait mieux valu ne jamais commencer.

— Possible, mais le vin est tiré, il faut le boire ; à votre santé, monsieur Pinault.

— A la vôtre, mon compère. »

En ce moment, un violent orage, mêlé de menaces et de jurons, s'éleva dans la cuisine ; maître Bureau dressa l'oreille et rougit, M. Pinault posa son verre et pâlit, la porte s'ouvrit avec fracas, et l'on vit apparaître un nouvel individu, dont l'entrée en scène mérite une mention toute particulière.

CHAPITRE II.

UN MOINE DÉFROQUÉ.

L'audacieux personnage qui, peu soucieux du tête-à-tête des deux amis, fit cette brusque invasion dans la salle, était un homme d'une cinquantaine d'années environ, pouvant passer, malgré cet âge déjà fort honorable, pour le type du soudard dans sa plus dure et plus radieuse expression.

Forte corpulence, œil ardent, teint fleuri, trogne écarlate s'épatant sur un visage insolent et brutal, rien n'y manquait. D'épaisses moustaches grises, semblables aux foudres de Jupiter, sillonnaient ses joues et remontaient vers le ciel, tandis qu'une immense royale, aiguisée en lame de poignard, balayait sa poitrine.

Son costume répondait merveilleusement à sa physionomie. Coiffé d'un lourd pot de fer, au bord duquel pendait, comme un oiseau démonté, un lambeau de panache, le drôle était embâté, par derrière et par devant, d'une espèce de cuirasse dépareillée, fixée tant bien que mal sur un justaucorps de buffle par de méchantes courroies, et rendant à chaque pas le bruit harmonieux d'une batterie de cuisine. Une énorme flamberge étalait à son flanc gauche sa formidable coquille, tandis que son fourreau s'égarait encore dans les profondeurs de la pièce voisine. Ses jambes cagneuses se perdaient dans de vastes bottes de cuir fauve, au bas desquelles grincait l'étoile rouillée d'un éperon large comme la meule d'un rémouleur.

S'arrêtant sur le seuil de la porte, notre sacripant prit une pose héroïque, promena un regard flamboyant le long des murailles, retroussa sa moustache, campa fièrement son poing sur sa hanche, et d'une voix retentissante :

« Maître Pierre Bureau, dit-il, sans vous commander.

— C'est moi, répondit celui-ci, quelque peu désorienté, malgré l'assurance traditionnelle de sa profession.

— Comment, c'est ce vieux ladre vert qui représente aujourd'hui Pierre Bureau, le joyeux compère d'autrefois, le fringant aubergiste du faubourg Saint-Patier? Ventre-de-loup, quel déchet !

— Pardon, digne soldat, mais je n'ai pas l'avantage...

— Cela ne fait honneur ni à votre vue ni à votre

cœur. Voyons, ne tremble plus, vieux paillard, regarde-moi dans le blanc des yeux, est-ce que cette face-là ne te dit rien?

— Attendez donc, mais si... pardieu!... quelle idée!...

— Allons donc...

— Quoi, vous seriez?...

— Sans doute...

— Frère Toussaint, le père gardien des Cordeliers, qui...

— Non pas, corne-de-bœuf! je suis aujourd'hui le capitaine Hémard; foin du froc et vive l'épée, toujours au service de Dieu et de notre sainte mère l'Église apostolique, catholique et romaine.

— Depuis quand avez-vous donc changé de nom et d'habit?

— Pardieu, depuis que je suis sorti des galères.

— Monsieur a été aux galères, fit maître Pinault d'une voix inquiète et flûtée?

— Pour vous servir, mon maître.

— En qualité de gouverneur, sans doute?

— Non pas, vraiment.

— Ou bien de gendarme du Roi?

— Pas davantage.

— Ou de garde-chiourme?

— Encore moins.

— A quel titre donc, vénérable capitaine?

— En qualité de galérien, mon compère.

— De galérien ! Jésus Maria !

— Sans doute. Quoi de surprenant là-dedans ?

— Dame ! c'est toujours étonnant de voir un galérien se vanter d'avoir été aux galères.

— Par les vertus du pape, il y a toujours lieu de se glorifier d'avoir souffert pour la bonne cause. Demandez à Bureau ; ou plutôt, je vais prendre en personne la peine de vous rassurer, ainsi que tous ces braves gens qui m'écoutent, et vous mettre à même de me rendre votre estime, naïf inconnu. Margot, un verre et une assiette ; ces dignes catholiques me sollicitent de m'asseoir à leur table et de leur faire raison avec ce bon vin d'Issoudun que j'ai tant fêté dans ma jeunesse. »

Ce colloque étrange, soutenu d'une voix éclatante, avait excité au plus haut point la curiosité générale, passablement éveillée déjà par l'entrée victorieuse du soudard. Dès le principe, toutes les conversations étaient tombées devant la sienne, tous les regards étaient restés invinciblement enchaînés à son geste, et quand, par ce dernier avis, le public se sentit directement pris à témoin, chacun s'empressa de faire galerie, curieux de connaître l'histoire passée et présente de ce singulier personnage.

Quand il fut pourvu des ustensiles nécessaires, sans s'émouvoir de cette attention qu'il interprétait comme un hommage rendu à son mérite, notre homme fit un instant trêve à la conversation pour attaquer le plantureux souper étalé devant lui et vérifier, à nombreuses reprises, si le vin de la Pomme-de-Pin n'était pas déchu de son ancienne gloire. Quand il eut mis sa conscience et son estomac en repos, il releva la tête, regarda ses convives ébahis, se renversa sur sa chaise et, la bouche à moitié pleine, s'adressa au drapier :

« Vous n'êtes pas d'Issoudun, à ce que je vois, Monsieur?

— Je n'ai pas cet honneur, capitaine.

— De quel pays êtes-vous alors, bon étranger?

— De Châteauroux en Berri, honnête galérien.

— Quel âge avez-vous ?

— J'aurai quarante-huit ans à la Saint-Michel.

— Avez-vous beaucoup voyagé?

— Très-peu, je ne quitte presque jamais la rue de l'Indre, où j'enrage de ne pas être à cette heure !

— Et que faites-vous dans ce réduit?

— Je suis fabricant drapier, fort connu dans la ville, bon père, bon époux.

— Alors, il n'est pas étonnant que vous n'ayez pas entendu parler du capitaine Hémard, encore moins de frère Toussaint.

— Il est vrai, respectable militaire, du moins ma mémoire me fait défaut à cet endroit.

— Je vais vous la rafraîchir aussi proprement que je me rafraîchis le cou avec cette rasade. Or, vous saurez décidément que frère Toussaint et le capitaine Hémard c'est tout un, et que cet unique personnage à deux faces, c'est moi. Oui, Monsieur, j'ai couru plusieurs carrières dans ma jeunesse, et voici par quelle circonstance je me vis forcé d'endosser la cuirasse et de poser le froc, que je me flatte de n'avoir pas déshonoré, n'est-il pas vrai, père Bacchus ?

— Jour de Dieu, vous faisiez un fier cordelier ; toutes nos femmes voulaient se confesser à vous et suivre vos sermons ; je crois encore vous entendre, disant de cette belle voix qui cassait les vitres : Chers frères et très-chères sœurs.

— Toujours flatteur, vieux Silène. Comme vous voyez, Monsieur, je n'étais pas sans quelque renommée, et mes sermons ne laissaient pas que d'être fort courus. Or, en ce temps, c'est-à-dire en 1538, Issoudun avait l'avantage de posséder dans ses murs la reine de Navarre, la célèbre Marguerite, la chérie, la mignonne du roi François Ier, qu'il avait apanagée du duché de Berri, une donzelle fort accorte, douée des charmes du corps et de l'esprit et ne se faisant pas faute d'en user,

2.

chantant comme Orphée, rimant comme Ovide, narrant des contes badins à damner les saints du paradis [1], mais par malheur entachée de ce satanique esprit de réforme, qui déjà commençait à nous envahir.

— Quel exemple ! Une princesse de France, sœur du Roi catholique...

— Que voulez-vous, affichage d'esprit fort, désir immodéré de célébrité, fort blâmable et fort critique; car, dans un de ses accès de zèle, ne s'imagina-t-elle pas de demander la réforme de notre couvent, sous prétexte qu'il était le réceptacle de tous les vices. Je vous prie de croire, honnête drapier, que c'était pure calomnie, et que les mœurs étaient irréprochables en toutes matières, puisque je me trouvais alors frère gardien de ce pieux établissement.

— Ce nous est une complète garantie, capitaine.

— Vous jugez si une telle accusation nous fut sensible. J'avoue qu'elle me porta au cœur.

---

1. La duchesse Marguerite contribua en effet à donner une vive impulsion aux sciences, aux lettres et aux arts qui illustrèrent le règne de François Ier. Entre autres œuvres, elle est l'auteur de l'*Heptaméron*, ou recueil de contes à la manière de Boccace, qui la rendirent si célèbre, sous le nom de la reine de Navarre, et la firent appeler de son temps la dixième muse.

Ventre-de-loup! taxer frère Toussaint et ses cordeliers de paresse, de gourmandise, de paillardise, des sept péchés capitaux enfin, cela dépassait toute permission. Aussi je dus m'en exprimer publiquement et, le dimanche suivant, en pleine chaire, je trouvai moyen d'insinuer dans une magnifique tirade que tous les réformistes du royaume devraient être mis au fond d'un sac et jetés à l'eau sans distinction d'âge, de rang ou de sexe, fussent-ils bourgeois, manants, princes ou princesses.

— Diable ! c'était un peu vert en effet.

— Il faut bien que cet avis ait été partagé par le roi François Ier, à qui la bonne duchesse porta ses doléances, car, sans plus ample information, il ordonna qu'on m'appliquât réellement et physiquement la peine un peu métaphorique que j'avais indiquée pour la princesse.

— Pourtant, à vous voir en si bonne santé, il y a tout lieu de croire que le jugement ne fut pas appliqué dans sa rigoureuse énonciation.

— C'est que l'exécution n'allait pas d'elle-même. Se frotter à frère Toussaint, au couvent des Cordeliers, peste ! on y regardait à deux fois. Les magistrats avaient vainement lancé plusieurs mandats; les gardes royaux hésitaient et demandaient quelqu'un pour les commander, lorsque, contre toute attente, un diable incarné, un parpaillot, que la peste crève ! s'offrit pour faire cette sale besogne, indigne de tout bon chrétien.

— Et quel était ce gaillard si résolu et si chanceux ?

— Pardieu, M. Denis du Jon, le troisième fils de Guillaume du Jon, sortant d'une des meilleures familles de la ville, ma foi; mais un cerveau brûlé, un casse-cou, ayant sans cesse la rapière en main et courant à tout propos les aventures scabreuses. Et où avait-il pris ces beaux principes, je vous le demande ? Aux universités de Bourges, de Poitiers et de Toulouse, où il passait sa vie dans les salles d'armes, au lieu de travailler le droit selon les ordres de son père, qui gémissait chaque fois qu'il parlait de son fils Denis, *sinon étudiant, du moins envoyé pour étudier à l'université de...*

— Il avait donc quelque vieille rancune contre vous, pour se charger d'une pareille mission ?...

— Ma foi non, c'était un de ces muguets attachés aux jupes de Madame Marguerite, espérant ainsi conquérir ses bonnes grâces et se mettre bien en cour. Pour lors, il se vanta de m'arrêter à la barbe de tout le couvent, si le Roi lui faisait l'honneur de lui en donner nominativement la commission. Ce qui arriva, par les cinq cents diables ! malgré les cris du peuple et les malédictions des frères ; car, il faut tout dire, c'était un luron décidé, insolent comme un page et robuste comme Goliath. Mille tonnerres, je le vois encore en pleine église, me plantant la main gauche sur le collet, tenant son épée de la droite, prêt à me trouer la bedaine, si je levais un doigt. J'étais jeune alors, peu habitué aux manières soldatesques, il fallut bien céder. Je fus saisi, hissé sur un baudet au milieu d'un peloton de gens d'armes, conduit à la tour et dirigé deux jours après vers un port de mer, où, pendant deux ans, j'eus l'agrément de ramer sur les galères du Roi ; car, sur les instances de la duchesse elle-même, on voulut bien m'octroyer cette douce faveur, au lieu de me jeter à l'eau comme un jeune chien aveugle... Voilà l'histoire véridique de votre serviteur et ses titres à votre estime, vertueux étranger.

— Et, depuis que vous êtes en liberté, avez-vous eu l'occasion d'adresser vos remerciements à M. du Jon ?

— Non, par le ciel ! bien que l'envie ne m'en manquât guère ; pourtant, cette belle expédition ne lui fut pas plus profitable qu'à moi ; car le peuple indigné s'ameuta contre lui, menaçant de le lapider et de brûler sa maison, si bien que, sur l'avis des notables, il dut quitter Issoudun où, depuis vingt-quatre ans, il n'est revenu qu'une fois pour

emmener à Bourges sa femme et ses enfants...
Mais, ventre-de-loup! fût-il au bout du monde,
nous nous reverrons un jour ou l'autre, et il me
le paiera, le mécréant.

— Pourvu que ce ne soit pas en même monnaie,
interrompit une voix dans la foule, dont le silence
avait jusqu'ici respecté la rhétorique du moine
défroqué.

— Qui a dit cela, s'écria celui-ci, roulant un œil
fulminant?

— Moi, répondit un jeune bourgeois de bonne
mine qui venait d'entrer, et qui, depuis quelques
instants, paraissait supporter impatiemment les
propos dirigés contre M. du Jon. »

Ébouriffé de cette rare audace, le soudard prit
cet air profondément méprisant d'un molosse qui
verrait une souris se lancer sur lui, et d'une voix
insolemment protectrice :

— Oui-da, mon jeune poulet, fit-il, à quel titre
et de quel droit chantons-nous si haut, si près d'un
vieux coq?

— Ce n'est pas un droit, Monsieur, c'est un
devoir.

— Expliquons-nous, mon jouvenceau.

— M. du Jon est mon parent.

— Bah! votre père, peut-être?

— Mon oncle, Monsieur.

— Un oncle à succession, sans doute. Et qu'avez-vous à nous conter de sa part, ami de mon cœur ?

— Qu'il n'est ni décent, ni courageux, ni prudent d'attaquer par derrière un homme que, de votre aveu même, vous n'avez pas osé regarder en face, frère Toussaint.

— Autre temps, autres mœurs, le cordelier a pris l'épée, frère Toussaint s'est fait soldat.

— Un vrai soldat n'insulte jamais un ennemi absent et sans défense.

— Sans défense, disons-nous ? Même quand il a pour le suppléer un si vaillant champion, un neveu si jaloux de son honneur. Car c'est à cette fin, je suppose, que nous avons pris la parole, mon chéri ?

— Certainement, Monsieur.

— Et que nous portons à notre côté ce précieux joujou, amour de ma vie ?

— Précisément.

— Voilà qui est bien. Il n'y a plus d'enfants aujourd'hui, et, puisqu'à l'école on vous apprend à jouer au soldat, je suis envieux de vérifier si les leçons ont été profitables, me réservant d'y joindre l'autorité de ma vieille expérience.

— Parlez moins et faites mieux, Monsieur, reprit le jeune homme, en portant la main sur son épée.

— Tout doux, mon camarade, je suis à vous.

— Un instant, Messieurs, s'écria l'aubergiste, ce n'est pas pour vous arrêter ni pour gêner la partie... Mais, au nom des principes qui régissent ma noble profession, je dois vous rappeler que nous sommes dans une hôtellerie, symbole de l'hospitalité, où chacun peut marcher à son aise, sans être inquiété, surtout à la veille d'une foire franche et quitte de tout tribut et exaction, par la grâce du roi Louis XI [1]. A cet effet, mon carreau est fraîchement lavé, mes nappes toutes blanches, ma plus belle vaisselle mise au vent. Un coup de maladroit est si vite lâché... Ne vous déplaise, vous serez beaucoup mieux dans la rue, en vue des fenêtres, et vous y gagnerez en spectateurs.

— C'est juste, mon compère, je suis véritablement attendri de cette sollicitude paternelle pour vos hôtes et vos poteries », dit le soudard en rejoignant le jeune homme, qui déjà l'attendait en dehors, l'épée à la main, au milieu d'un cercle épais de populaire, que de semblables occasions évoquent toujours comme par enchantement.

1. Des lettres-patentes de Louis XI, conservées aux archives de la mairie, accordaient en effet aux sept foires d'Issoudun les mêmes franchises et priviléges qu'à la ville de Bourges. (Voy. l'hist. de M. Raynal, tome III. p. 519.)

L'affaire s'entama sans retard et sans autres pourparlers.

Fort de son expérience, de la faiblesse présumée de son rival, protégé par son épaisse cuirasse, le capitaine, il faut le dire à sa louange, ne vit tout d'abord, dans cette rencontre, qu'une occasion innocente de corriger un novice et de montrer son savoir-faire.

En conséquence, il dégaîna d'un air magistral, passa lentement sa rouillarde sur sa manche de buffle, la fit plier sur le bout de sa botte, salua l'assistance et tomba en garde avec la précision mécanique d'un automate.

Fidèle à son rôle, il affecta de procéder par poids et mesures, déployant les grâces de son gros ventre, annonçant chaque coup, professant avant d'agir avec le pédantisme d'un prévot émérite dans sa salle d'armes.

Cependant ses loisirs ne furent pas de longue durée, car, peu à peu, s'apercevant que la pétulance de son élève devançait la démonstration, que la parade et la riposte arrivaient avant l'échéance, qu'il avait toujours sous le nez une lame subtile et menaçante, le digne capitaine dut rabattre de ses illusions. Bientôt, pressé par des arguments serrés et irrésistibles, il perdit la parole, abandonna ses poses et se convainquit

3

qu'il n'y allait plus de sa dignité, mais de sa personne.

Mais déjà il n'était plus temps, l'avantage était compromis ; son adresse et ses forces, dépensées en savants préliminaires, lui firent défaut, et au moment où, sentant le besoin impérieux d'en finir, il voulut pousser à fond, son bouillant adversaire se fendit également et lui administra en plein corps un terrible coup droit qui l'eût infailliblement transpercé, si la cuirasse ne l'eût détourné et fait glisser par dessus l'épaule, à une ligne de la jugulaire.

Pourtant, le mérite de cette botte redoutable ne fut pas complétement annulé par le hasard, car, dans ce choc simultané, la coquille du jeune bourgeois vint s'aplatir sur l'oreille du capitaine qui, cédant à l'impulsion, roula par dessus une borne voisine et s'épata sur le pavé, son casque d'un côté, sa flamberge de l'autre.

Au bruit de cette chute, l'aubergiste se précipita avec effroi, n'espérant plus relever qu'un cadavre et préparant *in petto* un bout d'oraison funèbre ; mais, déjà revenu d'un premier étourdissement, rouge de honte et de colère, frère Toussaint était sur pied, ramassait sa ferraille éparpillée dans le ruisseau, et criait d'une voix tonnante :

« Où est-il, le blanc-bec, que je lui taille des croupières ?

— Grâce à l'émotion générale, il s'est prudemment esquivé, répondit maître Pierre,

— Ventre-de-loup, bien lui en a pris, car sans cette maudite borne, je le clouais à votre porte comme un émouchet.

— Ma foi, ma loi, capitaine, vous n'êtes pas chançeux avec la famille.

— C'est ce que nous verrons, lors du compte général et final. Ah! ça, par quel lignage le drôle se trouve-t-il le neveu de du Jon!

— Vous n'avez pas oublié sans doute qu'en se retirant à Bourges, votre homme a laissé ici sa belle-mère et ses deux beaux-frères Claude et Gaspard Jugand.

— Je le sais et de reste, puisque je suis porteur d'un message important pour l'aîné, M. Jugand de Lavarennes, conseiller au baillage d'Issoudun, qui n'est pas de la vache à Colas, ce me semble.

— Loin de là, c'est un fidèle royaliste, avec lequel il y a tout profit, tout honneur à s'entendre.

— Mon étourneau serait-il son fils?

— Non, Dieu merci, c'est le fils du second, du vieux Gaspard l'hérétique.

— Tant mieux, je serais marri d'avoir maille à partir avec M. de Lavarennes, tandis qu'un huguenot... Pardieu, ajouta l'ex-cordelier, jaloux de changer la conversation et de dérober sa mésaventure aux regards narquois de la foule, cela me ramène tout naturellement à l'objet de ma mission, que cette sotte affaire m'avait fait oublier et qu'il importe cependant d'accomplir.

— Je vous écoute, capitaine.

— Mais ceci étant un grave sujet qui ne peut se traiter dans la rue, il convient de le reprendre entre amis, en se rinçant doucement le gosier qui commence à s'échauffer. Commandez donc à Babet de porter les pots en lieu sûr, loin des oreilles et du bruit et de fermer la porte à la barbe des parpaillots. »

CHAPITRE III.

AFFAIRE D'ÉTAT.

Quand l'aubergiste eut transmis ces ordres, en étouffant une légère grimace, on vint s'attabler de nouveau dans un cabinet isolé. Là, en guise de prélude, le bruit des verres retentit seul pendant quelques minutes, au bout desquelles le vaillant capitaine poursuivit en ces termes :

« Et d'abord, je suppose que nous sommes ici trois braves gens récitant notre *pater* en latin.

— Si je vous gêne, reprit maître Pinault, se levant avec empressement et faisant mine de s'esquiver.

— Au contraire, bon drapier ; car je vous tiens pour zélé catholique, ennemi juré de l'hérésie.

— M. Pinault est un modèle de religion et de vertu, fit l'aubergiste, désireux de garder un tiers dans l'entretien.

— Puisque vous avez la confiance de maître Pierre, je vous accorde la mienne sans hésiter et veux vous initier au complot.

— Comment, il y a complot! s'écria le fabricant de plus en plus perplexe?

— Tranquillisez-vous, mon brave, vous ne serez pas seul, car il faudra bien que chacun prenne parti. Ceux qui resteront au milieu recevront des horions des deux côtés.

— Miséricorde! soupira le malheureux, n'ai-je donc quitté Châteauroux que pour tomber dans une conspiration à Issoudun? Ah! madame Pinault, que diriez-vous de me voir en cette conjoncture?

— Savez-vous, maître Pierre, reprit le soudard, que vous êtes un des piliers de l'Église, un flambeau de la religion?

— Eh! eh! fit celui-ci en se frottant le menton.

— Ventre-de-loup! il n'est pas besoin de jouer la modestie; ne vous connaît-on pas à dix lieues à la ronde?

— Qui me vaut et me fait cette réputation? ajouta Bureau, commençant à s'engluer aux compliments.

— Une personne qui vous tient en grande estime et qui, voulant vous le prouver, m'a fait venir hier soir et m'a dit: capitaine Hémard, il existe à Issoudun un fidèle sujet du Roi, un vaillant champion de la foi, dont je désire connaître le sentiment, au sujet des graves événements qui se préparent dans le pays. Ce saint homme, ce digne orthodoxe n'est autre que Pierre Bureau, le respectable aubergiste de la Pomme-de-Pin. Allez donc vers lui de ma part, vous êtes fait pour vous estimer et vous comprendre.

— Oh! oh! vous me rendez confus; qui m'envoie toutes ces gracieusetés et cette ambassade?

— Un brave gentilhomme, un des plus zélés soutiens de la bonne cause, un député de la noblesse du Berri aux états généraux, que le roi de Navarre, lieutenant-général pour le Roi, vient de nommer gouverneur d'Issoudun.

— Pas possible! et c'est?

— Le seigneur de Sarzay, ni plus ni moins.

— M. Charles de Barbançois?

— Lui-même.

— Le fils d'Hélion de Barbançois, ce vieux chevalier qui frotta si bien le sieur de Veniers en un combat singulier, il y a quelque vingt ans?

— Précisément. Pardieu, cette affaire eut lieu à propos de votre seigneur de Châteauroux, auquel elle ne fait guère honneur, monsieur Pinault...

— Bah! fit le drapier.

— Vous êtes donc totalement enterré dans la laine, que vous ne sachiez rien des choses de votre pays? Ignoriez-vous qu'ayant été accusé par Sarzay d'avoir lâché pied à la bataille de Pavie, votre seigneur actuel, Jean de Latour, le fit citer devant le Roi pour justifier son dire. Sarzay en convint et dit le tenir des sieurs de Gaucourt et de Veniers. Cité à son tour devant le conseil, ce dernier nia avoir tenu le propos, sur quoi Sarzay répliqua qu'il en avait menti. Pour lors, vous sentez qu'il fallut en découdre, et le Roi le comprit si bien, qu'il leur permit de vider leur querelle à Moulins, en sa présence et en champ clos. Mort de ma vie, ce fut dit-on un grand spectacle de voir ce rude vieillard de soixante-dix ans, refusant que son fils le suppléât, disant qu'il était encore assez vert pour en frotter deux au lieu d'un, et en effet il étrilla son adversaire à tel point, que le Roi le voyant si mal mené, jeta son bâton de commandement pour arrêter le combat, ce qui n'empêcha pas Veniers de rendre son âme à Dieu quinze jours après [1].

— Malepeste ! ce fut une grosse affaire.

— Son fils Charles n'a certes pas failli à ces anciennes traditions d'honneur et de courage ; il y a six ans, bien en prit au roi Henri II de s'interposer dans une querelle qu'il eut avec le seigneur de La Bausse, car l'affaire de Moulins se fût renouvelée,

1. L'histoire a pour ainsi dire dressé un minutieux procès-verbal de ce mémorable combat juridique qui fut le dernier ordonné par les rois de France. Voyez M. Raynal, tome III. p. 334.

et il y aurait eu gros à parier que La Bausse ne s'en serait pas mieux tiré que Veniers. A l'exemple de son père Hélion, M. Charles de Barbançois est un fier gentilhomme, catholique ardent, brave comme son épée, intraitable en ce qui concerne l'honneur et la foi. Or, c'est lui qui m'envoie pour prendre votre avis et vous adresser ses compliments sur vos pieux sentiments, votre civisme et...

— Mon influence dans les faubourgs, ajouta l'aubergiste, se rengorgeant d'un air précieux ; ma foi, ma loi, il n'a pas tort et je ne faillirai pas à sa confiance. Allons, de quoi s'agit-il ?

— Vous qui voyez cela de près, vous connaissez mieux que moi le triste état de l'Église en Berri, depuis la prise de Bourges ; vous savez que Jean de Hangest, ou plutôt le capitaine d'Yvoi, parcourt le pays, le convertissant à Calvin avec le sabre et la torche, pillant, tuant et brûlant.

— Pardieu, j'en faisais à l'instant l'histoire véritable et lamentable.

— Oui, mais ce que vous ignorez peut-être et ce que je vous affirme, c'est que d'Yvoi, appelé par les réformés, marche sur vous avec cinq enseignes et deux cents chevaux, et sera avant peu dans la ville, si l'on n'y met bon ordre.

— Par les portes du paradis, en sommes-nous là, capitaine ?

3.

— C'est la pure vérité. Envoyé en éclaireur par M. de Sarzay, je puis vous en rendre bon compte. Déjà les châteaux de Saint-Florent et du Coudray sont entre ses mains. Rien ne s'oppose donc plus à sa marche, et, si vous n'y avisez, votre compte est tout réglé.

— Mais que faire, bonté divine ?

— Agir, mordieu, devancer l'ennemi.

— Comment cela ?

— Les huguenots appellent un hérétique endiablé, appelez un bon catholique à votre aide. Voilà l'affaire.

— Il faudrait en avoir un sous la main.

— Il est tout trouvé ; ouvrez vos portes à M. de Barbançois, il les tiendra bel et bien fermées à la face de d'Yvoi.

— Mais, sommes-nous encore à temps pour arriver ?

— On arrive d'abord, on réfléchit après.

— Il faut en outre un motif, une occasion.

— Vous l'avez, et magnifique encore.

— Comment ?

— N'est-ce pas demain l'affaire des gars de Sainte-Lizaigne ?

— Sans doute.

— Êtes-vous résignés à les voir condamner sans protester quelque peu et faire preuve de sympathie ?

— Non pas vraiment, puisque nous avons rendez-vous ce soir avec les gros bonnets des faubourgs, pour nous entendre à cet effet et organiser une démonstration... pacifique.

— Pacifique !... qu'est-ce que c'est que ça ?

— Ça signifie que, sans sortir de la légalité, nous témoignerons par notre tenue et nos observations de notre amitié pour les accusés ; cela s'appelle en tout pays une protestation pacifique.

— Eh bien ! si vous m'en croyez, votre protestation doit être énergiquement pacifique, c'est-à-dire appuyée de raisons solides et péremptoires.

— Oui, comme qui dirait d'un bâton d'épines, d'une fourche en fer et d'un quarteron de pierres en poche.

— A merveille. Peste ! M. de Barbançois avait bien raison de faire état de vous et de vous tenir pour un pilier de la bonne cause. Vous disiez donc qu'il y avait ce soir conférence avec les faubourgs ?

— Par la sang-dieu, vous allez en juger et faire votre partie ; Babet ! écoute, ma fille, Jean Sagot n'est-il pas venu me demander ?

— Pardienne, il y a trois quarts d'heure qu'il se chauffe les pieds dans la cuisine, vu que la fièvre le travaille, le pauvre cher homme.

— Et Thavenet-Lucas, le tonnelier ?

— Il est avec Baptiste à la cave, et regarde en

attendant si les fûts et le vin sont en bon état.

— Toujours obligeant. Et Patrigeon-Morin, et Luneau-Blanchard ?

— Ils tirent des allées devant la maison, arrêtant les vignerons pour leur demander des nouvelles de la vigne.

— Eh bien ! dis-leur de venir, et monte-nous un broc de ce bon vin de 1556 ; tu sais, le troisième poinçon à gauche.

— Pardon, fit timidement maître Pinault, quand Babet fut partie, pardon, mon compère, mais je finirais par être importun. Je crois utile et décent d'aller me coucher.

— Ventre-de-loup ! auriez-vous peur, mon petit drapier, reprit le capitaine, et voudriez-vous déserter après avoir surpris nos secrets. Par la mule du pape ! je n'aime pas les traîtres. Allons ! rasseyez-vous, et vivement !

— Eh ! eh ! dit le pauvre diable, s'efforçant de sourire et retombant anéanti, vous faites de moi ce que vous voulez. »

En ce moment les quatre faubouriens entrèrent d'un air solennel, comme l'exigeait leur haute mission et la gravité de la circonstance. Ils s'arrêtèrent en ligne le long du mur, devant la figure hérissée du capitaine Hémard.

« Approchez, mes braves, s'écria l'aubergiste

profitant du moment d'inaction pour faire les honneurs, ne craignez rien, nous sommes ici en famille. Capitaine, je vous présente quatre papistes dévoués, l'espoir d'Issoudun, ne connaissant que la messe et le Roi. Ce joyeux compère, gros, court, l'œil humide, le teint rubicond, c'est Thavenet-Lucas, dit l'Enfant, pas si simple qu'il le semble et que son nom l'indique. Son air bonhomme et presque niais cache une grande profondeur qu'il ignore lui-même. Après lui, vous voyez Jean Sagot, fervent catholique, que la foi et la fièvre dévorent, faible corps et grand cœur, l'oracle du faubourg Saint-Patier ; puis Patrigeon-Morin, le roi des vignerons du faubourg Saint-Jean ; il n'a qu'à dire un mot pour que trois cents hommes marchent sur ses talons. Enfin, ce vieil ours blanc qui complète les deux paires, c'est Luneau-Blanchard, le Nestor de la confrérie, le patriarche du faubourg de Rome, qui pèse et tranche les difficultés. Il sait tout, le vieux et le nouveau, ayant une mémoire d'ange et un œil de diable. Maintenant, dignes camarades, je vous présente à son tour le vaillant et respectable capitaine...

— Jour de Dieu ! interrompit le doyen des vignerons, pour qui me prends-tu donc, maître Pierre? Il n'était guère besoin d'aligner tant de paroles en l'honneur de Sylvain Luneau, pour lui supposer la

mémoire si courte et la vue si faible à l'endroit de
ses vieux amis. Par les os de saint Cyr, tu peux
te dispenser de me dire le nom du capitaine ?

— Comment, fit celui-ci, vous vous rappelle-
riez ?...

— Si je me rappelle le verbe de la foi, le martyr
de la religion, le père gardien des cordeliers, en un
mot notre cher frère Toussaint ! Je l'aurais dépisté
sous le collet crasseux d'un ministre hérétique.
Ah ça ! gamins, pourquoi restez-vous ainsi, un pied
en l'air et le bec ouvert, sans souffler mot, devant
ce saint homme du bon Dieu, qui revient des galères pour nous prêter main-forte à l'encontre des
parpaillots, comme il faisait autrefois, quand il
était cordelier.

— Je n'ai pas d'autre intention, père Luneau,
et, sous ce nouvel habit, sachez que je n'ai pas dé-
généré ; vous connaissez le proverbe :

> Monachus in claustro
> Non valet ova duo ;
> Sed quando est extra,
> Bene valet triginta.

— Sans savoir le latin, je vous crois sur parole.
Eh bien ! enfants, ne vous rappelez-vous plus cette
fameuse histoire que je vous ai contée vingt fois,
au sujet de la duchesse Margot, de M. du Jon et

de frère Toussaint ? Allons, faites-lui vos compliments, et promptement ! »

Malgré leur perplexité, les vignerons obéirent
de confiance, ôtèrent leur bonnet, s'approchèrent du
capitaine, dont ils baisèrent les mains en poussant
des cris de : Vive la messe ! vive frère Toussaint !

« Assez, assez, dit celui-ci ; il n'y a plus de
temps à perdre ; maintenant que la connaissance
est faite, il s'agit d'entrer en matière. »

Et il se mit à leur raconter minutieusement la
marche dé d'Yvoi, le danger qui les menaçait,
l'objet de sa mission et l'urgence qu'il y avait
d'exciter un mouvement à la faveur duquel on ou-
vrirait les portes à M. de Barbançois.

Cette combinaison obtint la bruyante approbation des assistants, à l'exception du désolé drapier
qui, maudissant le jour de sa naissance, aurait
voulu être à cent pieds sous terre ?

« Ainsi donc, reprit le capitaine, il est convenu
que tous les bons catholiques doivent assister demain leurs frères de Diou et de Sainte-Lizaigne,
les suivre à l'auditoire de justice et protester par
leur présence, du déplaisir que leur cause ce jugement inique. Voyons, Luneau, combien en con-
duirez-vous à la fête ?

— Quoique ce soit demain jour de foire, je
m'engage pour deux cent cinquante.

— Et toi, Sagot?

— Dame, malgré la fièvre qui me brûle, en m'entendant bien avec maître Pierre, je puis vous en promettre autant.

— Et toi, Patrigeon-Morin?

— Pour ne pas dédire le père Bureau, aucun vigneron n'ira aux vignes et nous aurons les trois cents au grand complet.

— Très-bien, et toi, Thavenet-l'Enfant?

— J'aime mieux dire moins que plus ; comptez toujours sur deux cents, non compris les femmes et les enfants.

— Parfaitement. En tout, au bas mot, huit à neuf cents. Ça suffit et de reste pour faire le coup. On dit que la ville est mal pavée et qu'il y a beaucoup de pierres dans vos vignes ; il n'y aurait pas de mal à en emporter quelques douzaines dans vos poches, cela contenterait les échevins.

— On le fera, frère Toussaint, on le fera.

— Ceux qui se sentiront un peu faibles, pour rester tout le jour sur pied, pourront se munir d'un bâton.

— On ne va pas autrement en foire.

— Si les femmes ont de la place dans leurs paniers, elles devront songer également au pavage.

— Bien entendu.

— Et puis, nous passerons demain la revue sur

les lieux, nous prendrons conseil des circonstances: l'occasion fait le larron, comme dit le proverbe. Mais il se fait tard, il faut que je vous quitte, car je n'ai rempli que moitié de ma mission. Il s'agit de mettre avec nous la bourgeoisie catholique, et j'ai là une lettre en bonne forme du seigneur de Sarzay pour le plus huppé de la bande, M. Jugand de Lavarennes, ainsi que je vous l'ai déjà dit.

— Il ne faut pas se tromper d'adresse, au moins; son frère Gaspard est le plus noir parpaillot que l'enfer ait vomi. Pour être du même nid, on n'a pas toujours la même plume.

— Soyez tranquille. Le capitaine Hémard est un vieux renard qui ne se laisse pas enfumer. Indiquez-moi seulement la rue et la maison.

— Pardieu, je passe juste devant la porte, en me rendant au faubourg de Rome, s'écria Luneau; venez avec moi, je vous y conduirai, capitaine.

— C'est pour le mieux; je vous suis, mon vieux camarade. Ah! ça, tout est bien entendu pour demain; à midi précis, sur la place de l'Auditoire.

— A midi.

— Le mot d'ordre?

— Barbançois et la messe.

— C'est compris.

— A demain.

— A demain. »

CHAPITRE IV.

LA MAISON JUGAND.

Il y a quelques années à peine, dans une des rues montantes qui avoisinent le vieux Château, on pouvait admirer encore un de ces rares échantillons d'architecture gothique, qui chaque jour disparaissent, pour faire place aux plâtreuses et informes constructions, où se reflète dans sa nudité le prosaïsme de notre époque.

C'était une de ces gracieuses maisons du moyen âge, pleines d'imprévu et de fantaisie, dont chaque pierre semble parler à l'œil et au cœur. Le temps et les hommes lui avaient été bien cruels : car c'était pitié de la voir avec ses portes muettes, ses fenêtres éventrées, regardant d'un œil terne sur la rue, pleurant ses richesses mutilées, tandis qu'à ses côtés des constructions nouvelles, soigneusement blanchies d'une chaux insipide, étalaient impudemment leurs toits rouges et leur contrevents verts.

Pourtant, malgré les injures de l'âge, malgré le

mépris du passant, dès qu'un regard d'intérêt se posait sur elle, la pauvre maison semblait retrouver son orgueil et sa coquetterie. Son pignon, hardiment taillé en fer de lance, découpait sur le ciel ses fines dentelles, ses girouettes rouillées grinçaient joyeusement sur les poivrières des tourelles, la muraille faisait saillir au soleil ses merveilles ruinées, une vie factice lui revenait ; car elle sentait que, sous ses rides, l'œil d'un ami cherchait et interrogeait sa jeunesse.

C'est qu'en effet, parmi les trésors d'architecture qui, au temps de sa gloire, décorèrent la ville d'Issoudun, et dont on retrouve çà et là des perles égarées, la maison Jugand pouvait à juste titre réclamer le premier rang. C'est qu'à l'époque de notre récit, elle brillait intacte et respectée dans toute la force de l'âge et de la beauté.

Alors la pierre étalait ses vives arêtes, ses gracieuses colonnettes, telles qu'elles étaient sorties de la main du sculpteur ; les fenêtres vivaient et lançaient à travers les vitraux peints un regard lumineux et intelligent.

Une jeune vigne, courant le long des murs, mêlait ses pampres verts aux feuillages touffus de la pierre. La petite porte discrète, encadrée dans une ogive précieuse et une profusion d'ornements fleuris, semblait cacher un trésor d'intimité. A son front, un écusson surmonté d'une riche couronne figurait une île au milieu de la mer, avec cette légende enroulée sur une longue banderolle : *hic felicitas, dolor, vita, obitus*[1].

En effet, pour ceux qui l'habitaient, cette demeure était bien véritablement la patrie, l'univers, l'oasis où ilsd evaient cacher leur bonheur et leur peine, où ils devaient vivre et mourir.

Profitant du talisman accordé à l'historien et au romancier, nous devancerons le capitaine Hémard, pour introduire le lecteur et pour arriver furtivement jusqu'à la salle basse occupée d'ordinaire par la famille.

C'était une vaste chambre à coucher, d'aspect sévère et doux à la fois, un de ces réduits intimes tels qu'on aimait à s'en créer à cette époque malheureuse, tel qu'on en retrouve encore dans quelques coins isolés de la Flandre ou de la Hollande.

Le feu de la cheminée, qui seul l'éclairait pour l'instant, complétait l'illusion et en faisait un de

---

1. Il existe encore, rue Berthier, un spécimen assez entier et bien conservé de cette fine architecture du XVe siècle. C'est une ancienne maison, servant aujourd'hui de presbytère. Ses fenêtres, découpées à compartiments, sont pleines d'élég ance ; sa petite porte surbaissée, également entourée d'une ornementation délicate, est enrichie d'un blason, sur lequel on voit une colombe tenant dans son bec une branche d'olivier. Ce blason est surmonté lui-même d'une couronne d'où s'échappe un double ruban avec cette légende : *Espérance.*

ces tableaux pleins d'ombres et de lueurs mysté-
rieuses, si magiquement reproduits par le pinceau
de Rembrandt.

Des meubles de bois sculpté, recouverts d'une
vénérable tapisserie, rehaussés de clous dorés, déroulaient dans la pénombre leurs spirales et leurs
fantaisies. Un grand lit à colonnes, surmonté d'un
baldaquin artistement travaillé, abaissait ses rideaux de damas sur une couchette déjà préparée
pour le sommeil.

Sur le panneau opposé, les dressoirs étalaient
avec orgueil le trésor domestique, plats d'argent
et d'étain, verreries, poteries et émaux aux splendides couleurs, aux formes bizarres, où venaient
s'allumer de tremblantes étincelles.

D'un plafond décoré de poutrelles et de caissons,
descendait un lustre de cuivre poli, destiné aux
grandes occasions, mais qui depuis longtemps ne
brillait que de l'éclat naturel de son métal et des
reflets empruntés au foyer.

Le long des murailles, tendues de cuir estampé,
se voyaient quelques portraits d'aïeux tracés par
la main naïve d'un Porbus berrichon. Au-dessus
de la cheminée, ayant à ses pieds l'eau sainte et le
buis bénit, le Christ tordait ses bras d'ivoire sur
une croix d'ébène et, malgré son agonie, semblait
veiller sur la maison.

Au parfum d'intimité et de recueillement répandu
dans cet intérieur se joignait pour l'instant un silence profond que charmait seul le bruissement
monotone de la bouilloire et le chant du grillon
familier.

Et cependant, sur le fond lumineux du foyer se
dessinaient nettement quatre silhouettes humaines,
dont l'immobilité et le mutisme contrastaient singulièrement avec les ombres gigantesques qui dan-
saient au plafond et sur les parois des murailles.

Au premier aspect, ces figures droites et rigides
sur leurs siéges, privées en apparence du sentiment
de la vie, semblaient avoir été surprises au milieu
d'un entretien par la baguette d'un magicien ou
poser scrupuleusement pour la mise en scène d'un
tableau de genre devant quelque grand peintre.

Pourtant, après un moment de réflexion, on eût
facilement deviné la cause de cette fixité et de ce
silence obstiné. En s'approchant avec soin, de
manière à profiter de la clarté du foyer, on eût
aperçu, affaissée dans un immense fauteuil, une
pâle et vénérable dame, dont le sommeil avait bien
véritablement suspendu les facultés avec les souffrances qui se lisaient sur son visage décharné.

Un chapelet passé à son bras, un livre entr'ouvert à ses pieds, indiquaient que la prière du soir
avait été interrompue tout à coup ; et l'attention

religieuse des autres personnages, dont le geste
et la parole avaient dû s'arrêter au même instant,
témoignait de leur respect pour cette heure de
repos envoyée par la bienfaisante nature.

En face de la vieille dame, deux jeunes filles,
deux têtes blondes, brillantes des couleurs vivaces
de la beauté, se tenaient serrées l'une contre l'autre
dans l'attitude du recueillement. L'une d'elles ten-
dait son regard humide et plein d'anxiété vers la
malade, tandis que l'autre, le doigt sur les lèvres,
imposait silence à un grand chien lévrier, dont elle
pressait sur ses genoux le museau allongé.

L'intelligente bête, magnétisée par cet ordre
muet, se conformait à l'immobilité générale ; seulement, son œil vague et inquiet courait de l'un à
l'autre pour demander la cause de ce silence, tandis
que le chat égoïste, le nez appuyé sur les cendres,
mêlait son ronflement monotone aux accents de la
bouilloire et du grillon.

Le quatrième personnage était un vieillard d'aspect candide qui, les mains jointes, le souffle
retenu, eût volontiers représenté la statue de la
patience et de la résignation.

Ce spectacle, si simple en apparence, avait pourtant quelque chose de solennel qui dominait les
acteurs eux-mêmes. Chacun tremblait que le plus
petit accident, le craquement d'un meuble, le pétil-

lement du feu, le moindre bruit discordant, ne vînt troubler ce silence harmonieux, ce calme ineffable, ce sommeil de l'âme et du corps, seule et suprême volupté dans laquelle la douleur se berce et voudrait s'endormir pour l'éternité.

En ce moment, un violent coup de marteau ébranla la maison.

Chacun tressaillit, comme s'il eût été frappé d'une décharge électrique. Le chien furieux se précipita en jappant ; le chat, troublé dans ses rêves orientaux, fit un bond désespéré et se sauva sous le lit.

« Ah ! mignonnes, murmura la vieille dame rendue au sentiment de la réalité et de ses souffrances.

— Ah ! pauvre maman, s'écrièrent les jeunes filles, un si bon quart d'heure, si doux et si court !

— Quel est donc le brutal sans respect et sans pitié, grommela le vieillard. »

Mais avant d'aller plus loin, il importe de faire l'inventaire du logis et d'en décrire les habitants.

Parmi les familles les plus anciennes et les plus honorables d'Issoudun, on pouvait sans contredit placer en première ligne celle des Jugand, dont les mœurs patriarcales et les vertus traditionnelles étaient, pour ainsi dire, devenues proverbiales. La demeure où nous sommes avait vu se succéder plusieurs générations dans cette union et cette honnêteté qui deviennent à la longue une véritable noblesse.

Naître, vivre et mourir sous le toit de son père, en continuant ses exemples, telle était l'unique ambition d'un Jugand. C'était à grand'peine, s'il s'éloignait dans sa jeunesse pendant deux ou trois ans, pour aller puiser aux universités les notions de droit et de politique, qui le mettaient à même d'occuper une place distinguée dans la magistrature locale. Après cette absence exceptionnelle, il ne quittait plus sa ville natale, où, respecté de tous, il devenait à son tour un modèle de vertus publiques et privées.

Jusqu'alors, cette gloire modeste et solide n'avait cessé d'être l'apanage de la famille; mais, hélas! depuis quelques années, les choses avaient changé tout à coup; les austères traditions s'étaient envolées au souffle des passions du jour, et cette maison, naguère habitée par le calme et les douces affections, était devenue un foyer brûlant de haines fratricides.

Placée, pour peu de temps hélas! à la tête de la famille par le triste privilége de son grand âge, Anne Jugand succombait aux chagrins que lui causaient les divisions de ses deux fils, Claude et Gaspard, et le sort de sa fille Jacqueline.

Cette dernière, objet de toutes ses affections,

4

s'était mariée, il y avait plus de vingt ans, à
M. Denis du Jon, ce hardi gentilhomme qui, en
arrêtant frère Toussaint, avait amassé sur sa tête
la colère populaire et s'était vu forcé de quitter
Issoudun avec sa femme et ses enfants.

Cette cruelle séparation avait d'autant plus
frappé au cœur la pauvre mère, qu'il ne lui restait
guère de consolations à espérer du côté de ses
fils.

L'aîné, Claude Jugand, sieur de Lavarennes,
non content de rester fermement attaché à la foi
catholique, s'était déclaré l'ennemi violent de la
réforme et des réformistes.

Gaspard, au contraire, avait, dès sa jeunesse,
puisé à l'université de Bourges un enthousiasme
ardent pour les principes nouveaux. C'est là que,
lié d'étroite amitié avec Calvin et Théodore de
Bèze, il s'était fait comme eux élève passionné
d'Alciat et de Melchior Wolmar. Plus tard, il avait
suivi le grand réformateur à Genève, et n'était
revenu à Issoudun que revêtu du titre et des fonctions de ministre de l'Église protestante [1].

On conçoit dès lors quelle antipathie profonde

---

1. En 1531, Jean Calvin de Noyon, qui plus tard devait être si célèbre, vint étudier à l'université de Bourges : il avait vingt-deux ans,
et, malgré sa jeunesse, était curé de Pont-l'Évêque. (*Histoire du
Berri*, par M. Raynal, tome III, page 307).

avait dû naître entre les deux frères qui, vivant sous le même toit, s'irritaient journellement et se rendaient mutuellement odieux le foyer domestique.

Cependant, un reste de tradition, le respect dû à leur mère mourante, le mauvais exemple qu'ils lègueraient à leur famille, les retenaient encore et les empêchaient d'arriver trop brusquement à un éclat.

En effet, dans la maison se trouvaient trois enfants, dont la tendresse rivale était une suprême consolation pour la pauvre grand'mère.

C'étaient d'abord deux charmantes demoiselles, deux cousines, Ursule et Louise, l'une fille de Claude Jugand, l'autre de madame du Jon qui, depuis trois ans, l'avait confiée à son aïeule pour tromper sa douleur et faire oublier son absence.

Douées d'une grande beauté, courant toutes deux sur leurs seize ans, ayant yeux bleus, cheveux blonds et bouche vermeille, elles se ressemblaient à tel point qu'on les eût cru plutôt sœurs jumelles que cousines. Cette grande ressemblance physique, qui faisait l'orgueil et la joie de la vieille dame, était loin de se reproduire moralement, car leurs caractères, bien qu'également aimables et sympathiques, affectaient des nuances diverses et presque opposées.

A une douceur et une patience angélique, Ursule alliait une certaine ténacité de principes, une
exaltation pieuse approchant du mysticisme, qui
la faisaient vivement souffrir des événements du
jour ; tandis que Louise, folle et rieuse, semblait
avoir reçu de son père, Denis du Jon, une affecta-
tion de tolérance pour les deux religions qui, par
ceux-ci, était regardée comme une coupable con-
descendance, par ceux-là, comme de l'impartialité,
par d'autres enfin comme un scepticisme impar-
donnable dans une jeune fille.

De plus Gaspard, qui s'était marié le premier,
bien qu'étant le plus jeune, avait un beau garçon
de vingt ans, nommé Julien, que l'aïeule confon-
dait avec ses cousines dans la même affection.

Quoique de religions différentes, ces enfants
n'avaient pas hérité des haines paternelles, soit
qu'effrayés par cet exemple, ils en eussent reconnu les tristes conséquences, soit qu'un sentiment tendre et inavoué, un échange journalier de
sympathies, eussent captivé leurs âmes.

Pourtant, malgré ses douces apparences, Julien
tenait de son père cet esprit aventureux qui court
les idées nouvelles avec d'honnêtes illusions et par
amour de l'art, mais qui plus tard se change en orgueil indomptable et en fanatisme.

Plus d'une fois, on avait appris au logis que le

jeune cousin apportait déjà une grande vivacité dans ses relations extérieures, dans les discussions politiques et religieuses. Dernièrement encore, n'avait-il pas failli perdre la vie à cette déplorable affaire de Diou, ne devait-il pas figurer dans les débats qui allaient s'ouvrir à ce sujet? C'était vraiment un grand chagrin pour ceux qui l'aimaient. En son absence on s'en désolait, on se promettait de lui faire la leçon au retour, de le convertir à la patience, à la tolérance, vertus négatives, il est vrai, mais fort sages en ces temps de perdition.

Mais une fois rentré, il était si caressant pour la vieille mère, si tendrement affectueux pour ses cousines, que le reproche tombait des lèvres pour faire place aux douces causeries du coin de feu. Et dans le fait, ne valait-il pas mieux éluder ces discussions stériles, où l'on ne persuade jamais, où l'on s'irrite toujours, plutôt que d'attrister les seuls et derniers moments de joie que le ciel envoyait?

Cependant, si quelque tempête inévitable venait à poindre entre le fougueux Julien et la pieuse Ursule, pendant le sommeil de la malade ou dans quelque coin retiré, aussitôt la folâtre Louise y jetait l'interrogation de son œil railleur, détruisait par quelques moqueries bien pointues les

4.

grosses récriminations des combattants, et finis-
sait par réunir, dans un rire commun, Ursule la
romaine et Julien l'*hérétique* qui, une fois raccom-
modés, s'empressaient, en lui rendant surnom
pour surnom, malice pour malice, de se venger de
Louise la *païenne*.

Sages enfants, dont les élans naïfs auraient dû
servir de modèle à leurs pères et les empêcher de
s'abriter dans une haineuse dignité.

Tel était le personnel de cette famille dont nous
ne connaissons que la moitié, c'est-à-dire les trois
femmes ; car le vieillard que nous avons entrevu
au coin du feu, en leur compagnie, n'était autre
qu'un ancien ami, un bon voisin, maître François Habert, le poëte.

Oui vraiment un poëte berrichon, un poëte issoldunois, élève et admirateur de Clément Marot,
homme de candides rêveries, heureux d'un rien,
malheureux de tout, fêté de chacun, et maugréant
à chaque instant contre le sort.

Ce qui était grande injustice, car si la postérité
se fût montrée aussi bienveillante que ses contem-
porains, maître Habert serait sans nul doute encore
aujourd'hui une des plus belles gloires du Berri.
Triste retour des choses d'ici-bas !

Comblé de bienfaits par François Ier, Henri II,
Catherine de Médicis et par les deux duchesses,

il avait fait longtemps l'orgueil et les délices des
notables d'Issoudun, avec qui il était en échange
perpétuel de petits vers et de coquetteries épisto-
laires [1].

Pourtant, cette grande faveur, cette rare célébrité avaient bien décliné depuis quelques années ;
car après le départ de la dernière duchesse, quand
les graves préoccupations, les querelles religieuses
remplacèrent les innocents plaisirs de la petite
cour d'Issoudun, le pauvre poëte se vit tout à
coup négligé, délaissé, oublié.

Revenant avec plus de force que jamais à ses
idées mélancoliques, il recommença à injurier le
sort, et put cette fois répéter avec raison les deux
vers de sa devise :

> Puisque fortune incessamment me blesse,
> Nommé je suis le *Banny de liesse*.

Cruellement rejeté des hauteurs de la gloire, il
dut chercher des consolations plus modestes dans
l'admiration obstinée de quelques fidèles amis.
Ce fut alors qu'il devint le visiteur assidu de la
vieille dame Jugand, avec laquelle il échangeait

---

1. Voir la curieuse notice donnée par M. Pérémé, page 337, sur
la vie et les œuvres de François Habert, né à Issoudun de 1515 à
1520 et mort en 1574.

force regrets sur les choses d'autrefois, force sou-
pirs sur les choses du jour.

C'est précisément pendant une de ces visites
quotidiennes, au milieu d'une de ces excursions
dans le passé, que nous avons pris la liberté d'entrer avec le lecteur et de jeter un regard indiscret
dans la famille où doivent se dérouler les principaux tableaux de notre drame.

Au moment où le brusque appel du marteau
avait rompu le calme solennel qui régnait dans la
maison, une vieille servante effarée était apparue
sur le seuil de la chambre, un flambeau à la main,
en s'écriant :

« Jésus ! mes chères demoiselles, qui nous
vient à cette heure ? M. Claude et M. Gaspard
sont chacun dans leur chambre, travaillant à
leurs grimoires, notre jeune maître a sa loque-
toire, et d'ailleurs, quand il rentre, il ne fait pas
plus de bruit qu'un chat marchant sur des
œufs.

— Vas-y voir, ma bonne Solange, c'est le meilleur moyen de le savoir, répondit mademoiselle
Louise.

— Sans doute ; mais je n'ose. Au temps où nous
sommes, il n'est guère prudent d'ouvrir sa porte
passé huit heures.

— Je vais t'accompagner, reprit maître Habert ;

à nous deux nous intimiderons, j'espère, les galants ou les voleurs.

— C'est évidemment quelque étranger, observa la vieille dame, pendant que la servante et le poëte se dirigeaient vers la porte, car chacun, connaissant mon état, évite de venir si tard et surtout de frapper si fort. Eh bien! Solange, qu'y a-t-il?

— Il y a, qu'à mon avis, ce n'est rien de bien rassurant. Ils sont trois, ma chère dame, demandant M. de Lavarennes: un soldat, un cordelier et un vigneron. Pour sûr, c'est de la politique.

— Oui, quelque manigance pour la journée de demain.

— Où cela nous mènera-t-il, mes chers enfants? Ah! mon Dieu, voilà qu'on frappe encore. Ne pourrons-nous rester une minute en repos? C'est vraiment odieux et l'on n'a guère pitié d'une pauvre mourante.

— Faut-il ouvrir?... Car enfin c'est trop fort.

— Comment faire autrement? Mais dis-leur de se hâter et de laisser dormir la maison.

— J'y cours. Venez avec moi, maître François.

— Cette fois, dit celui-ci en rentrant, c'est pour M. Gaspard. Chacun son tour, chacun de son côté, catholiques par-ci, calvanistes par-là. Ils sont trois aussi, tout de noir habillés, selon la mode réformiste, avec le visage cafard et la voix nasillarde: cela sent la vache à Colas d'une lieue.

— Les connaissez-vous, mon compère?

— Je ne crois pas. Pourtant je crains qu'il n'y ait là-dedans un oiseau de mauvais augure.

— Et qui donc, grand Dieu?

— Bah! c'est sans doute une illusion, et je ne voudrais pas vous inquiéter pour un simple soupçon.

— Vous m'inquiétez bien davantage vraiment, avec vos réticences, maître Habert; je veux savoir qui vient chez moi, entendez-vous?

— Tout doux, ma bonne dame, tout doux. Ne vous fâchez pas, si j'hésite à vous dire que j'ai cru reconnaître, dans un des derniers venus, Jacques-Paul Spifame, ou plutôt M. de Passy, comme il se fait appeler depuis qu'il a renié notre sainte religion pour passer à Calvin.

— Bonté divine, il ne manquait plus que cela! Spifame revenu à Issoudun, exprès pour l'affaire de Sainte-Lizaigne, sans doute.

— Patience, chère maman, interrompit Ursule, ne vous tourmentez pas par avance, vous voyez des complots et des malheurs partout. Mon père et mon oncle ne peuvent-ils recevoir des visites sans conspirer ou songer à mal?

— C'est juste, mignonne, mais que veux-tu, nous

sommes dans un si mauvais temps, avec de si mauvaises gens, qu'on ne sait que penser.

— Il est vrai, dit le poëte, s'efforçant de tourner les idées vers des images plus riantes, il est vrai que cela ne vaut pas le temps passé, madame Jugand, le bon vieux temps, où chacun ne songeait qu'à s'amuser honnêtement, sous l'œil de notre chère duchesse Marguerite :

> Fille de Roy, de Roy unique sœur,
> Fleur de grand pris en la France semée.

— Vous ne pouvez pas le regretter plus que moi, mon ami. Je perds encore plus que vous à tout ce changement.

— Vous voulez me consoler, ma bonne dame : mais je puis seul connaître l'énormité de ma décadence. Qui songe aujourd'hui au pauvre François Habert?

— Ce n'est guère poli mon compère, de parler ainsi dans une maison où vous êtes reçu à bras ouverts, à toute heure du jour.

— Sans doute, sans doute, je ne dis pas cela pour vous, qui êtes une exception; vous le savez bien. Je veux parler des ingrats que j'ai comblés de mes bienfaits, illustrés de mes rimes, et qui aujourd'hui font fi de moi et de mes talents. Par exemple, d'où vient que M. Guillaume Chapusset

affecte de tenir la droite, quand il me voit à
gauche, lui pour qui j'ai rimé ce beau quatrain
mon meilleur sans nul doute, à cause du plaisant
et difficile jeu de mots que j'ai su y glisser ?

> Si Chapusset était en sépulture,
> Tout Yssoudun demourroit *languissant,*
> Car il est de tant gentille nature,
> Que tout propos plaît de sa *langue yssant* (sortant).

— Le fait est que personne ne devrait oublier
si galante poésie.

— Et M. Meusnier, enquesteur d'Issoudun,

> Meusnier de nom, blanchi d'une farine
> Qui ne se peut au moulin rencontrer,
> C'est assavoir de science divine, etc., etc.

Et Claude Prévost, prieur de Saint-Ladre, maître Jacques Touselle, l'advocat, mon ami Dudan-
jon, Jehan Demmonerault, l'apothicaire, et tant
d'autres que j'ai chantés autrefois, et qui ne pa-
raissent plus me connaître aujourd'hui !

— Hélas ! ils ont tant d'affaires en tête. La plupart sont tourmentés pour leur propre compte,
souvent forcés de se cacher. Ne leur en voulez
donc pas trop, maître François, s'ils négligent parfois vos adorables rimes que, pour mon compte, je

n'oublierai jamais et que je répète toujours avec admiration.

— Il n'y a que vous, ma chère dame, dit le poëte attendri, il n'y a que vous pour avoir cette mémoire du cœur qui console de tout, et me faire prendre patience à moi, pauvre *banny de liesse*.

— Eh ! croyez-vous avoir seul à vous plaindre du sort ? Regardez autour de vous ; suis-je donc si heureuse sur mes vieux jours ; et, pour n'être pas chantées en langue poétique, mes peines en sont-elles moins réelles ?

— Allons, allons, pauvre maman, s'écria Louise, n'entamons pas nos litanies ; et vous, maître Habert, cessez de nous attrister, quand, avec vos gentils talents, vous devriez toujours nous apporter la bonne humeur.

— Vraiment, mignonnes, je crois que tout le monde conspire ce soir contre moi ; voyez si l'on descendra pour souper et si Julien rentrera !

— Nous ferions mieux, bonne mère, de souper aujourd'hui dans la petite chambre verte, vous pourriez dormir à loisir ; car l'heure s'avance et vous avez besoin de repos.

— Nullement... Je ne veux pas qu'on se mette sur ce pied-là. Je n'ai pas d'autre consolation ; en vous voyant assis à la même table, causant de bonne amitié, j'espère toujours que Claude et

5

Gaspard prendront modèle sur vous et renonceront
à leurs querelles maudites. En attendant, ils se
contraignent de leur mieux et partagent le pain et
le sel. Le reste viendra peut-être plus tard.

— Ainsi soit-il, soupirèrent les deux cousines.

— Écoutez, fit tout à coup Ursule en se levant
à demi, je crois avoir entendu la clef dans la serrure. C'est lui, bien sûr... enfin !

— Il nous faut le gronder vertement. Toi, qui
prêches si bien quand tu t'y mets, fais lui un sermon en quatre points sur sa disparition et l'oubli
des devoirs.

— Cela vous regarde, Mademoiselle, vous qui
avez toujours malice en poche et bonne langue
pour draper le prochain.

— Laissez-le tranquille, ce pauvre garçon, interrompit la vieille mère, et ne lui faites pas détester
la maison, qui déjà n'est pas si gaie pour lui.

— Par exemple ! dirent les jeunes filles d'un
ton de reproche.

— J'espère bien que Julien ne vous fait pas ses
confidences.

— Et ne vous charge pas de nous répéter ses
galanteries.

— Tout doux, mignonnes, le voici ; et si vous
désirez des compliments, tâchez de vous les attirer autrement qu'en le grondant.

— Qui parle de me gronder, dit en entrant le grand garçon à mine franche et décidée que nous avons déjà entrevu dans l'auberge de la Pomme-de-Pin, aux prises avec le capitaine Hémard. Voyons, commencez le feu, je me réserve de riposter.

— Pas du tout, interrompit la bonne dame, viens d'abord m'embrasser, pendant que ces demoiselles aiguiseront leurs malices.

— Au fait, c'est beaucoup plus pressé. Eh bien ! comment allons-nous ce soir ? Vous paraissez plus calme et plus gaie, chère mère.

— Plus calme oui, plus gaie non, car je suis inquiète. Ton père et ton oncle n'ont pas encore paru et sont en conférence, chacun de son côté, pour cette maudite politique. Solange, va bien doucement les avertir que tout le monde les attend pour se mettre à table.

— Eh bien ! qu'avez-vous à dire, Mesdemoiselles, reprit Julien faisant volte-face vers ses cousines ?

— Nous avons à vous demander compte, dit Louise, de cette vie dissipée qui vous entraîne à quitter le logis dès le matin et à n'y rentrer que le soir, comme si vous aviez tant à souffrir ici.

— Eh ! mais, votre accueil semblerait le prouver.

— Sans doute vous avez par la ville des amis incomparables et des affaires de haute importance, poursuivit l'implacable interrogatrice.

— C'est possible ; en tout cas, je ne suis pas à confesse, riposta le jeune homme, enchanté de se renfermer dans une réticence boudeuse, qui le dispensait de s'expliquer sur son équipée de l'hôtellerie.

— Je le crois bien, un *hérétique*, ça n'est tenu à rien.

— Quel avantage aurai-je à me confesser à une *païenne* ? Encore si c'était la *romaine*, elle y mettrait quelque forme et quelque douceur.

— Moi, dit Ursule ; je renonce à vous convaincre, Monsieur ; perdez votre âme et votre corps, si cela vous plaît. Tout ce que je peux faire, c'est de prier pour vous, comme pour tous les endurcis.

— Là, là, là, quel déluge !.. Et vous, maître Habert, n'avez-vous pas quelque quatrain à me jeter sur le dos ?

— Moi, dit le poëte, je ne me mêle pas de politique et de religion. Je ne prétends rien inventer de ce côté.

— Voyons, bonne mère, qu'y a-t-il donc ce soir ? Hormis vous, je n'ai à mes trousses que visages bourrus et paroles aigres, ce qui, par parenthèse, n'embellit pas ces demoiselles.

— Vraiment, ce serait du temps bien employé, que de prendre nos airs gracieux pour votre seigneurie.

— Allons, interrompit la vieille dame, assez de taquineries pour le moment. Cela n'avance et ne remédie à rien. Écoute-moi, Julien, il y a du vrai dans tout ceci et il est bien pardonnable de s'inquiéter de ces absences continuelles, de cette dissimulation à notre égard, quand tu nous confiais tout autrefois, tes joies et tes peines. Car enfin, si on t'aime ici mieux que partout ailleurs, ce n'est pas un motif pour nous fuir et nous faire du chagrin.

— Ah ! si vous le prenez sur ce ton, vous m'ôtez tout courage, et ce n'est pas généreux. Ne sais-je pas qu'on me porte intérêt, que je suis l'enfant gâté de la maison ? Mais je ne veux pas qu'on doute de mon amitié et de mon cœur. C'est mal, très-mal.

— On doute de ce qu'on ne voit pas, dit l'incorrigible Louise.

— Vous me rendez féroce avec vos railleries, s'écria Julien, et vous me désapprendrez de vous aimer... entendez-vous ?

— A votre aise ; vous n'aurez pas grand'peine.

— Silence, encore une fois, Louise ; vous ne parvenez qu'à nous irriter les uns contre les au-

tres. Voyons, mon garçon, tu auras sans doute oublié l'heure aujourd'hui, ou fait quelque promenade
trop longue ?

— Mon Dieu non ; voici la vérité, puisque vous
tenez à la savoir, bien que j'eusse voulu ne pas
vous en rebattre les oreilles ; mais c'est la faute
de ces demoiselles, si je suis forcé de me justifier.
Vous savez que c'est demain l'affaire des gens de
Sainte-Lizaigne ?

— Maudite affaire.

— Et que je suis témoin, à mon grand regret ?

— Pour ton malheur et le nôtre ; voilà où mènent
les mauvaises connaissances et les questions d'État.

— Tenez, bonne mère, je ne veux·pas discuter
avec vous, cela vous fait mal ; et d'ailleurs il n'y a
plus moyen de l'éviter.

— Enfin...

— Eh bien ! en qualité de témoin, j'ai été appelé
ce soir devant le procureur du Roi, M. Arthuys,
qui avait omis de m'interroger sur plusieurs points
importants.

— Ah! mon Dieu... et que vas-tu faire? Il te
faudra déposer demain contre tous ces malheureux,
devant une population exaspérée.

— Que voulez-vous?...

— Au moins, tâche d'adoucir la chose, de ne
pas te mettre tout le monde à dos.

— Je parlerai selon ma conscience; je dirai ce que j'ai vu.

— Pourquoi y apporter tant de passion, Julien?.. Tiens, ton œil s'enflamme... du calme, mon garçon, du calme.

— Du calme, quand j'ai vu noyer sous mes yeux onze de mes amis, qui ne pensaient nullement à mal, quand j'ai failli périr avec eux. Vous prenez la chose bien doucement, bonne mère. Que diriez-vous, si je n'étais pas là comme témoin, mais comme victime?

— Julien, tu me crèves le cœur... Je sais bien qu'en ces temps déplorables, il est difficile de rester indifférent; mais je sais aussi que cela me conduira au tombeau. Hélas! ce sera peut-être un bonheur; car au moins je ne serai plus exposée à voir les haines sauvages qui divisent mes enfants et qui, bientôt peut-être, ensanglanteront cette maison.

— Quelle idée! pauvre maman, s'écrièrent les jeunes filles!

— C'est un pressentiment, mes mignonnes, une affreuse pensée qui m'obsède jour et nuit... Que font en ce moment Claude et Gaspard? Ils conspirent l'un contre l'autre. Ces étrangers, qui les entourent, les poussent dans des camps opposés.

— Silence, silence, grand'mère, on vient... Calmez-vous, essuyez vos larmes, tâchez surtout
qu'on n'en devine pas la cause. »

En effet, on entendit distinctement, dans le
corridor, les pas pesants et les voix de plusieurs
interlocuteurs, qui prenaient congé. Bientôt la
porte de la rue se referma sur eux, et, tandis que
chacun se composait une contenance, M. Claude
Jugand, sieur de Lavarennes, entra dans la chambre commune.

CHAPITRE V.

LES DEUX FRÈRES.

M. de Lavarennes était un homme de haute taille et de fière mine, affectant dans sa tenue un air de gentilhommerie qui sentait son bon catholique et voulait être une raillerie vivante des manières froides et guindées des zélateurs de Calvin.

Son costume de velours brun, malgré son aspect sévère, affichait une certaine élégance par sa coupe et la profusion des passementeries qui, selon la mode du temps, décoraient les manches du pourpoint et les hauts-de-chausses. Une chaîne d'or étalait ses lourds anneaux sur sa poitrine ; son toquet, cavalièrement posé sur son front, était orné d'une plume écarlate, fixée sur le côté gauche par une riche agrafe.

Une large fraise faisait ressortir le mâle profil de son visage, la vigueur de son teint et de ses longues moustaches, dont le caprice du temps avait respecté la couleur, tandis que la barbe et les cheveux grisonnants accusaient visiblement les approches de la vieillesse.

5.

Claude s'avança vers la malade avec une apparence de respect, de galanterie et d'affection qui ne manquait pas d'une véritable dignité :

« Eh bien ! ma mère, dit-il, je suis aise de penser que vous allez mieux, puisque vous ne songez pas encore au repos.

— J'ai voulu vous souhaiter à tous le bonsoir, selon mon usage. L'œil et la bénédiction d'une mère appellent la grâce de Dieu sur la maison pendant la nuit. Mais Gaspard tarde bien à descendre. Retourne l'avertir, Solange.

— Ah ! ma chère dame, ajouta naïvement la servante, s'il est vrai qu'il soit en conférence avec M. de Passy, nous avons tout lieu d'attendre.

— M. de Passy, demanda impérieusement M. de Lavarennes ; qui vous a dit que Spifame fût à Issoudun, et dans cette maison ?

— Mais... personne... C'est Solange qui, dans sa frayeur des brigands, aura cru voir...

— Non pas, non pas, interrompit celle-ci, c'est maître Habert....

— Par le ciel ! il ne manquerait plus que cela ; voyons, maître François, dites ce que vous savez. A votre air embarrassé, au trouble général, je vois qu'on me cache quelque chose ; mais, mort de ma vie ! si l'on ne veut parler, je saurai moi-même...

— Pas d'emportement, mon fils, respectez les

secrets de votre frère, si vous voulez qu'il respecte les vôtres.

— Mon père, observa Julien, n'est-il pas libre de recevoir, comme vous, qui bon lui semble, sans vous être suspect?

— Oui-da, mon neveu, vous chassez de race et donnez de la voix de bonne heure, quand on ne vous demande pas votre avis.

— Il n'entre pas dans mon esprit, mon oncle, de vous donner des conseils; mais je crois, en l'absence de mon père, pouvoir faire la réponse qu'il vous ferait s'il était ici. N'aviez-vous pas vous-même compagnie et ne venez-vous pas de reconduire des étrangers?

— Au moins, ce ne sont pas des ennemis de la religion, que je sache.

— Il ne m'appartient pas de discuter vos intentions, ni celles de vos amis, je demande la même indulgence pour nous... En tout cas, j'ignore si, comme l'a dit étourdiment Solange, mon père est en conférence avec M. de Passy. Il y a tout lieu d'en douter, car personne à Issoudun ne connaît cette nouvelle, qui cependant ne manque pas d'importance.

— C'est précisément pour cela que je prétends m'en assurer.

— Mais...

— Si ton père a de si pures intentions, doit-il
faire mystère des gens qu'il fréquente et reçoit
dans notre maison?

— De la prudence, Claude, hasarda la vieille
dame, ayez un peu de compassion pour mon état,
si vous me portez quelque affection.

— Ne craignez rien, ma mère, il n'est pas besoin de recourir au scandale pour connaître la
vérité. Tenez, les voici qui descendent; c'est la
chose du monde la plus simple...

— Mon oncle ! fit Julien, se précipitant vers la
porte comme pour barrer le passage.

— Calme-toi, mon neveu, dit Claude en ouvrant
la fenêtre. Je n'ai pas besoin de voir pour être
convaincu. »

Comme la première fois, des pas prudents se
firent entendre dans le corridor, des adieux furent
échangés, la porte s'ouvrit et se referma doucement.

« Bonsoir, M. de Passy, et que Dieu vous
garde ! s'écria M. de Lavarennes se penchant en
dehors et s'efforçant de scruter les ténèbres.

— Quelle imprudence ! répliqua une voix dans
la rue. Silence, est-il besoin de crier mon nom à
tous les échos d'Issoudun ?

— C'est tout ce que j'en voulais, poursuivit
M. Claude; l'oiseau a parfaitement répondu à
l'appel.

Ces mots n'étaient pas encore achevés, qu'un sombre personnage apparut sur le seuil, promenant autour de lui un regard scrutateur et défiant.

C'était Gaspard Jugand, sieur de Lizeray, ministre protestant à Issoudun, ainsi que l'indiquaient officiellement son costume noir recouvert du surtout à larges manches, le bonnet carré posé sur sa tête chauve, l'encrier et la petite bible passés à sa ceinture.

Rien qu'à voir ce visage ravagé par les veilles et les passions politiques, cette bouche crispée, perdue dans une épaisse barbe grise, ce sourcil mobile sous lequel s'abritait un œil chargé d'éclairs, on pouvait deviner quelle sauvage conviction, quel violent fanatisme habitaient ce corps débile et nerveux à la fois.

A son aspect, un silence glacial s'établit dans la chambre, chacun retint son haleine comme pour conjurer la tempête.

Le coup d'œil interrogateur de Gaspard avait trahi, dès son entrée, sa préoccupation et son inquiétude au sujet de la visite qu'il venait de recevoir et qu'il désirait tenir secrète. Aussi, lorsqu'il vit son frère refermer la fenêtre en riant, lorsqu'il entendit ses dernières paroles, un éclair de colère illumina son front pâle.

— Qu'est-ce à dire, s'écria-t-il; qu'est-ce qui peut justifier un pareil espionnage?

— Espionnage! Pouvez-vous appeler ainsi l'accueil fait à vos amis. Étant de la maison, je suis jaloux de connaître et de complimenter ceux qui l'honorent de leur visite.   :

— Trêve à vos railleries, monsieur mon frère. Je ne suis plus en tutelle, que je sache, et partant, me crois libre, aussi bien que vous, de recevoir qui bon me semble. N'étiez-vous pas vous-même en conférence, il y a quelques minutes?

— Ah! ah! Il paraît que cet espionnage, dont vous vous plaigniez, vous l'avez exercé à mon endroit?... A votre aise.

— Hasard, pur hasard, attendant moi-même quelqu'un, j'ai pu surprendre ce que vous désiriez cacher.

— Alors de quoi vous plaignez-vous; serait-ce d'aventure que vous auriez à rougir de vos amis et de vos actions?... Dieu merci, je n'en suis pas là; je ne fréquente pas des rebelles, conspirant contre leur pays et leur Roi.

— Non, vous recevez des condamnés et des galériens...

— Par le ciel! vous avez un nouveau talent, Monsieur, peu digne de votre caractère et de votre habit. Vous écoutez aux portes.

— Il n'est pas besoin d'écouter aux portes pour savoir que frère Toussaint est arrivé à Issoudun dans le but de soulever les vignerons et de jeter le trouble parmi nous. »

A ce nom redouté, la stupeur et la crainte se peignirent sur les visages. Madame Jugand revit la catastrophe qui l'avait séparée de sa fille ; Louise, les dangers et l'exil de son père ; Julien, la scène brutale de l'hôtellerie ; mais trop préoccupé de l'orage soulevé entre les deux frères, chacun se tut et ajourna ses pensées.

« Et Jacques-Paul Spifame, que vient-il faire ici, poursuivit M. Claude? Prêcher la paix sans doute, après avoir livré Bourges au pillage, détruit le culte et les églises. Mais patience, nous y mettrons bon ordre ; et cette vigilance, que vous taxez d'espionnage, saura contre-carrer vos honnêtes intentions que j'appelle des complots.

— Claude, Gaspard, mes fils... murmura la pauvre mère d'une voix suppliante.

— Mon père !.. mon oncle !.. Messieurs !.. crièrent à la fois les jeunes filles et maître Habert, tandis que Julien, le sourcil froncé, les dents serrées, les yeux fixés en terre, gardait un silence convulsif et s'efforçait de comprimer les émotions qui l'agitaient.

— Pardon, ma mère, reprit Claude de Lava-

rennes, mais est-il possible de voir d'un œil tranquille les nouveaux malheurs dont on menace notre
ville, autrefois si paisible, aujourd'hui si divisée?

— A qui la faute, interrompit Gaspard, si ce
n'est à vous, gens intolérants, qui voulez enchaîner
la conscience, la raison, qui ne permettez pas
qu'on pense et qu'on prie autrement que vous?

— Par la messe, monsieur mon frère, je ne
suis pas au prêche ou au colloque de Poissy, pour
discuter le dogme et la foi; mais avant de nous
jeter le reproche d'intolérance, commencez par
sermonner les vôtres. Allez demander à Gabriel
Lorges, à d'Yvoi, comment ils ont respecté nos
consciences, nos pratiques religieuses, nos églises,
nos prêtres, nos personnes et nos fortunes. Assez,
assez! la violence, le trouble, et l'erreur sont dans
votre camp; la vérité, la foi, le bon droit et la loi
sont dans le nôtre.

— Oui, témoin le massacre de Vassy et celui de
Sainte-Lizaigne qu'on juge demain. Est-ce les
protestants qui ont opprimé les catholiques cette
fois? Répondez.

— Les catholiques se sont défendus comme ils
se défendront toujours quand on les attaquera; et
ils ont bien fait.

— Ah! vous approuvez l'affaire de Sainte-
Lizaigne?

— Parfaitement.

— C'est vraiment charitable pour votre neveu, qu'on a eu tort sans doute de laisser échapper? Sans nul doute encore, Julien est, à votre compte, un jeune homme de sang et de tumulte, sans morale et sans principes?

— Ah! pardieu, vous lui avez conseillé une belle équipée, s'il est vrai qu'il soit allé sur votre ordre au-devant du grand perturbateur Jacques-Paul Spifame. Je ne lui reprocherai pas de s'être tiré de cette mauvaise passe; mais je souhaite que cela lui profite à l'avenir.

— C'est mon affaire; fit Julien, rompant enfin le silence: croyez-moi, avant de vous prononcer, attendez l'audience de demain. Comme vous le disiez, nous ne sommes pas ici pour discuter. Vous êtes magistrat, conseiller au bailliage d'Issoudun, vous avez un grave devoir à remplir, un grand crime à punir; si je puis me permettre de donner un avis en échange de ceux que vous me prodi-guez, tâchez d'écouter patiemment les témoins et d'oublier sur votre siége toute préoccupation.

— A mon tour, mon neveu, je te dirai: c'est mon affaire. Je saurai agir selon la justice.

— C'est-à-dire, reprit le fougueux Gaspard, que l'arrêt est tout prononcé, les victimes auront tort, et les assassins raison.

— Tout beau, ne le prenez pas si haut. Dieu merci, j'ai assez vécu et étudié pour connaître le juste et l'injuste, pour savoir que ceux dont on envahit le territoire ont le droit incontestable de se défendre.

— Ah ! vous appelez défense le crime odieux des gens de Diou et de Sainte-Lizaigne ; ah ! vous trouvez légitime qu'une population furieuse se jette sur une douzaine de promeneurs paisibles, les garrotte deux à deux et les noie impitoyablement ?

— Mensonges d'hérétiques !...

— Veillez sur vos paroles, Monsieur, ou sinon...

— Des menaces, voyons comment aujourd'hui les frères se parlent entre eux dans votre religion.

— Claude, Gaspard, cruels, méchants fils, taisez-vous, au nom du ciel !... vous me tuez, soupira la vieille dame.

— Oui, mensonge ! poursuivit Claude, sans écouter les plaintes de sa mère. Que parlez-vous de promeneurs paisibles ? Quand des jeunes gens inoffensifs veulent se distraire honnêtement, ils se gardent bien d'envahir le territoire d'autrui, armés jusqu'aux dents, l'injure et le blasphème à la bouche, de s'attabler dans les cabarets pour y hurler des chansons sataniques, pour narguer les gens sur leur croyance, pour soulever les mauvaises passions et provoquer la guerre civile.

— Alors, c'est moi qui suis en droit de dire : mensonges ! s'écria à son tour le farouche Gaspard, dont le visage livide s'anima des feux du fanatisme, mensonges de papistes, mensonges d'assassins qui veulent nier et innocenter leur crime.

— Par le ciel ! fit M. de Lavarennes, portant la main sur son épée, ceci est trop fort ; et si, grâce à votre foi nouvelle, les cadets oublient à ce point les prérogatives des aînés, les aînés se verront forcés d'enseigner à leurs cadets le respect et la modestie, dont ils ne devraient jamais s'écarter. »

Gaspard allait répondre lorsqu'un cri se fit entendre, si douloureux, si poignant, qu'il fut suivi d'un silence de mort. Les jeunes filles se précipitèrent vers le fauteuil de l'aïeule qui, succombant à l'épouvante, venait de s'évanouir. Sa tête pâle et décharnée flottait sur ses épaules ; son œil plein de larmes nageait sous ses paupières.

« Miséricorde ! fit le vieux Habert, vous l'avez tuée avec vos disputes impies ; en grâce, retirez-vous, Messieurs.

— Mon oncle, mon père, laissez-nous, s'écrièrent Ursule et Louise ; au secours ! Solange, au secours !

— Julien, mon ami, courez chez M. Demmonerault, l'apothicaire, et ramenez-le de suite. Que le Seigneur nous protége ! »

Quand la vieille dame revint à elle, elle promena son regard vague autour de la chambre, chercha inutilement ses deux fils et Julien, puis, se mettant à fondre en larmes :

« Ah ! mignonnes, quel malheur d'être revenue à la vie ! Je croyais mes souffrances terminées, et Dieu me renvoie dans ce monde, où je porte cruellement la peine de notre première mère, puisque j'ai comme elle deux fils ennemis.

— Silence, maman, silence...

— Ils m'ont donné le coup de grâce, pauvres fillettes. Pour sûr, quelque chose s'est brisé là... là... là... car je sens comme un fer rouge qui me brûle... Ah ! mon Dieu... que vais-je devenir ?.. prenez pitié de moi... quelle douleur !.. ah !... »

Et se renversant sur son fauteuil, elle s'anéantit dans une nouvelle syncope ; une écume sanglante parut sur ses lèvres, ses membres se roidirent et présentèrent l'image de la mort.

« Bonté divine ! s'écria Ursule, passerait-elle entre nos mains ? Vite, vite, Solange, cours chez M. le curé de Saint-Cyr, s'il en est temps encore.

— Jésus ! fit la servante, s'élançant vers la porte et se tordant les mains, ayez donc des enfants dans ces temps de misère. »

CHAPITRE VI.

L'AUDITOIRE DE JUSTICE.

Le lendemain, il y avait grand émoi dans la ville et surtout aux environs de l'auditoire de justice. Dès le milieu de la nuit, il s'était formé aux deux côtés de l'escalier des groupes de gens, qui, désireux d'assister aux débats, s'efforçaient de prendre rang et de conquérir une place à la force des reins et du poing.

Vers le matin, la foule augmenta et, d'heure en heure, devint si compacte, que tout Issoudun semblait s'être donné rendez-vous. En effet, on eût vainement cherché le moissonneur aux champs, le vigneron aux vignes, le maraîcher à son jardin ; chacun, mû par la passion et la curiosité, s'était empressé d'accourir et de renforcer les rangs de son parti.

Enfin, sur les neuf heures, la foule cessa de grossir, faute d'aliments. La ville, les faubourgs, la campagne étaient vides et morts, tandis que la vie semblait s'être retirée aux abords et sur la place de l'Auditoire. Mais quelle vie!... C'était la fièvre du sang qui envahit le cerveau et fait craindre l'apoplexie.

Quand tout ce monde se trouva réuni, entassé, mêlé, enchevêtré dans cet étroit espace, il s'opéra un grand mouvement, qui semblait avoir pour but d'élargir l'enceinte inflexible des murs et des maisons. Chacun employant tous ses efforts à rejoindre les siens, il s'établit de terribles courants en sens inverses, qui firent onduler et tournoyer cette multitude, comme les flots de la mer torturés par la trombe.

Des clameurs, des menaces, des plaintes, des imprécations s'élevaient de tous côtés. Hommes, femmes, enfants, vieillards, criant, pleurant, maugréant et frappant, mettaient en œuvre vigueur, ruse ou prière pour se retrouver dans cette immense mêlée et s'installer le moins durement possible.

Comme bien on peut croire, cela ne se fit pas sans peine, et plus d'un dut payer ce spectacle par la maladie ou de cruelles blessures; mais quelles que fussent ses souffrances et ses fatigues, personne ne voulut quitter son poste avant d'avoir sacrifié à la curiosité, à sa cause et à son fanatisme.

Pourtant, lorsqu'après des efforts inouïs, chacun fut parvenu à emboîter son coude dans les côtes de son voisin, à s'encaisser de son mieux dans les angles des édifices, à profiter du moindre accident de terrain ou de construction, on fut tout étonné de voir que, dans cet espace si restreint en apparence, la nécessité et la bonne volonté avaient logé tant de monde.

Bien plus, une émigration complète d'hommes et d'enfants sur les arbres de la place, sur les fenêtres, sur les balcons, sur les moindres saillies des maisons, ayant dégagé d'autant le terrrain et détendu l'affreuse pression, une sorte de symétrie avait fini par s'établir dans cet inextricable désordre, une large allée, tracée dans cette marée humaine, avait divisé soigneusement catholiques et réformés en deux camps ennemis, dont la physionomie particulière contrastait singulièrement.

A droite de l'escalier, les catholiques, hauts en parole, ardents, passionnés, remuants, se répandaient en propos et en menaces, car on allait juger les leurs. C'était l'opposition turbulente qui, en déniant le crime, dénie et prétend annuler la justice.

A gauche, les calvinistes, en apparence calmes et froids, gardaient pour l'instant le silence. Leur rôle était contraire ; ils demandaient justice et prétendaient, par leur présence, prêter appui à la loi, à la vengeance divine et humaine. Ils affectaient donc une contenance stoïque vis-à-vis des clameurs et des injures.

Pourtant une sourde rumeur commençait à s'élever, comme les vapeurs qui flottent sur terre aux premiers rayons du soleil d'été ; on sentait venir l'orage, et l'instant n'était pas éloigné, où cette dignité factice disparaîtrait sous le vent de la colère et de la provocation.

En l'absence de toute autorité réelle, de toute milice organisée, qu'allait-il sortir de ce conflit ? A part une cinquantaine de hallebardiers à la solde de la ville, appuyés d'un nombre égal de cavaliers envoyés à raison de la circonstance par le seigneur de Châteauroux, la foule était livrée à elle-même et à ses passions.

Un respect mutuel inspiré par la crainte, l'incertitude où l'on était des forces respectives, maintenaient seuls un équilibre critique, que le moindre grain pouvait rompre.

Vers six heures, quelques hommes d'armes de pied et de cheval s'échelonnèrent sur la place et aux abords de l'escalier, annonçant, par leurs dispositions, la venue prochaine des juges et des accusés.

A leur aspect, malgré leurs prières et leurs menaces, l'agitation augmenta ; les catholiques redoublèrent de sarcasmes, de cris et d'injures.

Tentant une dernière fois d'opposer le calme à la provocation, les huguenots se tournèrent vers leurs chefs, et implorèrent du regard leur conseil.

Bientôt chacun, se penchant sur l'épaule de son voisin, sembla prendre ou recevoir un mot d'ordre; un long chuchotement courut dans les rangs, qui fut suivi pendant quelques instants d'un silence profond.

Tout à coup, un chœur solennel s'éleva et entonna d'une voix éclatante, en guise d'invocation au Seigneur, un psaume français de Clément Marot.

En entendant ces strophes détestées, la colère des catholiques ne connut plus de bornes. Un immense hourra répondit à ce défi; les cris de *Vive la messe! Vive le pape! Aux fagots les huguenots!* volèrent par dessus les têtes avec les pierres qui réveillaient un écho de douleur ou une imprécation.

A ces actes de sauvage agression, perdant enfin toute patience, les réformés cessèrent leurs chants et, sur l'ordre de leurs ministres, allaient s'élancer, lorsque la voix perçante d'un huissier, dominant tout ce bruit, annonça l'arrivée de messieurs les officiers de justice.

Sur cet avis, chacun suspendant sa fureur, s'apprêta à la diriger vers un autre but, car il s'agissait de faire un accueil sympathique ou défavorable aux magistrats, selon leurs opinions connues ou présumées.

Personne n'ignorait, dans Issoudun et dans la

contrée, que les officiers de justice qui, à l'exemple de M. Dorsanne, avaient embrassé la religion nouvelle, devaient provoquer la condamnation des accusés. N'était-ce pas eux qui, sans plus amples informations, avaient déjà fait pendre le chef de la bande, et requéraient à grands cris une vengeance complète au nom des lois et des victimes?

On savait en outre que bon nombre de conseillers, que tous les avocats du siége et les échevins, restés fidèles à l'Église catholique, voyaient d'un œil plus indulgent le crime des gens de Sainte-Lizaigne ; qu'en conséquence, ils feraient tout leur possible pour l'atténuer, pour démontrer que la punition terrible infligée à l'un des coupables suffisait à la vengeance humaine, et qu'il y avait lieu de jeter un voile d'oubli sur ces discordes civiles.

On comprendra dès lors avec quelles nuances de sentiments et de passions fut accueillie la venue des divers magistrats.

En tête, et flanqué de son substitut, marchait le procureur du Roi, François Arthuys, en costume officiel.

Quand il parut, les vignerons commencèrent à s'agiter et à répéter leurs cris de *Vive le Roi! A bas les huguenots! A bas Condé!* tandis qu'un murmure approbateur, des compliments et des encouragements partaient des rangs des réformés.

Sans s'émouvoir, François Arthuys, homme de grande mine et d'un visage intrépide, jeta un regard audacieux sur ses ennemis : puis, se retournant vers l'autre côté, affecta de dire à haute voix :

« Patience, patience, mes amis ; rira bien qui rira le dernier. Soyez tranquilles , nous saurons prouver que la loi est faite pour tous et contre tous.

— Nous sommes ici pour y veiller, fit impudemment le capitaine Hémard qui, entouré de l'aubergiste, des quatre chefs vignerons et de maître Pinault, semblait le point de mire et l'étoile populaire de la manifestation.

— Oui-da, riposta d'un air digne le procureur du Roi ; qui donc est chargé, de par le Roi, de distribuer la justice à notre place? Jusqu'à ce que l'ordonnance de notre destitution nous ait été signifiée, nous saurons tenir notre poste et faire respecter les lois. Et, pour le prouver, nous ordonnons qu'au moindre mot malsonnant cet homme soit saisi et amené à notre barre. »

Soit qu'il fût réellement intimidé, soit qu'il crût prudent d'ajourner son insolence, le soudard baissa les yeux sans répliquer, et, sur l'invitation de ses amis, se retira même de quelques pas pour livrer passage.

« Tout doux, capitaine, murmura à son oreille Pierre Bureau, vous allez compromettre la partie

avant qu'elle soit entamée. C'est mal joué, très-
mal joué...

— Au fait, dit maître Pinault, si c'est pour voir
une sédition et y prendre part, qu'on m'a amené
ici, je retire mon enjeu et veux retourner à Châteauroux. Il me convient bien de témoigner de ma sympathie pour la cause catholique, mais non de m'in-
surger contre les lois, si bravement soutenues par
M. Arthuys. Quel homme et quel œil!..

— Si vous avez déjà peur, mon petit drapier, fit
le père Luneau, vous pouvez déguerpir. Les pol-
trons n'ont que faire ici....

— Merci de moi, je vais profiter de la permission.

— Vous serez assommé, si vous faites mine de
déserter, lui souffla l'aubergiste.

— Vous croyez?... Que résoudre, grand Dieu?
Empoigné si je reste, assommé si je pars. Affreuse
position, antipathique à mon caractère paisible et à
mes goûts de retraite.

— Silence, voici les autres officiers qui s'avan-
cent, conduits et soutenus par M. Dorsanne, ce
damné bourreau du pauvre Georges Michelet...
Aussi, écoutez comme on l'accueille là-bas. »

En effet l'entrée de M. Dorsanne et de M. de
Valenciennes, le lieutenant particulier, fut saluée
par une tempête de sifflets et de clameurs injurieu-

ses, qui vint se heurter contre les applaudissements et les bravos du parti adverse.

— A Genève ! à Genève ! retournez avec Calvin
et laissez-nous en paix, criait-on d'un côté.

— Courage ! courage ! justice pour tous ! répon-
dait-on de l'autre.

— Ne craignez rien, mes amis, reprit le lieutenant-général, ne craignez rien, tant que règneront
sur terre Dieu, la raison et la loi...

— Et le Roi, le pape et la messe ! crièrent les
vignerons, cela ne compte pas à ce qu'il paraît ?
A Genève ! à Genève !

— Je suis à Issoudun, et j'y resterai tant qu'on
ne m'aura pas mis dehors pieds et poings liés.

— Cela viendra, répondit une voix.

— Qu'on y vienne, répliqua Antoine Dorsanne,
en attendant, messieurs les gens d'armes, faites
votre devoir et deblayez le passage. »

Puis, au milieu des imprécations de la foule comprimée, il gagna l'escalier, et, quand il fut sur le
perron, se retourna vers la place, en promenant sur
elle un regard hardi.

La scène inverse se produisit, lorsque vinrent à
leur rang les conseillers, les avocats du siége et les
échevins, dont la majorité était hostile aux idées
réformistes.

« Vivent messieurs Jason Denis, François

C.

Milier, Claude de Lavarennes, Georges Grolleron !
hurlèrent les catholiques.

— A bas les papistes, vivent Arthuys, Dorsanne
et Valenciennes ! » ripostèrent, en guise de protestation, les réformés, dont les voix furent de nouveau
couvertes par celles des vignerons qui saluèrent à
grand bruit MM. G. Robert, G. Carcat, Yv. Audoux
et J. Cougny, échevins d'Issoudun.

Les témoins durent essuyer à leur tour le feu
roulant des compliments et des invectives. L'apparition de Gaspard et de son fils, du curé de Diou et
de l'aubergiste de Sainte-Lizaigne, fut surtout marquée par un redoublement de cris contradictoires,
et peu s'en fallut que les deux flots ennemis dressés l'un contre l'autre, comme dans l'Écriture au
passage de la mer Rouge, ne vinssent se confondre
dans un affreux conflit, qui heureusement fut con-
juré encore une fois par l'approche des accusés,
objet de toute cette effervescence.

A la voix de l'huissier, une exclamation d'impatience satisfaite s'échappa de cette foule comme
d'une seule poitrine, puis fit place pour quelques
secondes à un de ces silences solennels qui précè-
dent les tempêtes et les explosions.

Chacun se haussa de son mieux sur la pointe des
pieds ou sur les épaules de son voisin, et, la respiration comprimée, le cou tendu, tint son regard

invariablement fixé vers le même point, jusqu'au moment où la charrette déboucha à l'entrée de la place, entourée de gens d'armes et de cavaliers.

L'émotion produite par l'arrivée des gens de Diou et de Sainte-Lizaigne fut si grande que, malgré les efforts des soldats, la voiture fut forcée de s'arrêter devant le mur vivant qui lui barra le passage ; car, d'un commun accord, amis et ennemis s'étaient confondus un instant, les uns pour faire parade de sympathies, les autres pour s'opposer aux tentatives de délivrance.

En vain les hommes d'armes faisaient cabrer leurs montures, menaçaient, juraient et distribuaient en dernier ressort quelques coups de plat de sabre aux plus pressants ; dans leur enthousiasme, hommes, femmes et enfants se glissaient entre les pieds des chevaux, sous les roues de la voiture, pour serrer la main d'une vieille connaissance et lui dire deux mots d'encouragement.

« Allez, enfants, leur criait-on de tous côtés ; bon courage et bon espoir ; nous sommes là, nous ne vous laisserons pas dans l'embarras, avec l'aide de Dieu et des avocats du siége.

— Merci, merci, répondaient les accusés ; croyez-vous qu'on nous condamne ? Il n'y a guère de confiance à avoir ; songez à Georges Michelet. Quelle triste fin !

— Bah ! ils n'oseraient recommencer.

— Pardieu ! ils s'en gêneront, répliquait un réformé ; vous n'avez pas fait tant de façons, vous, pour noyer ces pauvres gens.

— Des brigands qui violaient notre territoire à main armée.

— C'est faux !

— C'est vrai !

— A bas les papistes !

— A bas les parpaillots !

— Ah ! ça, interrompit le chef de la maréchaussée accourant avec un renfort, sommes-nous ici pour plaider et faire le procès ? C'est l'affaire des magistrats qui s'impatientent sur leurs siéges. Avant de vous disputer, attendez donc l'événement, et surtout faites place, si vous tenez à votre peau ; car, vertu Dieu ! je ne connais que ma consigne, et le premier qui touche à mon cheval, je lui passe mon sabre dans le ventre. »

A cette rude injonction, partie d'une poitrine robuste, soutenue par un œil menaçant et une flamboyante épée, le cercle se desserra, le cortége put se mettre en route et arriver sans encombre au bas de l'escalier, dont les abords se trouvèrent aussitôt coupés par une haie de soldats qui, la hallebarde croisée, protégèrent l'entrée des accusés.

Puis, quand, au bout de quelques minutes, ces

derniers eurent disparu dans l'intérieur de l'auditoire, les armes s'écartèrent pour livrer passage à la foule, qui se précipita comme un torrent furieux, dont les deux courants ascendants vinrent se heurter sous le perron, avant de s'engouffrer sous la voûte.

Nous ne saurions répéter ni décrire les injures noires, les coups furieux, les gourmades traîtresses qui se distribuèrent à brûle-pourpoint dans ce conflit ; c'est l'histoire inédite et éternelle de toutes les multitudes mises en mouvement par la passion, la curiosité et la colère ; ce sont affaires de ménage dont chacun fait le compte, de retour au logis, en inventoriant les blessures de ses habits et de son corps.

Quand il fut bien et dûment prouvé par l'arrêt irrévocable de la foule, devenue insensible à la pression du dehors, qu'il y avait plénitude à l'intérieur, les gens d'armes coupèrent de nouveau les deux colonnes, au grand désespoir de ceux qui, ayant une grande estime de leur personne et de leur rôle, se croyaient indispensables à la solennité des débats. De ce nombre se trouvaient les quatre chefs vignerons qui, portés au centre de la manifestation, n'avaient pu arriver en temps et lieu.

« Ventre-de-loup ! pourquoi vous désoler, maître Luneau ? s'écria frère Toussaint. Notre place est ici ; car c'est ici que le grand jeu se jouera, vous le savez bien. Advienne que pourra là-dedans, qu'ils parlent et contre-parlent à leur aise ; c'est nous qui déciderons de la partie.

— Oui, mais s'ils les condamnent ?

— Nous les délivrerons.

— C'est juste. ·

— Vous savez bien que je ne peux manquer de recevoir aujourd'hui des nouvelles de M. de Sarzay. Nous devons donc rester au large pour être libres de nos mouvements et prêts au premier signal.

— Allons, puisqu'il le faut et qu'il n'y a pas moyen de faire autrement... Au moins tâchons de savoir ce qui se passe. Mais comment faire ?

— Justement on ouvre les fenêtres pour donner de l'air à la salle. Avisons quelque confrère. Tenez, voilà tout à point Jean Mignard, le meunier, qui s'assied sur le balcon. Vous le connaissez, maître Bureau, donnez-lui le mot d'ordre.

— Ohé ! ohé ! Jean Mignard, mon camarade, fit l'aubergiste, tu me parais en bonne position pour voir et entendre.

— Je ne perds pas un regard, pas une parole.

— Il n'en est pas de même chez nous, ce dont nous sommes fort chagrins, vu l'intérêt que nous portons à l'affaire. Au moins, ne pourrais-tu nous

servir de porte-voix et nous dire ce qu'on manigance là-haut ?

— Bien volontiers, père Bureau ; je vous trans-
mettrai la chose, avec gestes et intonations, ni plus
ni moins qu'un véritable avocat.

— Où en est-on maintenant ?

— On interroge les gars de Diou.

— Se tiennent-ils bien ?

— A merveille, quoique M. Arthuys les retourne
joliment ; mais, Dieu merci ! ils savent leur leçon ;
pas un ne se dédit ; c'est toujours la même litanie :
personne n'est coupable, les parpaillots sont tombés
à l'eau tout seuls et se sont noyés de peur.

— La réponse est bonne.

— Charmante.

— Paraît-elle du goût du procureur ?

— Pas trop !

— C'est pourtant la pure vérité. Il faut être hérétique pour dire le contraire. Continue à écouter,
mon garçon, et mets-nous au courant de temps à
autre ; car nous n'y entendons goutte.

— Soyez tranquille. Vous saurez tout, le bon et
le mauvais.

— Ce qui fut dit fut fait, non-seulement pour
l'aubergiste et ses amis, mais encore pour tout le
populaire rassemblé sur la place. De chaque ouverture de l'édifice, des correspondances s'établirent

avec le dehors, transmettant à leur guise, et selon les opinions diverses, les scènes palpitantes et passionnées qui se déroulaient devant le tribunal.

Ces versions, jetées à la foule, furent accueillies par elle avec les commentaires les plus variés, au milieu des applaudissements ou des murmures, dont, pendant les premières heures, la curiosité et la crainte de voir fermer les fenêtres amortirent l'explosion.

Ainsi, l'on connut successivement l'interrogatoire de chaque accusé, son habileté, sa contenance hardie ou équivoque, les paroles hostiles ou bienveillantes des magistrats, l'espoir ou la crainte qu'elles inspiraient ; puis, vint le tour des témoins, qui furent discutés avec passion d'un bout à l'autre de l'enceinte et soulevèrent une rumeur intense, qui commença à compromettre le calme et la solennité des débats.

Les dépositions du curé de Diou, de l'aubergiste de Sainte-Lizaigne, celles de Gaspard Jugand et de son fils provoquèrent surtout un tel orage, qu'à plusieurs reprises les huissiers vinrent commander le silence et menacèrent de faire évacuer la salle et les abords de l'auditoire.

Pourtant, une partie de la journée s'écoula ainsi tant bien que mal, la foule ne pouvant renoncer à ses habitudes turbulentes, les officiers de justice n'étant pas assez forts pour faire exécuter leurs menaces.

Ce fut bien pis lorsque, la liste des témoins étant épuisée, M. le procureur du Roi Arthuys prit la parole. Aussitôt que les premiers accents de sa voix vibrante et sévère se firent entendre, requérant au nom de Dieu, de la justice et de la société une vengeance éclatante de l'horrible forfait de Sainte-Lizaigne, une immense clameur éclata du côté des catholiques, à laquelle répondit comme un écho celle des calvinistes.

L'auditoire de justice trembla sur sa base et toute voix humaine fut étouffée sous le flot envahissant de cet épouvantable vacarme. En vain, par leurs cris et leurs gestes, les magistrats voulurent commander le silence ; la tempête était déchaînée et ne pouvait se calmer que par l'excès même de sa fureur.

Quand elle eut longtemps tourbillonné sur la place, dans les escaliers et dans l'enceinte même du tribunal, quand sa rage se fut épuisée en invectives, en déclamations insensées, il y eut un moment de lassitude pendant lequel la poitrine de la foule sembla vouloir respirer.

Ce fut alors que les huissiers, aidés des gens d'armes, parvinrent, moitié par persuasion, moitié par force, à fermer les portes et les fenêtres qu'ils

7

barricadèrent soigneusement contre les envahisse-
ments du dehors.

Dire à quel redoublement, à quelle intensité de
tapage parvint la colère populaire, privée désormais
de toute communication et de toute nouvelle, serait
chose impossible. Un mouvement formidable agita
cette multitude qui s'élança vers l'édifice, se cram-
ponnant aux saillies, l'étreignant de ses nœuds.

Bientôt, sur l'avis des meneurs, ce fut un siége
en règle ; les pierres volèrent de toutes parts, et
en une minute les fenêtres furent percées à jour
sans qu'il restât un seul carreau ; les portes furent
battues en brèche, soulevées avec des leviers, les
grilles du perron furent arrachées ; quelques-uns
même approchaient de la paille et faisaient appel
à l'incendie.

Tout à coup le balcon principal s'ouvrit, et les
magistrats de toute nuance, officiers de justice,
échevins et avocats du siége, parurent côte à côte.

A leur vue, le désordre s'arrêta comme par enchantement. Dans la crainte de blesser un ami, au
lieu d'un ennemi, chacun remit ses arguments en
poche, et la curiosité faisant son jeu, un silence
magique s'établit.

Alors, prenant la parole au nom de ses collègues,
M. Dorsanne annonça que, vu l'impossibilité de
délibérer au milieu d'un pareil bruit et sous le coup

des menaces, le jugement allait être suspendu, les débats ajournés et les accusés réintégrés à la Tour ; que si le désordre continuait, les meneurs de chaque parti présents à l'audience serviraient d'otage, répondraient sur leur tête des conséquences de l'émeute, et que déjà ils étaient entre les mains de la force armée qui, retranchée dans l'intérieur, était disposée à soutenir vigoureusement le siége.

Après cet énergique avertissement, les magistrats se retirèrent, laissant la foule à sa fureur indécise.

Bientôt des groupes se formèrent, pour tenir conseil sur la marche à suivre, des orateurs émirent des avis pacifiques ou belliqueux, approuvés ou repoussés selon le tempérament de chacun. Des émissaires envoyés d'un camp à l'autre firent des ouvertures ; des pourparlers s'établirent qui, selon la coutume, n'enfantèrent qu'irritation et mauvais vouloir.

La confusion était à son comble et la lutte, que la prudence des magistrats avait empêchée à l'intérieur, allait infailliblement éclater sur la place, lorsqu'un incident d'une importance bien autrement considérable vint concentrer l'attention et suspendre les hostilités.

Depuis quelques instants, des figures étrangères

parcouraient les rangs des réformés, glissant à leur oreille des paroles qui semblaient relever leur courage et leur enthousiasme, tandis que les catholiques contemplaient avec inquiétude cette joie de mauvais augure pour leur cause.

« Qu'ont-ils donc à chuchoter et à se serrer les mains, murmura frère Toussaint, et quels sont les oiseaux de méchant plumage qui voltigent parmi eux ?

— Rien de bon, capitaine, fit l'aubergiste.

— Ce qui les réjouit est malheur pour nous, ajouta Thavenet-Lucas, c'est convenu.

— Patience, nous allons l'apprendre, pour peu qu'on veuille écouter. Quel est ce grand cadavre, vêtu en catafalque, qui monte sur une borne et demande le parole ?

— Par la sainte messe !... est-ce possible ? mais oui, c'est lui, j'avais bien raison de dire : rien de bon.

— Qu'avez-vous donc, compère, à vous démener ainsi, à tourner les yeux, comme dans un accès de fièvre chaude ?

— Quoi, vous ne le reconnaissez pas ?

— Qui donc, au nom du ciel ?

— Mais encore une fois, qui donc ?

— Pardieu, Satan en personne. Jacques-Paul Spifame. Il ne lui manque que les cornes et le pied fourchu.

— Miséricorde ! firent les vignerons, qu'allons-nous devenir ? C'est la grêle en chair et en os.

— Jésus ! que vient-il faire ici ?

— Les affaires de la vache à Colas, pour sûr.

— C'est-à-dire les affaires du diable, comme à Bourges.

— Taisez-vous, si vous voulez le savoir. Ventre-de-loup, silence donc ! il va parler. Vous crierez après.

CHAPITRE VII.

A BON CHAT BON RAT.

Profitant du silence que lui réservait l'enthousiasme de ses amis, la curiosité et l'anxiété de ses
adversaires, soutenu sur sa tribune improvisée par
les bras des fidèles, comme Moïse sur la montagne
par ses Lévites, l'évêque apostat de Nevers roula
lentement un regard inspiré, et d'une voix emphatique :

« Bonnes gens, dit-il, véritables serviteurs du
ciel, vous qui ne demandez autre chose sur terre
que la paix et le règne de la raison, mais qui vous
indignez chaque jour, en voyant le triomphe des
idolâtres et des Philistins, calmez vos craintes,
séchez vos larmes. Le jour de la réparation est
levé, Dieu a l'œil ouvert sur son peuple, il ne peut
souffrir plus longtemps qu'on égorge ses fils et
qu'on dénie la justice à leurs cadavres. Les martyrs
de Diou et de Sainte-Lizaigne ont crié vers lui, et
il leur a suscité un vengeur. Ce vengeur, ce bras
droit du Très-Haut, qui veille jour et nuit, l'épée

au poing, près de l'arche sainte, vous le connaissez tous ; les clairons de la renommée vous ont
appris ses œuvres et son nom. Il y a quelques jours,
il fondait à Bourges le royaume des saints et ren-
versait les idoles ; hier il soumettait le château de
Saint-Florent ; ce soir il entrera dans Issoudun.
C'est Paul de Hangest, le vaillant d'Yvoi. Son messager, couvert de poussière, vous apporte cette
lettre, signée sur la selle de son cheval, à deux
lieues à peine de vos murailles. Il vient, il approche ; ses fantassins marchent comme les nuages,
ses cavaliers comme les vagues. Courage donc,
enfants d'Israël ! levez-vous ! l'arc des puissants
sera brisé, les verges de vos oppresseurs seront
brûlées. Courez à vos tentes, ceignez vos reins,
dressez l'oreille vers le lointain, épiez le signal
convenu, car, avant la fin du jour, avant une
heure peut-être, un coup de canon, parti du nord,
annoncera l'arrivée du nouveau Gédéon. »

Ces paroles n'étaient pas achevées, que deux
grandes rumeurs flottèrent sur la foule, l'une
joyeuse comme une explosion de bonheur, l'autre
lugubre et consternée comme un glas de mort.

« Gloire au Dieu des armées, à ses juges, à ses
lévites ! Gloire à Spifame ! Gloire à d'Yvoi ! crièrent
les réformés, qui bientôt, sur un mot d'ordre, en-
tonnèrent ce passage du psaume CXXIV :

Or, peut bien dire Israël, en ce jour,
Que si le ciel pour nous n'eust pas esté,
Si le Seigneur n'eust son peuple assisté,
C'en estoit fait sans espoir de retour.

Mais nulle parole ne s'élevait pour protester de la part des catholiques. L'enthousiasme s'était changé en consternation, la réplique était perdue.

« Les entendez-vous, ces damnés cafards, fit Pierre Bureau ? Eh bien ! qu'en pensez-vous, capitaine !

— Ventre-de-loup ! je pense que, faute d'un point, M. de Barbançois perdra Issoudun, et que nous allons devenir païens comme à Bourges.

— Mais que faire, que faire ?

— Vos paquets le plus vite possible, pour aller planter vos vignes dans les déserts de l'Arabie, où vous serez mille fois plus en sûreté avec les sauvages, les lions et les tigres, qu'avec ces parpaillots.

— Vous êtes consolant, capitaine.

— Je suis philosophe, quoi ! surtout quand je n'ai pas le choix.

— Mais nos pauvres accusés ?

— Pardieu, leur compte est bon. Les charpentiers et les cordiers auront de la besogne d'ici à peu de temps. Croyez-moi, mes gars, ne songez plus aux autres, mais à votre peau.

— En sommes-nous là, bonté du ciel ?

— Dame! jugez : qu'est-ce que vous feriez à leur place, si vous étiez les maîtres une bonne fois.

— Mille tonnerres ! je ne suis pas méchant, dit Thavenet-Lucas, mais j'aurais quelque plaisir à dresser sur cette place un bon bûcher de fagots et de javelles, pour donner à ces suppôts de Satan un petit tour de feu, à valoir sur ce qui les attend dans l'éternité.

— Alors, pensez par réciprocité à ce qui vous pend au nez, aujourd'hui qu'ils ont la bride lâchée.

— Vertu du pape, est-ce possible ?

— Voyez comme ils nous regardent d'un air narquois, juste comme un chat regarde une souris avant de l'avaler.

— C'est affreux, fit maître Pinault, plus pâle qu'un mort ; c'est abominable ; dites-moi, mes bons amis, en ma qualité d'étranger, j'aurai droit sans doute à quelque indulgence ; je leur expliquerai que... enfin...

— Vous leur expliquerez tout ce que vous voudrez, vous n'en serez pas moins pendu haut et court, comme un bon catholique.

— Merci de moi, que suis-je donc venu chercher à Issoudun ? C'est à se fendre la tête contre un mur. Mais enfin, vaillant capitaine, ne peut-on faire quelque effort ? Cela vaut la peine d'y penser. Tenez, moi, acculé dans cette masse, je serais ca-

7.

pable de me mettre en fureur. Je suis sûr que la peur me donnerait du courage. Vous qui êtes de si grande ressource, qui portez par état une épée à votre côté, vous ne voudriez pas laisser un pauvre père de famille dans l'embarras.

— Dame ! mon petit drapier, il n'est défendu à personne de défendre sa peau ; si le cœur vous en dit, tâchez, avant la pendaison, d'en emmener un ou deux dans l'autre monde. Ce sera une œuvre pie et une suprême consolation.

— Tout est donc perdu ?

— Parfaitement... C'est comme cela ; quand vous me regarderiez pendant deux heures avec vos petits yeux rouges. Il s'agit de jouer des jambes, chacun de son côté, avant qu'on ne ferme la souricière. Il n'y a plus rien à faire ni à espérer ici.

— Peut-être, interrompit une voix.

— Hein, fit le soudard, en se sentant tirer par la manche de son pourpoint, qui a dit : peut-être ?

— Moi, répondit un grand homme maigre, baigné de sueur, dont la parole essoufflée accusait une marche longue et rapide.

— Joseph Gaucher !... s'écria le capitaine, le courrier de M. de Sarzay. D'où viens-tu, mon brave, que nous apportes-tu ?

— Une lettre de M. Charles de Barbançois à ses frères d'Issoudun.

— Donne vite ; par notre saint père Pie IV, serait-il temps encore ?

— Voyez.

— Vertu Dieu ! reprit le soudard bondissant de joie, voilà qui est bien.

— Qu'est-ce à dire, capitaine ?

— Ah ! à notre tour, nous allons rire. Faites cercle vous autres, et montez-moi sur le perron. Je veux parler à ces drôles. A moi ma vieille rhétorique de cordelier, la belle voix et les grands gestes de frère Toussaint. »

En une seconde il se trouva hissé, installé sur le perron, comme dans une chaire véritable, et d'une voix de Stentor :

« A nous, maintenant, dit-il. Un oiseau en appelle un autre, un plaidoyer veut une réplique, un prêche provoque un sermon. Braves gens, mes frères en Dieu, en notre sainte mère l'Église catholique, apostolique et romaine, vous venez d'entendre ce vieil huguenot huguenotisant, ce hibou décrépit, prophète de ruines et de malheurs, et vous vous êtes cru perdus, vous avez senti dans votre poche la main des parpaillots, dans votre dos le sabre des hérétiques, à votre cou la corde de d'Yvoi, mais patience ; si le diable, *quærens quem devoret*, lâche autour du troupeau un loup ravissant, le berger saisit sa fronde et détache son chien. Ce que le

berger fait pour les agneaux, Dieu ne pouvait manquer de le faire pour vous. Vous allez en juger. Ah !
messieurs les huguenots, vous nous annoncez que
Paul de Hangest, ce d'Yvoi satanique, qui a trans-
formé Bourges en Sodome, s'approche d'Issoudun,
que, dans une heure peut-être, il entrera dans nos
murs. Apprenez donc à votre tour ce que le ciel
nous envoie. Car nous aussi, nous avons une lettre,
signée d'une main loyale, scellée d'un cachet sans
tache. La voici ; écoutez, bons et mauvais, orthodoxes et mécréants, écoutez :

« Fidèles catholiques d'Issoudun,

» Conformément à l'ordonnance du roi de
» Navarre, lieutenant-général pour le Roi, qui me
» nomme gouverneur d'Issoudun, sur la première
» nouvelle de la marche de d'Yvoi, je suis monté
» à cheval et j'accours pour sauver la religion de
» ses griffes. En même temps, je mande à M. le
» maréchal de Saint-André, qui revient du Midi
» avec ses bandes, de passer par ici et de nous
» prêter main-forte. Confiée à mon fidèle Gaucher,
» cette lettre n'aura que peu d'avance sur moi ;
» qu'elle soit répandue par la ville pour encourager
« les indécis et maintenir les résolus. Avant la nuit
» je serai avec vous ; deux coups de canon annon-
» ceront ma venue. Jusque-là, tenez vos portes
» bien closes et tâchez de brider les parpaillots.

» Sur ce, que Dieu vous ait en sa sainte garde
» et comptez sur votre tout dévoué.

» SARZAY. »

— Oui, mordieu, poursuivit le capitaine, signé
Sarzay, de la main même de M. Charles de Barbançois, avec son grand sceau de cire rouge *portant de sable à trois têtes de léopards.* Voyez plutôt. »

Ce fut au tour des catholiques d'exprimer
bruyamment leur joie, au tour des calvinistes de
baisser la tête et de garder le silence ; car, après la
certitude du triomphe, ils se voyaient replongés
dans le doute. Maintenant les chances étaient
égales, la partie dépendait de d'Yvoi ou de M. de
Sarzay. Qui viendrait le premier ? Là était toute la
question, question de vie ou de mort, il est vrai,
bien faite pour donner à penser et rembrunir les
idées.

Pourtant, après un premier moment d'abattement,
l'espérance, si prompte à renaître, leur revint au
cœur. Ils pensèrent avec raison qu'il fallait se tenir
prêts à toute éventualité et savoir profiter du coup
de dé que le hasard jetterait pour eux. En conséquence, on les vit bientôt se former en un vaste
conciliabule présidé par Robert Barbier, dit la
Croix, et Ambroise le Balleur, dit la Planche, deux
de leurs ministres qui, avec Gaspard Jugand, des-
servaient le culte à Issoudun.

De leur côté, réconfortés par le message de M. de
Barbançois, au moment où ils croyaient tout désespéré, les catholiques improvisèrent également
un grand conseil sous la direction de leurs chefs,
pour arrêter le plan de campagne et les mesures à
prendre en cas de bonne ou mauvaise fortune.

Une trêve tacite en résulta, pendant laquelle une
sorte de calme majestueux remplaça le tumulte. A
voir ces émissaires courant dans toutes les directions, ces orateurs en plein vent, écoutés avec
avidité, on se fût cru transporté à quelque scène
de forum antique, n'eussent été les grotesques
discours et les allures débraillées des tribuns et du
populaire.

Cependant, les importantes nouvelles répandues
sur la place étaient parvenues jusque dans l'auditoire, où elles avaient soulevé les mêmes passions,
les mêmes craintes, les mêmes espérances. Mais,
malgré leurs tendances opposées, malgré la ruine
ou le triomphe qui devait résulter pour eux de
cette alternative, les magistrats des deux nuances
furent bientôt convaincus qu'en attendant le moment
décisif, il importait d'agir de concert pour l'honneur
de leur caractère et le soin de leur propre sûreté.

Il fut donc convenu que, réservant leur liberté
d'action et leurs convictions, tous mettraient leur
influence en commun pour sortir de la position cri-

tique, de l'espèce de blocus où ils se trouvaient avec les accusés.

En effet, la grande porte s'ouvrit tout à coup, et un huissier s'écria de sa voix glapissante :

« Au nom du Roi et de la loi, place aux magistrats. »

Aussitôt, on vit paraître, au milieu d'une haie de gens d'armes, les officiers de justice, confondus avec les avocats du siége, immédiatement suivis des accusés et des principaux chefs de la multitude. Le sabre au poing, les soldats indiquaient clairement par leurs gestes et leur attitude énergique qu'ils avaient sous la main des otages dont la tête répondait de la moindre agression.

La foule sembla comprendre, et, soit par crainte, soit dans l'intérêt même d'une partie qui, en résumé n'était que remise, presque tous les assistants gardèrent le silence et une contenance passive.

Cette prudence commandée par l'espoir ou le doute, ne fut oubliée que sur un point, par le groupe où se trouvaient les quatre chefs vignerons, frère Toussaint, l'aubergiste et maître Pinault. Au grand émoi de ce dernier, une forte clameur fut poussée à l'oreille des magistrats, lorsqu'ils défilèrent, clameur qui eut pour effet d'éveiller de suite le sentiment du devoir et de la défense.

Sur l'ordre unanime des officiers et des avocats,

la force armée se précipita pour saisir les plus turbulents, tandis que, par un mouvement instinctif,
la foule ouvrit son sein pour les recevoir et se
referma immédiatement, dérobant ainsi à la justice
les coupables et le délit.

Tout préoccupé de calmer par ses supplications
et ses grands gestes l'effervescence imprudente
de ses amis, maître Pinault fut le seul qui ne
songea pas à profiter de cette porte de salut. Fort
de sa conscience, heureux peut-être de sortir d'un
milieu aussi compromettant, il resta en place,
continuant ses exhortations pacifiques qui, mal
interprétées dans tout ce bruit, le firent passer
pour un des meneurs les plus violents, dont il
importait de s'assurer incontinent.

Aussi, quelle ne fut pas la stupeur du pauvre
homme, lorsqu'il se vit saisi, garrotté, au milieu
d'une forêt de hallebardes, jeté parmi les accusés
comme un malfaiteur! Dire ses prières, son désespoir, ses larmes, ses imprécations contre Issoudun
et cette méchante pensée de quitter Châteauroux,
serait chose impossible. Il est des douleurs qu'il
faut renoncer à raconter, des effets d'orage, des
cataclysmes naturels devant lesquels reculent la
plume ou le pinceau.

A notre grand regret, nous sommes donc forcés
d'abandonner le triste drapier à son sort immé-

rité, nous bornant à le suivre de nos doléances et de nos vœux, suprême consolation que ne lui accordèrent pas même, il faut le dire, ses dangereux alliés.

Ils avaient, ma foi, bien autre chose à songer; car, au moment où le cortége quittait la place, un bruit redoutable, bondissant d'écho en écho, était venu frapper leurs oreilles et réveiller l'anxiété générale.

Un silence haletant passa comme une sueur froide sur la multitude; tous les regards se tendirent vers le lointain, chacun, retenant son souffle, écouta si quelque autre bruit ne viendrait pas démentir ses terreurs ou ses espérances.

« C'est le canon de d'Yvoi, hurlèrent en chœur les protestants, c'est le signal, un seul coup parti du nord. A la porte de Rome! à la porte de Rome! Vive la Réforme! Mort aux papistes! »

Et ils allaient se précipiter, lorsque tout à coup la voix solennelle du canon s'éleva de nouveau, mais cette fois du côté opposé, vers le midi, aux abords de la porte Saint-Patier, cette fois, si prochaine, si formidable, que le sol trembla sous les pieds.

« Écoutez, écoutez! »

Et chacun, la pâleur au front, le geste suspendu, s'inclina vers la terre, comme sous le souffle d'une tempête.

« Écoutez, écoutez ! »

L'attente ne fut pas longue, une seconde explosion ébranla la ville et fit relever toutes les têtes.

« Deux coups, clamèrent à leur tour les catholiques ivres de joie. C'est M. de Sarzay ; il est dans Issoudun ; on sent la poudre, on voit la fumée, d'Yvoi est distancé. Vive le Pape ! A bas Calvin et sa séquelle. A la porte Saint-Patier ! Aux armes ! Aux armes !

— Au faubourg de Rome, reprirent les protestants, qui sentirent renaître leur enthousiasme et leur espoir aux approches de la lutte ; que Dieu protége la cause d'Israël. Aux armes ! Aux armes ! »

Et, pareils à deux torrents furieux, les partis s'élancèrent dans des directions opposées.

CHAPITRE VIII.

UN LIT DE MORT.

Tandis que la population en délire se livrait à ses passions furieuses, la maison Jugand était plongée dans les larmes et la désolation.

La vieille dame agonisait.

C'est toujours ainsi, alors que les hommes, emportés par le vertige, oublient les lois de la raison, blasphèment la religion, le temps continue son cours et ne perd pas un de ses droits.

Il y a toujours, dans quelque coin isolé, une joie, une douleur intimes qui rendent hommage aux lois immuables de l'humanité et de l'immortelle nature. C'est un enfant qui sourit à la vie, un vieillard qui lutte contre la mort, spectacles imposants qui rappellent l'homme au sentiment de sa faiblesse et de ses devoirs, pour peu que l'image de Dieu survive dans son âme.

Et pourtant Claude, Gaspard et Julien n'étaient pas au lit de leur mère mourante. En vain on leur avait dépêché pendant la journée message sur message pour leur annoncer qu'après la fatale scène de la veille, la malade était tombée d'évanouissement en évanouissement, dans un état désespéré, et qu'il fallait accourir au plus vite, s'ils voulaient lui adresser un dernier adieu, recevoir une dernière bénédiction.

Soit que le messager n'eût pu se faire jour dans cette mêlée, soit que, retenus par d'invincibles devoirs, ils eussent cru la nouvelle moins grave, moins impérieuse, toujours est-il qu'aucun d'eux n'avait reparu à la maison depuis le matin.

Navrée jusqu'au fond de l'âme, la pauvre vieille commençait à désespérer et se préparait à mourir sans avoir revu ses fils, car de minute en minute, l'heure suprême arrivait.

Le médecin s'était retiré, abandonnant le corps au viatique. Les cierges étaient allumés ; sur un autel improvisé brillaient le crucifix d'argent et les vases sacrés.

Le vénérable curé de Saint-Cyr venait d'administrer les derniers sacrements et par de pieuses paroles soutenait l'âme dans ce passage difficile.

« Pardonnez-leur, ma bonne dame, et bénissez-les quoique absents, disait-il.

— Je leur pardonne de grand cœur ! Hélas, je ne voudrais les voir que pour les réconcilier avec le ciel. Quant à moi, si Dieu m'admet près de lui, je passerai l'éternité à prier pour eux.

— Pour eux qui l'ont tuée, fit tout bas la servante à travers les larmes.

— Silence, murmura maître Habert, silence Solange, n'éloignons pas la miséricorde céleste par nos reproches.

— Et Julien, mon cher enfant, ne l'embrasserai-je pas encore une fois. Ah! mignonnes, cette absence m'est bien dure! Au moins ne manquez pas de lui dire que je suis morte en pensant à lui.

— Ne vous tourmentez pas ainsi, bonne mère, vous n'en êtes pas là. Ils vont venir, bien sûr. On n'aura pas su les trouver dans tout ce bruit.

— En effet, je ne sais si c'est un rêve de mon pauvre cerveau, il me semble que la ville est bouleversée. Quel est donc ce grand tumulte? On se bat sans doute. Claude et Gaspard sont dans les rangs, l'un contre l'autre, comme des ennemis irréconciliables. Bonté divine, ils sont peut-être blessés, peut-être morts. Oh! cela m'explique leur absence. Et Julien?... mignonnes, mignonnes, ne me cachez rien. Dites, en grâce, s'ils m'ont précédée, et si je dois les retrouver là-haut.

— Calmez-vous, ma chère amie, reprit le prêtre. Vous vous tuez à parler ainsi. Il n'est rien arrivé de ce que vous craignez, croyez-moi.

— Vous l'affirmez, monsieur le curé?

— Je n'ai jamais menti, ma chère dame.

— Mais qui peut donc les retenir. Ils arriveront trop tard.

— Patience, nous avons du temps à nous.

— Oh! non, dit-elle tout bas, non, monsieur le curé ; la mort vient rapidement, elle monte vers le cœur, je la sens.

— Écoutez, écoutez, fit Ursule, en entrebaillant le volet, on vient, on frappe, on ouvre.

— Vite, vite, de la lumière, Solange.

— Plus de doute, ce sont eux, mon oncle, mon père et Julien. Enfin !

— Merci, mon Dieu, merci mille fois, s'écria la malade, qui, faisant un suprême effort pour se soulever sur son oreiller, retomba inanimée sous le poids de son émotion.

— Elle est morte, firent les assistants.

En ce moment, Claude et Gaspard entraient, bottés, éperonnés, l'épée au côté, prêts pour le combat, le visage animé du feu de la colère et du fanatisme.

« Morte, s'écrièrent-ils en se précipitant vers le lit ?

— Pas encore, reprit le curé de Saint-Cyr, mais son âme est sur ses lèvres. Silence, elle respire, à genoux, à genoux! »

Chacun obéit à la parole du prêtre. Gaspard lui-même n'hésita pas à plier la tête devant les insignes et les cérémonies d'un culte détesté ; tant la mort a d'empire dans sa sinistre majesté.

Anne Jugand ouvrit lentement les yeux, promena autour d'elle un regard qui n'était déjà plus de ce monde, et d'une voix solennelle, que nulle faiblesse humaine ne faisait trembler :

« Approchez, Claude et Gaspard, mes fils, approche Julien, mon enfant, approchez, mes filles et vous mes amis. J'ai déjà comparu devant Dieu, qui m'accorde de soulever encore une fois la pierre du sépulcre, pour vous donner un dernier conseil. Mes enfants, je vous laisse dans ce monde, qui, vous le voyez par moi, n'est que le prélude de la mort. Pourquoi donc employer les jours qui vous sont donnés en soucis étrangers au soin de votre âme, en divisions, en colères ? »

Mais personne ne répondit à l'interrogation de la pauvre mère qui poursuivit en hochant la tête :

« Vous n'avez donc pas compris ? Je dis cela pour vous Claude et Gaspard, pour vous que des passions funestes ont séparés, pour vous que je veux réconcilier avant de mourir. Qu'alliez-vous faire, coupables, insensés ? Pourquoi ces armes à votre ceinture, ces sombres éclairs dans vos yeux ? Vous détournez la tête... Ah ! vous êtes toujours

les mêmes et n'avez nulle pitié de mon agonie.
Allons Claude, allons Gaspard, que vos mains se
réunissent dans une même étreinte, que vos lèvres
se rencontrent dans un baiser de paix, et je mourrai joyeuse en vous bénissant... mais non... même
silence, même obstination. Qu'êtes-vous donc venus faire à mon lit de mort? Écarter la grâce du
ciel et la paix de l'âme, mettre un blasphème à
mes lèvres...

— Ma mère, croyez à ma tendresse, à mon respect, à ma douleur, interrompit M. de Lavarennes,
mais il est des devoirs...

— Ma mère, balbutia à son tour Gaspard, oubliez les peines involontaires que je vous ai cau-
sées. Mais Dieu commande....

— En maudissant Caïn, Dieu a commandé aux
frères de s'aimer. C'est lui qui parle par ma bouche. Il en est temps encore ; joignez vos mains
sur mon front. Toujours muets ; mais répondez
donc ! un mot, un seul mot d'amitié, de pardon.

— Jamais, murmura une voix sourde.

— Qu'ai-je entendu, reprit la moribonde, se
dressant effrayante sur son chevet : quel est le démon qui a soufflé ce mot impie : jamais... jamais !
Est-ce toi? est-ce toi?... Encore une fois, parlez !
je le veux, je l'ordonne. »

Et comme pour hâter la réponse, elle étendait

vers eux son bras décharné et les couvrait des fauves lumières de son œil hagard ; mais, quand, après une longue pause, elle vit sa douleur, ses prières, ses menaces accueillies par un silence glacial, elle perdit la raison et s'écria dans le désespoir de l'agonie :

« Soyez donc satisfaits, méchants chrétiens, fils dénaturés ; vous avez tué mon corps et vous perdez mon âme, vous me fermez à tout jamais la porte du ciel, car je meurs au milieu de la colère et des imprécations, en vous criant pour tout adieu : Je vous maudis ! »

A ces mots, sa pupille affreusement dilatée s'égara sous sa paupière, son corps se roidit sous une affreuse convulsion, sa tête retomba avec bruit sur le chêne du lit, un soupir étouffé s'échappa de sa poitrine... Elle était morte.

Une exclamation d'horreur et d'effroi s'éleva. Les jeunes filles et Julien se jetèrent sur le cadavre en criant : pardon, pardon.

Mais quand ils virent l'aïeule roide et inanimée, conservant sur son visage l'empreinte de l'indignation, ils tombèrent à genoux et se mirent à implorer la miséricorde divine.

« En grâce, monsieur le curé, fit Ursule en sanglotant, en grâce, conjurez cette terrible colère qui pèse sur la famille.

8

— C'est grave, très-grave, répondit le prêtre.
A genoux, messieurs, unissez vos prières aux
nôtres, pour que votre sainte mère retire ses paroles avant d'arriver jusqu'au trône de Dieu. Fu-
neste effet des passions du jour et de ces guerres
impies.

— Est-ce ma faute à moi, interrompit M. de Lavarennes, est-ce ma faute si ces haines se sont
déchaînées ? Est-ce moi qui ai renié la tradition de
mes pères, cette religion qu'ils nous ont transmise.
Dieu peut-il me punir d'avoir gardé scrupuleusement sa foi et de l'avoir défendue contre ses ennemis. Jugez-en vous-même, mon père.

— Ce n'est pas dans un pareil moment, quand
nous devons nous humilier, que nous pouvons
soulever de telles questions, mon fils.

— Mais il m'est bien permis de renvoyer à qui
de droit cette imprécation, que je n'ai nullement
encourue et qui est tombée sur ma tête par les
méfaits d'autrui.

— C'est-à-dire par mon fait, répliqua amèrement
Gaspard ; oui, je suis le réprouvé, le bouc émis-
saire de la famille, je dois porter la peine de vos péchés, de votre orgueil. Merci, mon frère ; mais à
mon tour j'en appelle à Dieu qui voit nos cœurs et
nous jugera. Vous vous arrogez le privilége unique
de défendre la foi, l'honneur et la vérité. Par le

ciel ! c'est le loup qui réclame le droit de garder le troupeau.

— Ne vous suffit-il plus de proclamer vos impiétés dans vos prêches, poursuivit Claude ? Continuerez-vous de blasphémer devant les insignes de notre religion, devant ce crucifix, ces vases sacrés, ces cierges funéraires, en présence de la mort, sur le corps à peine refroidi de notre mère ? Taisez-vous, ou quittez à l'instant même ce foyer sur lequel vous avez attiré la plus épouvantable des malédictions.

— Me taire ou partir ! suis-je donc un valet qu'on réduit au silence et qu'on renvoie à volonté ? Qui vous a donné le droit de commander ici, homme de colère et d'intolérance ?

— Le droit du maître. Je suis à cette heure l'aîné et le chef de la maison, je suis en mon logis, où je puis faire et commander à ma guise.

— C'est-à-dire qu'on me chasse ?

— Je ne saurais souffrir davantage l'hérésie sous mon toit. »

En ce moment, la douleur des assistants, trop longtemps contenue par l'effroi, éclata de tous côtés. Les mains jointes, les yeux suppliants, Ursule, Louise et Julien se précipitèrent entre les deux frères. Livrés au plus affreux désespoir, Habert et Solange sanglotaient au chevet.

Le prêtre récitait les prières des morts.

« Au nom du ciel, s'écrièrent les enfants, pour l'âme de notre mère, pour l'honneur de la maison, mon père, mon oncle, renoncez à ces querelles lamentables. C'est l'instant de prier. »

Mais sourds à ces pieux accents, ils les écartaient de la main pour se renvoyer de sombres regards.

On eût dit qu'emportés par le vertige, oubliant la solennité de la scène, ils étaient déjà livrés aux furies vengeresses appelées par la colère maternelle.

« Chassé, murmurait convulsivement l'impétueux Gaspard, chassé de cette maison que vous dites à vous... Un moment, monsieur, le sort des armes en décidera, entendez-vous ce bruit qui ébranle la ville? C'est le canon. C'est la voix du Seigneur. Avez-vous oublié que le lévite d'Israël, que Paul de Hangest est à vos portes pour faire justice des méchants et remettre les bons dans le véritable chemin ?

— Pardieu, tu me rappelles à mes devoirs. Tu l'as dit, le sort des armes doit en décider. Allons, ministre fanatique, accomplis ton œuvre de haine et de malheur, tire le glaive, allume le flambeau de la guerre civile ; je cours de mon côté où l'honneur et la religion m'appellent ; je cours défendre mon pays contre l'impiété, le meurtre et l'incendie.

— Ah! fit Gaspard, parvenu au paroxysme de la fureur et de l'exaltation ; le voici donc arrivé ce jour où Baal verra son temple renversé, ses idoles fondues dans la fournaise de l'enfer... Gloire à Dieu, gloire à Dieu!... Je pars, mais en quittant ce toit ennemi, je veux combler la coupe des imprécations et la verser sur lui. Adieu, maison inhospitalière, où la mère maudit ses enfants, où le frère chasse son frère... A mon tour, je te maudis !.. Viens, Julien, viens, mon fils, secoue la poussière de tes sandales ; partons, mais sans nous retourner, sans jeter un regard sur un seuil voué désormais à la vengeance céleste. »

Et il sortit en prononçant un dernier anathème, en lançant vers son frère un geste furieux.

« Miséricorde! s'écria le curé de Saint-Cyr, veut-on que les poutres s'abattent sur nos têtes, que la terre s'ouvre sous nos pas? Au nom du Sauveur et de sa sainte mère, cessez vos blasphèmes, ou je me vois forcé de renoncer à ma mission et d'abandonner le corps de votre mère.

— Il est parti, répondit sourdement M. de Lavarennes ; il est parti pour se joindre aux hérétiques. Pauvre mère, fit-il en s'agenouillant au pied du lit, pardonne si, devant ton pâle et froid visage, je n'ai pu contenir le cri de ma colère ; mais le canon bat nos portes, le satanique d'Yvoi menace notre reli-

8.

gion. Il faut, qu'oubliant toute affaire, tout devoir, chacun se lève à la hâte pour défendre sa foi ; car demain, si l'ennemi entrait en triomphe dans nos murs, qui rendrait à ton corps les honneurs d'une sépulture chrétienne ? »

Puis, après une courte prière, Claude de Lavarennes se leva, embrassa, les jeunes filles et s'éloigna en essuyant une larme furtive.

« Quelle terrible scène ! fit Louise se jetant au cou de sa cousine.

— En quel temps vivons-nous, Seigneur, soupira maître Habert !

— Mon Dieu ! pardonnez-leur et délivrez-nous du mal, ajouta le curé de Saint-Cyr. »

CHAPITRE IX.

LES ADIEUX.

Agité de mille doutes, abreuvé d'amertume, Julien était resté sourd à l'ordre de son père. Il ne pouvait quitter cette maison, asile de toutes ses affections, de tous ses souvenirs, sans éprouver un trouble indicible, sans se recueillir dans un dernier et solennel adieu.

Quand les deux frères furent partis, la douleur suivi son cours sans contrainte. Sous le poids de l'épouvante, de la honte et de la tristesse, chacun se tint longtemps encore immobile à sa place, dans cet anéantissement qui suit les grandes crises du corps et de l'âme.

Après avoir achevé les oraisons, répandu l'eau sainte dans la chambre, le curé de Saint-Cyr venait de se retirer.

Les mains jointes, le visage perdu dans les rideaux du lit, Ursule et Louise demeuraient prosternées, sans avoir la force de lier une prière. Leur poitrine, soulevée par le désespoir, laissait échapper des sanglots inarticulés.

Plus durement trempé, Julien était debout près
du chevet; ses yeux, immuablement fixés sur le
cadavre, versaient deux ruisseaux de larmes silen-
cieuses; maître Habert gardait sur son siége une
pose tristement résignée, et suivait avec une appa-
rente attention les arabesques flamboyantes du
foyer.

Seule, la vieille Solange semblait avoir encore le
sentiment de son être. Habituée par les exigences
de sa position à concilier ses peines et ses joies
avec les soins domestiques, jalouse de servir encore une fois sa maîtresse, elle allait, venait,
ouvrait les armoires, préparait la toilette et les
cierges de la veillée.

« C'est donc fini, murmura-t-elle, pauvre sainte
femme.

— Après tout, ajouta le poëte, répétant la triste
conclusion invariablement prononcée sur chaque
tombe, après tout, c'est un bonheur. Ce n'est pas
elle qu'il faut plaindre. »

Et il montrait du regard les jeunes filles éper-
dues.

« Allons, mes chères demoiselles, reprit la servante, relevez-vous. Vous vous tuerez à rester
ainsi, vous n'avez pas dormi de la nuit dernière.
En grâce, prenez quelque repos, passez dans la
chambre verte.

— Quitter cette chambre, Solange, y penses-tu, fit Ursule à ?ravers ses larmes ?

— Pour un instant, une minute seulement, ne faut-il pas mettre tout en ordre, comme dans la chapelle d'une sainte ? Pauvre chère dame, elle aimait tant voir tout propre et bien rangé autour d'elle. Voyons, maître Habert ; voyons, monsieur Julien, conduisez-les et donnez-leur un peu de raison.

— Solange parle sagement, fit le poëte, nous reviendrons bientôt, je vous le promets, je vous le jure. »

Sur cette assurance de leur vieil ami, les jeunes filles, suivies de Julien, se laissèrent entraîner dans la pièce voisine, où les larmes reprirent leur cours.

« Du courage, mes chers enfants, continua Habert, c'est une loi commune.

— Est-ce possible, quand tout nous abandonne au ciel et sur la terre ?

— Ah ! ce n'est pas bien. Ne suis-je pas là pour vous aider, pour vous chérir, ainsi que Julien ?

— Moi, répondit lentement le jeune homme, à quoi suis-je bon, ne faut-il pas que je parte à mon tour ?...

— Bonté divine ! interrompit Louise, ne parle pas ainsi, Julien. N'avons-nous pas assez de peine sans y joindre des paroles amères ?

— Ce n'est pas amertume ; hélas ! je n'en ai pas la force : c'est tristesse profonde. Je me désole d'ajouter à vos douleurs, de vous rappeler au sentiment de la réalité. Mais jugez vous-mêmes et prononcez. N'avez-vous pas entendu cette malédiction lancée au front de mon père et la dispute horrible qui s'est élevée sur ce lit de mort ?

— Oh ! ne rappelle pas ces affreux moments. Il me semble que j'ai fait un songe épouvantable...

— Avez-vous oublié que nous sommes maudits et chassés, oúi, chassés de cette maison où je suis né, où j'ai grandi, vécu avec vous.

— Assez, Julien, s'écria Ursule, assez ! Te dire ce que j'ai souffert pendant ce temps serait chose impossible. Ne renouvelle pas mes souffrances.

— Je le voudrais, mais la nécessité commande il ne faut pas que ton père me retrouve ici ; je ne suis plus chez moi.

— En grâce, mon ami, mon frère, poursuivit la pauvre fille, par pitié pour moi, pardonne à mon père ces paroles échappées de sa bouche et que son cœur dément. Il est bon, tu le sais, il t'aime...

— Oui, fit Louise, et ce n'est pas sur toi que s'est tourné son courroux ; reste, tu nous aideras à le désarmer.

— Merci, mes pauvres amies ; mais vous vous abusez. Allez, je parle froidement. Mon cœur n'a

pas de place pour l'amertume, mais le sort a fata-
lement prononcé. Songez à ce qui vient d'avoir
lieu ; à ce qui se passe en ce moment... N'entendez-vous pas de temps à autre la voix mugissante
du canon ? Où sont nos pères, à cette heure où
vous parlez de pardon et d'oubli ? Ils puisent dans
des luttes fraticides une haine irrévocable qui nous
sépare à jamais. Allez, la douleur n'a pas égaré ma
raison. Répondez maintenant.

— Julien, tu exagères, tu t'enivres de tes propres
chagrins.

— Je le voudrais, mais il n'en est pas ainsi.
J'ai beau retourner dans ma tête toutes les chances qui me rattachent au bonheur, c'est-à-dire à
cette maison, à vous, chères sœurs... je n'en vois
luire aucune... Songez-y, Issoudun est partagé en
deux camps qui se mesurent sur un champ de bataille. Avant quelques heures, la victoire aura prononcé, elle sera sans pitié ni merci pour les vaincus. Si les catholiques triomphent, ils exerceront
de terribles représailles, trop justifiées, il faut bien
le dire, par les excès des protestants à Bourges.
Mon père et moi seront proscrits et, pour le soin
de notre sûreté, forcés de quitter à tout jamais le
pays. Si au contraire notre religion a le dessus, je
le dis à notre honte, nous ne serons pas plus mo-
dérés dans le succès. Mon oncle de Lavarennes

devra s'enfuir à son tour, comme ton père a dû le faire dans un temps, bonne Louise.

— Mais au moins, fit celle-ci, pour cette nuit de mort bruyante là-bas, silencieuse et morne ici, ne peux-tu demeurer, nous prêter aide et secours. Sans toi, que deviendrons-nous, avec le poids de notre peine, au milieu des dangers qui nous entourent?

— Au lieu de soulager votre douleur, je ne saurais que la doubler, car la mienne est aussi forte. Je suis impuissant à donner des consolations, car je ne puis ni ne veux me consoler. L'amitié de maître Habert, le dévouement de Solange feront mieux que moi. Quant aux dangers qui menacent cette maison, je serai plus à portée de les écarter et de veiller sur vous, en suivant au dehors les événements.

— Quoi, tu voudrais prendre part à cette guerre impie, tirer l'épée contre les tiens?

— Loin de moi cette abominable pensée. J'ai pu, dans des instants plus calmes, au moment où les passions seules agitaient le cerveau, j'ai pu sentir l'aiguillon de l'enthousiasme et de la colère. Mais aujourd'hui, après le terrible exemple qui vient de se passer dans cette famille, devant cette malédiction, fruit amer de nos rébellions, j'en prends Dieu à témoin, je renonce pour toujours à ces luttes ; si je m'y mêle, ce sera pour m'efforcer de les conjurer, de les éteindre.

— Mais, interrompit Ursule toute tremblante, cette mission de paix et de dévouement n'offre pas moins de danger que la lutte.

— Au moins j'aurai rempli mes devoirs, car il m'en reste de graves. Songez, chères et saintes filles, songez que j'ai encore un père, sur lequel je dois veiller, quelles que soient ses erreurs ou ses vicissitudes, un père que je dois calmer dans le triomphe, consoler et suivre dans l'exil. A cette heure où j'hésite encore, il est peut-être entouré d'ennemis, sanglant, couvert de blessures, il a peut-être succombé! Encore une fois, vous le voyez bien, je ne puis rester.

— Va donc, puisqu'il le faut, fit en soupirant Louise ; va, pauvre frère, où le destin te mène, nous prierons Dieu de te suivre et de te protéger.

— Puisque vous voulez nous quitter, interrompit le vieux poëte, soyez prudent, mon ami ; n'oubliez pas votre serment et la mission de paix que vous vous êtes tracée ; ne courez pas inutilement les dangers, songez qu'il y a derrière vous des cœurs qui souffriront de vos peines, saigneront de vos blessures.

— Viens, ajouta Ursule, viens prier encore une fois sur le corps de notre mère. La vue de la mort donne de bons conseils, apaise le tumulte de l'âme et maintient les sages résolutions. »

Et plus calmes en apparence, suivies de maître Habert et de Julien, les deux cousines rentrèrent dans la chambre de la défunte, où, par les soins de Solange, respirait cet ordre, ce recueillement glacé, triste et dernière parure de la mort.

Les meubles, rangés le long des tentures, affectaient une symétrie roide et compassée ; les glaces, retournées vers le mur, ne reflétaient plus aucune image ; les tableaux des aïeux étaient voilés ; autour du lit tremblaient les cierges clignotants ; l'eau sainte et le buis bénit attendaient les mains pieuses.

Recouverte de ses habits du dimanche, la défunte reposait sa tête pâle sur un blanc oreiller : ses paupières, soigneusement abaissées, semblaient protéger le sommeil ; sa bouche avait perdu cette affreuse contraction par où était sorti l'anathème ; le crucifix dormait sur sa poitrine ; on eût dit qu'elle se reposait en paix dans l'éternité des souffrances éprouvées en ce monde.

Déjà vêtue de deuil, Solange déroulait les grains du chapelet et commençait la veillée des morts.

Les enfants vinrent silencieusement s'agenouiller au pied du lit, et pendant quelques minutes restèrent plongés dans le recueillement. Leur douleur avait déjà pris cette teinte solennelle et presque fatale, premier appareil posé sur la blessure par la main de la nature.

Quand ils eurent fini de prier, Julien reprit son manteau et son épée, puis revint au lit, déposa un baiser sur le front livide de son aïeule, et d'une voix qu'il s'efforçait de rendre calme, mais dont chaque note tremblait sensiblement dans les larmes :

Adieu, pauvre vieille mère, dit-il, adieu, doux et pâle visage que j'ai tant aimé. Tes souffrances sont finies, les nôtres commencent. Ce foyer que tu chérissais, que tu gardais par tes vertus, tu l'as quitté avec colère, tu l'as maudit; mais j'en suis sûr, ta bouche a refusé de répéter à Dieu ces paroles sévères, car tu n'as pas renoncé à venir quelquefois sous ce toit. Songes-y, tu laisses ici des filles chéries sur lesquelles tu ne peux manquer de veiller. Tu oublieras cette imprécation qui les frappe ainsi que moi, car maudire le père, c'est flétrir les enfants. Tu ne le voudrais pas. Mais à quoi bon te dire cela? Tu es sans doute aux pieds du Sauveur, priant pour tes fils, pour ceux qui t'ont offensée. Tu le vois, je m'éloigne aussi; j'ai grand besoin de ton aide en commençant ce long voyage. Qui sait si je reverrai jamais cette maison, ceux que j'y laisse, ces pauvres sœurs? Ah! mon cœur se brise.

— Julien, Julien, mon ami, s'écrièrent les jeunes
filles couvertes de larmes, espérons; le sort ne
sera peut-être pas si dur, prenons courage.

— Du courage ! fit-il avec un accent déchirant,
du courage! vous le dirai-je? je n'en ai plus. Je
m'en vais désolé, ne voyant luire aucun espoir,
aucune étoile au ciel. Il me semble que je marche
dans les ténèbres vers des abîmes. Quitter ce
logis, ne plus vous voir, c'est la mort, et cependant il le faut. Je ne puis en douter, tout cela est
trop réel. Entendez le canon qui redouble ses
coups, les démons qui rient et m'appellent. Et
cette malédiction, grand Dieu !

— Elle l'a retirée, tu le sais bien, nous allons
tant la prier à notre tour. Mais calme-toi, pourquoi cet œil hagard? Tu souffres, ta raison s'al-
tère, tu ne peux partir ainsi, reste, reste.

— Impossible, je serais un misérable sans honneur ; on s'égorge là-bas, mon père et mon oncle
sont dans la mêlée, je dois veiller sur eux. A vous,
maître Habert, à toi, ma bonne Solange, de garder
ce précieux dépôt. Adieu mes amis, adieu encore
une fois, saintes filles, sœurs chéries que j'aime
avec passion, pensez à moi, priez pour moi, car je
suis bien malheureux, adieu ! »

Puis, les attirant dans une même étreinte, il
couvrit leurs fronts de pleurs et de baisers, se dé-

gagea de leurs bras et s'élança vers la porte,
d'une course désespérée, en s'écriant : « Maudit !
maudit ! »

S'il est des malheurs que le temps ou la réflexion atténuent, il en est d'autres au contraire
dont on ne peut scruter la profondeur qu'en en
faisant l'inventaire. Tel était celui qui venait de
frapper Ursule et Louise.

Cette mort, depuis si longtemps annoncée par la
nature et la science, contre laquelle on avait rassemblé ses forces et sa résignation, elle était enfin
arrivée, dépassant, par les terribles circonstances
qui l'entouraient, toutes les craintes, tous les pressentiments.

Les pauvres demoiselles avaient bien prévu le
vide affreux, l'abandon dans lequel elles se trouve-
raient sur terre, lorsqu'elles auraient perdu cette
tendresse ineffable qui les initiait aux vertus paisibles, les gardait contre les dangers du monde.
Mais pouvaient-elles penser qu'à l'heure même où
Dieu leur préparait un si grand désastre, il ferait
tomber sur la maison la malédiction d'une mère,
la guerre sur la ville natale, susciterait entre les
deux frères une de ces luttes impies qui ensan-
glantent et déshonorent les familles ?

Aussi quand, après ces coups répétés, ces ruines
successives, elles virent en dernier lieu partir le

compagnon de leur enfance, çe frère bien-aimé qui égayait et réconfortait leur vie, elles se sentirent prises d'un découragement immense et désespérèrent de la Providence.

En vain maître Habert et Solange oublièrent leur propre douleur pour leur prodiguer des consolations, elles repoussèrent comme une sorte d'injure les espérances mensongères réveillées par le dévouement de ces braves gens.

« Pourquoi chercher à nous tromper, maître Habert, répondait d'une voix presque courroucée Louise, d'ordinaire si calme et si stoïque? Vous savez bien que notre malheur est irréparable. C'est mal, très-mal, de vouloir nous consoler. Souhaitez-nous plutôt la mort.

— Là, là, ma chère demoiselle, reprenait doucement le digne poëte, ne nous fâchons pas ; n'est-il plus permis d'engourdir ses peines dans la résignation, comme la fatigue du corps dans le sommeil ; allez, si vous aviez vécu jusqu'à mon âge, si vous aviez perdu l'une après l'autre vos chères illusions, vous courberiez plus docilement la tête sous la colère de Dieu. Vous parlez de mourir... Hélas ! j'ai vu partir dans la même année mes deux fils et leur mère, et je vis encore. »

Et le digne vieillard se mit à fondre en larmes.

« Pardon, pardon, mon vieil ami, fit Louise au

désespoir d'avoir réveillé un pareil souvenir ; la douleur est injuste et égoïste.

— Sa bonté est inépuisable, ajouta Ursule ; il ne nous retirera pas son affection. Nous avons déjà trop perdu aujourd'hui.

— A condition, reprit la servante, que vous serez plus sages, que vous essuierez vos yeux pour regarder sérieusement notre situation. Je ne veux pas vous tromper, moi ; outre le malheur qui nous arrive, nous ne sommes pas à l'abri des autres ; dans quelque passe qu'on se trouve, il faut réfléchir. Les larmes ne mènent à rien. D'ailleurs, nous avons du temps devant nous pour pleurer. Plus tard je ne vous en empêcherai pas.

— Que veux-tu dire, Solange ?

— Que nous avons encore des devoirs à remplir, des précautions à prendre. Enfin, ne nous faut-il pas penser à la cérémonie, à l'enterrement de notre chère dame ? C'est triste sans doute, mais c'est la loi ; on le fera pour nous plus tard.

— Tu as raison, ma bonne ; tu es meilleure chrétienne que nous.

— Je vous parle ainsi, parce que cela n'ira peut-être pas tout seul, à cause de la bagarre. Toute la ville est en l'air. Si nous pouvions seulement savoir où l'on en est, mais trois femmes et un vieillard...

— Voulez-vous que je sorte un instant, dit le poëte, je tâcherai de m'informer et de vous rapporter des nouvelles ?

— Oh ! non, s'écrièrent ensemble Ursule et Louise. En grâce, ne nous séparons pas ; il pourrait vous arriver malheur. Que deviendrions-nous, grand Dieu ?

— M'est avis, reprit la servante, que si nous montions au grenier, nous pourrions, par la lucarne du pignon, entendre ou voir quelque chose. La maison est élevée et nous sommes, je crois, en lune pleine.

— Je m'en charge, fit maître François ; malgré mon âge, j'ai encore bonne vue et bonne oreille.

— Allez donc, mon ami, et revenez-nous bientôt. Surtout, ne vous aventurez pas s'il y a le moindre danger. Écoutez... Écoutez...

— Dieu ! quelle terrible arquebusade. Il semble que le bruit se rapproche et augmente de minute en minute.

— Je vais le savoir, dit le vieillard se dirigeant vers l'escalier ; ne craignez rien, je suis à vous dans l'instant.

— De mon côté, poursuivit Solange, je vais barricader la porte de la rue et du jardin ; Jésus ! quelle nuit ! »

Peu de temps après, maître Habert rentra, hochant la tête et témoignant, par sa physionomie, que le résultat de ses investigations n'était pas propice.

« Rien de bon, grommela-t-il, c'est plus sérieux que nous ne pouvions l'imaginer. C'est une affaire en règle, la guerre avec toutes ses horreurs.

— Qu'avez-vous vu et entendu?

— Je ne saurais le dire ; mais la ville est en feu. Un gros incendie vient d'éclater du côté de Villatte.

— Et vous croyez que ce n'est pas pur accident?

— Pas plus que les arquebusades et les coups de canon échangés entre les deux partis, qui sont réellement considérables, à en juger par le bruit qu'ils mènent. Ce qu'on disait était vrai touchant l'arrivée de d'Yvoi et de M. de Sarzay. L'on en voit déjà les tristes conséquences.

— Que faut-il faire, mon vieil ami ?

— Nous n'avons qu'à prier et à attendre. Dieu merci, la maison est assez éloignée du lieu de l'engagement pour ne courir aucun danger présent. J'espère que, fatigués de batailler pendant la nuit, ils nous donneront quelque répit. De temps à autre je monterai à mon observatoire, pour vous dire où nous en sommes.

— Prenons donc patience. »

9.

Une bonne partie de la nuit s'écoula ainsi, au milieu des angoisses et des prières ; comme il l'avait annoncé, le vieillard sortait d'heure en heure, pour s'orienter et rapportait des nouvelles plus ou moins rassurantes.

Enfin, vers le matin, l'orage paraissant se calmer, l'espérance revint un peu dans la triste maison. Chacun sentit avec une certaine volupté la fatigue engourdir ses facultés ; peu à peu le silence régna dans la chambre, et, la nature prenant le dessus, maître Habert et Solange finirent par oublier, dans le sommeil, leur douleur et leurs craintes.

« Qu'ils sont heureux ! fit Louise à voix basse ; ils dorment, ils habitent un autre monde, tandis que nous veillons avec notre malheur et l'effroyable réalité.

— Pauvres gens, reprit Ursule, ils ont déjà tant souffert ou vu souffrir ; leur âme s'est cuirassée de cette triste vertu qu'on appelle expérience. Mais nous, jusqu'ici bercées dans la quiétude et le bonheur, quel horrible réveil !

— Oui, notre détresse est immense, et Dieu n'a pas mesuré ses coups à notre faiblesse. C'est trop, trop à la fois.

— Pauvre sainte mère, n'était-ce pas assez de rester ici-bas sans ton amour, sans ton exemple ?

— Fallait-il voir notre pays ravagé par l'incendie, nos pères maudits, perdre pour toujours peut-être ce frère dévoué, qui un jour devait être notre soutien ?

— Ah ! poursuivit Ursule avec un gémissement parti du fond de l'âme, bien plus que toi je connais l'étendue de nos pertes.

— Plus que moi, plus que moi, fit Louise avec étonnement ; te crois-tu donc supérieure en tendresse, en dévouement ?

— Oh ! non, non, ma pensée t'échappe, tu ne peux, tu ne dois pas comprendre.

— Eh quoi ! Ursule, est-il donc un repli de ton cœur qui doive m'être fermé, une de tes douleurs, une de tes joies qui me soit étrangère ?

— Pardon, pardon, ma pauvre amie, cette pensée qui germait dans mon sein, je l'ignorais moi-même, le malheur seul l'a fait naître.

— Que veux-tu dire ?

— C'est peut-être mal d'aborder un tel sujet en présence de la mort ; mais écoute, ce secret que je voudrais étouffer, je te le confie bien bas, comme un doute qui m'obsède et que tu pourras éclairer. Au nombre des peines qui nous frappent, tu viens de rappeler le cruel départ de Julien.

— Oui.

— Pour toi, cette séparation est pénible sans

doute, mais ta saine raison, ton joyeux caractère, tandis que moi...

— Eh bien?

— Cette séparation, vois-tu, je la trouve affreuse, intolérable ; elle m'enlève tout espoir, toute consolation.

— Mais, c'est comme moi.

— Pour moi, Julien était l'ami continuel de mes jeunes années, dont les soins me charmaient ; je voyais en lui le bon génie de la famille, le...

— C'est encore comme moi.

— Quand il était absent, la maison était morte, le soleil pâle, les fleurs maussades ; par sa présence tout reprenait la vie, la maison bondissait de joie, les fleurs étalaient leurs plus belles couleurs aux gais rayons du jour.

— C'est toujours comme moi.

— Sans doute, mais pour toi Julien n'était qu'un frère, qu'un ami, et jamais, dans tes folles rêveries, il ne t'est arrivé de scruter l'avenir, de construire un monde de chimères.

— Qu'en sais-tu?

— Mais tu ne veux pas me comprendre, fit Ursule la prenant par la main et tournant vers elle un regard suppliant?

— Si fait, je comprends, répondit Louise d'une voix altérée.

— Alors, pourquoi garder le silence, pourquoi détourner les yeux, pourquoi cette pâleur subite ?

— Il ne nous manquait plus que cette douleur.

— Qu'as-tu donc ? Au nom du ciel, Louise, ma chère sœur, des pleurs couvrent ton visage, réponds !

— A mon tour je te dirai : tu ne veux donc pas comprendre ?

— Ah ! s'écria Ursule en joignant les mains, tu l'aimes aussi ! »

Et les deux cousines restèrent quelques instants face à face, se regardant fixement avec cet œil interrogateur qui perce les ténèbres de l'âme. Sous l'empire d'une passion commune, elles sentirent passer dans leur cœur comme un souffle de colère, mais ce ne fut qu'un nuage, et leur affection éclatant plus vive dans cette dernière infortune, elles se jetèrent dans les bras l'une de l'autre et confondirent leurs larmes.

« Sommes-nous donc destinées à épuiser en un jour la coupe de toutes les amertumes, dit enfin Ursule ; ayant tout perdu sur terre, une suprême consolation nous restait ; cette amitié sainte, qui semblait devoir nous unir à jamais contre les coups du sort, nous ferait-elle aussi défaut ?

— Non, sachons nous montrer plus fortes contre nous-mêmes et n'aidons pas le sort à nous accabler.

— Te l'avouerai-je, quand j'ai vu ton œil scrutateur descendre comme un reproche au fond de
ma conscience, je me suis sentie mordue par le
serpent de la jalousie, j'ai connu presque la haine,
la haine contre toi, Louise ; pardonne, pardonne !

— Qu'ai-je à pardonner ? Va, je ne suis pas meilleure. Crois-tu que je n'aie pas éprouvé comme
toi cette amertume de la rivalité ?

— Ah ! serions-nous aussi sous l'empire de la
malédiction maternelle, livrées aux furies déchaînées sur cette maison. C'est impossible, n'est-il
pas vrai ? Ce serait trop affreux.

— Non, non ; je le sens, cela ne sera pas. Cette
tendresse commune qui a germé à notre insu dans
nos âmes, qui vient d'éclore à la même heure, loin
de nous diviser, elle doit nous unir plus étroite-
ment. Chassons les mauvaises pensées que conseille la jalousie.

— La jalousie, qu'aurait-elle à faire entre nous ?
Le bonheur seul peut la susciter et le bonheur ne
nous est plus réservé. Oui, restons unies dans une
même infortune ; que ce secret devienne un lien
nouveau, une nouvelle ressemblance de nos pensées jumelles, et, sans nous consumer en chagrins
stériles, laissons faire le temps.

— Oui, et si jamais le sort regarde d'un œil plus
favorable l'une de nous, jurons que loin de s'en

attrister, l'autre s'en réjouira comme de sa propre joie.

— Je le jure ; mais va, ma chère enfant, nous n'aurons pas à exercer les douces vertus de la résignation, fit tristement Ursule.

— Qui sait, interrompit Louise, en souriant mélancoliquement. Je ne saurais vivre sans espérance. Je veux donc espérer, non pour moi seule, mais pour nous deux en même temps.

— Allons, c'est convenu, espérons ! »

Et scellant par un dernier embrassement ce pacte sincère, fondé sur de fragiles illusions, elles restèrent ainsi appuyées l'une sur l'autre, le regard fixé dans l'espace, la pensée tendue vers de lointains horizons.

Peu à peu, en suivant le cours de leurs rêveries, en retournant les fantasques images de leurs chimères, leurs pauvres têtes fatiguées finirent par s'appesantir ; et bientôt, les cierges, qui seuls continuèrent de veiller, éclairèrent cette scène muette, où régnait le sommeil ; ici, sommeil de la mort, qui dure toute l'éternité ; là, sommeil de la vie où l'on oublie ses douleurs pour les retrouver au réveil.

CHAPITRE X.

ENTRÉE DE M. DE BARBANÇOIS A ISSOUDUN.

Or, voici les graves événements qui venaient de se passer dans les faubourgs.

Après avoir ravagé Saint-Florent et le château du Coudray, le capitaine d'Yvoi s'était présenté devant les murs d'Issoudun, du côté du faubourg de Rome, où il avait cru pouvoir entrer sans coup férir. Mais à son grand dépit, il s'était trouvé en regard de M. de Sarzay, qui tenait la clef des portes, et il lui avait fallu disputer un passage énergiquement refusé.

En conséquence, et après quelques pourparlers inutiles, il avait entamé contre les remparts un feu nourri, auquel avaient répondu non moins vivement les assiégés.

Partagée en deux camps, la population active s'était empressée de prendre parti. Les calvinistes, qui s'étaient avancés à la rencontre du capitaine d'Yvoi, ayant trouvé les portes fermées au retour, avaient pris rang parmi les troupes de siége, tandis que les catholiques, après avoir introduit M. de Sarzay, étaient restés pour ainsi dire maîtres de la ville, au grand émoi des familles huguenotes.

Pourtant les forces étant à peu près égales de part et d'autre, les chances douteuses, les catholiques n'osèrent se livrer de suite aux excès ni user de représailles ; tous leurs efforts se concentrèrent sur le théâtre de la lutte, de sorte que, à part les points attaqués, l'intérieur de la ville jouit pendant ce temps d'une espèce de repos relatif.

La lutte dura toute la nuit avec ses péripéties, ses phases de triomphe et de défaite, d'exaltation et de découragement. Furieux de rencontrer, contre son attente, une résistance si opiniâtre à la porte de Rome, d'Yvoi tenta d'opérer une diversion et d'attirer l'attention de ses adversaires sur un autre point, en portant l'incendie dans le faubourg de Villatte. Cette cruelle tactique fut sur le point de réussir, car en peu d'instants un grand nombre de maisons étant devenues la proie des flammes, les efforts des assiégeants durent se tourner contre le fléau au détriment de la défense.

C'était sans doute cette clarté lugubre que le poëte avait aperçue du faîte de la maison Jugand.

Le jour suivant ayant été employé à dominer l'incendie, d'Yvoi fit de nouveaux progrès, et les

catholiques apprirent avec effroi que, le lendemain
à la diane, il devait ordonner l'escalade et l'assaut.

Malgré le rare courage et les conseils de M. de
Sarzay, la population commençait à mollir et chacun, se rappelant les cruautés commises à Bourges,
se demandait s'il ne serait pas plus prudent de
conjurer, par une prompte soumission, les terribles malheurs qui allaient fondre sur la ville,
lorsque tout à coup un nouveau bruit vint changer
la face des choses. Un grand mouvement s'opéra
du côté des assiégeants qui, abandonnant les travaux d'attaque, se replièrent dans leur camp et
parurent songer à la défense.

« Par la messe, fit M. de Sarzay, d'où peut
leur venir cette prudence imprévue? Est-ce une
nouvelle tactique pour nous attirer dans la plaine?

— Je crois, répondit M. de Lavarennes placé
pour l'instant à ses côtés, je crois qu'avant peu
nous pourrons en connaître la cause. Quand vous
verrez la poule se tapir dans un buisson, caqueter
et réunir ses poussins, regardez au ciel, et soyez
sûr par avance d'y apercevoir l'épervier décrivant
sa spirale. M'est avis que si l'un de nos gens mon-
tait sur la tour, il en saurait tout aussi long que le
capitaine d'Yvoi.

— Vrai Dieu! M. de Lavarennes, vous avez
trouvé juste. C'est sans doute un secours qui nous

arrive : alerte ! Gaucher, cours à la tour et vois ce
dont il retourne, et vous, braves gens, oubliez vos
peines, reprenez du cœur. Mort de ma vie ! il ne
faut jamais désespérer tant qu'on a une once de
poudre dans sa poche, un pouce de fer à la main,
un nom de saint à invoquer dans le calendrier. »

A ces mots, chacun se remit au travail, chargea
ses armes, releva la tête et retrouva la parole.

« Pardieu, s'écria Pierre Bureau recouvrant ses
couleurs et sa grosse gaîté, je pensais déjà à suivre les conseils du capitaine, c'est-à-dire à plier
bagage. Dieu merci, mes enfants, j'espère que la
Pomme-de-Pin débitera longtemps encore ce bon
petit vin d'Issoudun que vous savez si bien faire
venir.

— Et qu'à mon âge je ne serai pas forcé d'aller
planter mes vignes dans les sables de l'Arabie, fit
Luneau-Blanchard, le doyen des vignerons.

— Et que je vous ferai toujours de bons fûts
bien clos et bien solides, poursuivit Thavenet le
tonnelier.

— Que nous remplirons avec la belle vendange
que déjà le bon Dieu nous prépare, ajouta Jean
Sagot.

— Et que nous viderons avec les bons catholiques, avec ces braves soldats qui viennent à notre
secours.

— C'est cela, répondirent les soldats ; vivent le Roi et les vignerons d'Issoudun ! -

— Oui, reprit M. de Sarzay, mais il faut que les nouvelles soient bonnes. Tenez, voici Gaucher qui arrive hors d'haleine. On dirait qu'il tient la Sainte-Vierge par les pieds ; il gesticule, fait des grimaces et tourne les yeux comme un possédé. C'est bon signe. C'est sa manière de rire et d'être content. Eh bien ! mon garçon, qu'as-tu vu ? »

Quand la voix lui fut quelque peu revenue, l'essoufflé messager entama une description poétique et emphatique de ce qu'il avait aperçu du haut de la tour. Il peignit la marche d'une nombreuse armée arrivant à marche forcée du côté de Châteauroux, au milieu d'un tourbillon de poussière, les armes luisant au soleil, les bannières flottant au vent, ajoutant que c'était un merveilleux spectacle, vraiment fait pour réjouir les cœurs orthodoxes et terrifier les infidèles.

« Vive Dieu ! dit M. de Sarzay, je ne m'attendais pas à être si promptement secouru, à moins que ce ne soit le sieur de La Brosse accourant de Blois avec ses quinze cents chevaux. Pourtant sa dernière lettre n'était datée que de Romorantin.

— Ils sont bien plus de quinze cents, s'écria Gaucher, c'est une armée entière, de pied et de cheval.

— Alors, c'est véritablement l'avant-garde des Guise, sous les ordres du maréchal de Saint-André. Merci de moi, je plains les huguenots; M. le Maréchal a la main dure, et ses bandes ont l'habitude de prendre carte blanche en pays conquis.

— Mais, fit maître Bureau, ces Messieurs sauront-ils distinguer leurs amis d'avec leurs ennemis et traiter chacun selon ses mérites?...

— C'est tout au plus, mon brave... Cependant nous pourvoirons à ce qu'ils n'inquiètent pas trop les bons catholiques, sauf à leur passer quelque douceur à l'endroit des hérétiques...

— Ah! de ce côté, tout ce qu'ils voudront; ce n'est pas moi qui mettrai le doigt entre l'arbre et l'écorce.

— Pour éviter tout malentendu, parcourez la ville avant l'arrivée du Maréchal; que chacun, pour faire connaître ses sentiments et sa foi, trace une belle croix blanche sur sa porte; que ceux qui sont lettrés ne se fassent pas faute d'inscrire sur les murs de leur maison, sur leurs meubles et sur leur bonnet : Vive la messe! Vive M. de Saint-André! Par ainsi, les bons seront distingués des mauvais.

— Oui, oui, vivent le Maréchal et M. de Sarzay.

— Puisque les choses tournent à bien, interrompit le vieux Luneau, je crois qu'il serait temps de penser aux gars de Diou et de Sainte-Lizaigne.

— En effet, fit le capitaine Hémard, ces pauvres enfants doivent-ils être inquiets sous les verrous en entendant tout ce tapage ! Ouvrons la cage et faisons-leur partager l'allégresse générale.

— Je n'y vois aucun mal, répondit M. de Barbançois.

— A la prison ! à la prison ! » s'écrièrent les vignerons, brandissant leurs leviers, leurs masses et leurs volants.

Et ils se mirent en marche, en poussant mille clameurs de joie et de triomphe sous les fenêtres des catholiques, mille imprécations et menaces devant les maisons huguenotes.

Quand la bande fut parvenue sous la voûte de la prison, elle s'élança comme une troupe d'assaut contre la porte qu'elle battit en brèche, en demandant impérieusement l'entrée.

« Ordre de M. de Sarzay de mettre en liberté les gens de Diou et de Sainte-Lizaigne, et promptement, dit le capitaine Hémard au geôlier qui, tout tremblant, avait fini par ouvrir au moment où les gonds allaient se détacher des murailles.

— Je ne demande pas mieux, fit le pauvre homme ; mais si l'on me fait un mauvais parti pour cela...

— Ne crains rien, fit l'aubergiste, nous t'en répondons. Nous sommes les maîtres de la ville, et si tu as quelque péché huguenot sur la conscience, nous te le pardonnerons en raison de la bonne grâce que tu mettras à nous obéir...

— Sinon, ce sera tout comme, ajouta le vieux Luneau; si tu nous refuses la permission, nous la prendrons, et de plus tu seras noté sur la liste de M. le Maréchal qui doit pendre tout ce qui sent la vache à Colas.

— Maître Luneau, se hâta de répondre le geôlier, ce puissant raisonnement m'enlève tout reste de doute. Votre logique est irrésistible, donnez-vous donc la peine d'entrer. Vos amis sont dans la grande salle, la salle d'honneur, quoi! comme des condamnés de conséquence...

— Allons, marche devant pour nous montrer la route et nous ouvrir les portes. Restez ici, vous autres, il n'est pas besoin de nous suivre. Nous ne voulons pas rester longtemps dans cette cage du diable. »

À cette injonction, la foule obéissante se tint en dehors, continuant à saluer de ses cris la délivrance prochaine des accusés, tandis que les chefs s'engageaient sur les pas du geôlier dans l'escalier du beffroi.

Depuis deux jours, plongés dans les angoisses du

doute, les accusés écoutaient avec terreur la voix du canon. Partagés entre l'espérance et la crainte, ils commentaient chaque bruit de cent manières, sentant que leurs personnes étaient en jeu, qu'il y allait de la vie ou de la mort.

Quand, après tant de douleurs, tant de péripéties, ils entendirent venir comme un torrent furieux, quand ils furent enveloppés de cet affreux tapage qui couvrait les intentions bienveillantes de leurs amis, loin d'entrevoir l'heure de la délivrance, ils se crurent arrivés à leur dernier moment.

Rassemblant cette suprême résignation que la nature met toujours au cœur de l'homme le plus faible, ils courbèrent le front, adressèrent une prière au ciel et attendirent le coup mortel.

Mais quand, au lieu de sentir sur leur tête le fer du bourreau, ils se virent pressés sur des poitrines amies, félicités, choyés, embrassés, la terreur fit place à une joie désordonnée; les uns, voyant les portes ouvertes, se précipitaient comme si les murs allaient s'écrouler, sans regarder derrière eux; d'autres se jetaient à genoux, les yeux pleins de larmes, les bras tendus vers le ciel; d'autres enfin couraient dans la salle, battant les murailles, sans songer à quitter ce lieu de perdition et d'effroi.

Enfin, revenus à des sentiments plus calmes, ils se disposaient à partir, lorsque le geôlier, s'adressant au capitaine :

« Nous avons bien, dit-il, un autre prisonnier, mais, depuis deux jours qu'il est ici, il m'a été impossible de savoir à quel parti il appartient, partant s'il mérite votre indulgence. A toutes les questions qu'on lui adresse touchant son crime et ses opinions, il se borne à jurer qu'il est innocent, que pour des opinions il n'en a aucune, qu'il n'en a jamais eu, qu'il ne veut jamais en avoir ; du reste il refuse toute nourriture, passe sa vie à pleurer, à regretter Châteauroux et à maudire Issoudun... Voulez-vous lui parler ?

— Voyons, fit le soudard, la vue n'en coûte rien... n'est-il pas vrai ?

— Pas un liard !.. Il est là, de l'autre côté du mur, dans ce petit cabinet, dit le geôlier ouvrant une porte basse ; mais où donc est-il caché... par le ciel, se serait-il envolé ? Mais non, je l'entends... tenez, le voilà sous la paille, pleurant et gémissant.

— Qui va là, dit rudement le capitaine, remuant du pied une espèce de forme humaine blottie dans un coin ; ami ou ennemi ?...

— Ami de tout le monde, ennemi de personne, répondit une voix piteuse entrecoupée de sanglots...

— Merci de moi, serait-ce M. Pinault, interrompit l'aubergiste? Je le croyais perdu... Mais
oui, je ne me trompe pas; voyons, n'ayez pas
peur, mon maître...

— Grâce, grâce, poursuivit la voix désolée. Je
suis innocent de tout crime, incapable de penser à
mal ..

— On le sait et de reste; que diable! remettez-
vous et regardez-nous, c'est moi, votre compère
Bureau...

— Quoi c'est vous, père Bureau; on ne vient
donc pas pour me pendre, fit le drapier ouvrant
démesurément ses petits yeux déformés par les
larmes?

— Vous pendre, loin de là; on vient vous chercher pour vous faire fête, pour vous porter en
triomphe, comme un martyr de la bonne cause;
car enfin c'est à ce titre que vous êtes ici.

— Du tout, du tout, je ne veux pas être porté
en triomphe; je ne suis ni un martyr ni un politique; j'ai payé pour vous, voilà tout, et ne veux
plus recommencer.

— L'infortune vous rend ingrat, maître Pinault.
Savez-vous que cela va vous mettre en évidence et
peut faire votre fortune?

— Ma fortune, je n'en veux pas à ce prix; j'ai
peu de bien, mais j'en suis satisfait, *parvo conten-*

tus, comme dit le curé de Saint-Martial. En grâce,
ne me mêlez pas dans tout ceci; je ne suis pas
ambitieux. Encore une fois, je me refuse énergiquement au martyre, au triomphe et ne vous demande qu'une seule faveur, celle de me remettre
avec ma blonde dans la direction de Châteauroux.
Ah! pourquoi suis-je venu...

— A Issoudun? Pardieu, vous l'avez dit cent
fois... Ne craignez rien, on vous y renverra, à
Châteauroux, dans votre rue de l'Indre, sans martyre et sans triomphe, puisque cela vous déplaît;
mais au moins vous ne pouvez partir avant l'entrée de M. de Barbançois et du maréchal de Saint-
André. Ce sera très-beau.

— Je n'en doute pas, maître Bureau, mais je ne
suis pas en train de prendre du plaisir. Si vous
me portez quelque amitié, quelque intérêt, donnez-
moi les moyens de partir. Quand je songe à l'inquiétude de madame Pinault, je ne puis tenir en
place.

— Puisqu'il n'y a pas moyen de faire de vous
un grand homme ou du moins un homme heureux,
partez donc et que Dieu vous mène... Pour vous
garder des méprises et des mauvaises rencontres,
nous vous donnerons un certificat de bon catholique, de sorte que si vous rencontrez l'armée de
M. de Guise ou du sieur de La Brosse...

— Je n'en veux pas, je n'en veux pas, fit l'intraitable drapier ; car, au lieu de rencontrer vos amis, si je tombais sur un parti de huguenots, votre mot de passe pourrait bien tourner à mal contre moi.

— Jour de Dieu! comme vous êtes difficile à contenter, maître Pinault; vraiment la prison vous a dérangé les nerfs et le cerveau.

— Possible, possible, raison de plus pour me souhaiter un peu de tranquillité. Voyons, compère, faites cela pour moi; poussons jusqu'à votre auberge, rendez-moi ma bête, lâchez-nous sur la grande route, et je vous pardonnerai mes infortunes, et rendu à Châteauroux, je prierai le bon Dieu pour vous par dessus le marché...

— Allons, allons, puisque vous voulez en courir la chance, je m'en lave les mains, c'est votre affaire, tirez-vous-en comme vous pourrez.

— C'est cela ; n'en prenez nul souci. »

Sur ce, les deux amis quittèrent la prison, fendirent la foule, se rendirent à la Pomme-de-Pin, sellèrent la blonde, et maître Pierre ne fut libre de sa personne qu'après avoir conduit l'effrayé drapier à une poterne isolée donnant sur un point inoccupé de la campagne.

Là, quand il se fut assuré que pas un être vivant ne paraissait dans la plaine, que tout le tapage se passait ailleurs, maître Pinault hasarda un soupir de satisfaction, serra à la hâte d'une façon expressive la main de son hôte, puis enfonça frénétiquement ses deux talons dans les flancs de la pauvre jument, qui, toute surprise de ces manières brutales et inusitées, s'élança de son grand trot des dimanches sur le chemin de Châteauroux.

Il était temps.

Comme l'avait bien jugé M. de Lavarennes, c'était l'approche d'un nouveau danger qui avait excité tant d'émotion dans le camp opposé.

En effet, à la première nouvelle de l'arrivée du Maréchal, d'Yvoi avait senti que la partie était perdue et qu'il fallait songer au plus vite à la retraite.

Sans prendre le temps de lever ses tentes, de recueillir ses blessés, il se replia à la hâte sur Saint-Florent, malgré les murmures de ses soldats, qui, honteux d'une pareille défaite, furieux de voir échapper le pillage promis, commencèrent à se mutiner et à demander impérieusement la solde arriérée.

Quelques instants après, la cavalerie de M. de Sarzay s'élançait sur la trace des fuyards et les menait si grand train, qu'ils étaient obligés d'abandonner leur artillerie et leurs bagages ; heureux encore de se voir secourus par la nuit, aux abords

10.

de Saint-Florent, et dispensés de ces dangereux
honneurs militaires.

Mais là ne devaient pas finir les tribulations qui
ne manquent jamais de fondre sur un chef malheureux. Voulant se dédommager de leurs mésa-
ventures et de leurs mécomptes, les soldats pillè-
rent de fond en comble Saint-Florent, mirent le feu
au château, sous prétexte qu'ils ne retrouvaient
plus leurs camarades qu'on avait laissés blessés
lors du dernier passage.

Ayant pris goût à cette manière expéditive de se
payer par leurs mains, ils organisèrent une sédition, déclarèrent au capitaine qu'ils étaient décidés
à faire la guerre pour leur compte et qu'ils lui refu-
saient obéissance.

Ainsi menacé, d'Yvoi se vit forcé de se retirer
à Bourges, et ne put reprendre le commandement
qu'après avoir payé une partie de la solde et subi
l'insolence de ses soldats.

Tristes revirements de la fortune ! Hier entouré
de succès, il était un saint, un lévite du Seigneur,
un héros ; aujourd'hui, trahi par la victoire, il n'é-
tait plus qu'un traître à qui l'on demandait compte
des caprices du sort et que l'on traitait comme un
valet d'armée.

Pendant ce temps, Issoudun présentait le tableau
opposé avec tous ses contrastes. Ivres d'une joie

doublée par leurs terreurs passées, les catholiques se pressaient autour de leurs libérateurs et formulaient en copieuses libations les premiers élans de leur reconnaissance.

Déjà les hérauts d'armes publiaient à son de trompe par les rues, que le lendemain, vers dix heures, M. le maréchal de Saint-André, M. Charles de Barbançois et son frère Gabriel, seigneur d'Auzans, feraient leur entrée solennelle, parcourraient les principaux lieux de la ville, et de là se rendraient en l'église collégiale et capitulaire de Saint-Cyr[1] où serait chanté un victorieux *Te Deum;* qu'en conséquence, tous les citoyens étaient invités à orner leurs murs et à pavoiser leurs fenêtres en signe de fête, sous peine de passer pour ennemis de la sainte religion apostolique, catholique et romaine.

Comme on peut facilement le penser, une telle invitation valait un ordre auquel chacun, bon gré malgré, s'empressa d'obtempérer. Aussi, dès le

1. Telle qu'elle existe, l'église de Saint-Cyr n'a plus rien de sa physionomie et de son importance première. Fondée, à ce qu'on croit, vers 850, par l'empereur Charles-le-Chauve, enrichie par les seigneurs d'Issoudun, elle fut détruite et rebâtie à plusieurs époques. Brûlée par les Anglais sous Charles VI, puis dans le grand incendie de 1651, elle n'a conservé de sa reconstruction du XVe siècle qu'un portail au midi, où l'on distingue encore quelque richesse d'architecture, mais qui malheureusement se trouve perdu dans une impasse. (Voy. le livre de M. Péremé, pages 271 et suivantes.)

matin, les rues étaient tendues comme aux grands
jours des processions ; catholique ou huguenote,
chaque maison faisait parade de ses plus belles
tapisseries, de ses rideaux les plus blancs, et il
n'était pas un pauvre ménage qui ne se crût obligé
de mettre au vent son unique drap de lit, tant sont
efficaces ces invitations fraternelles aux réjouis-
sances en temps de guerre ou de révolution.

Conformément au programme de la fête, l'entrée
de M. de Sarzay et du Maréchal fut annoncée par
douze coups de canon, auxquels répondirent les
cloches des églises lancées à toute volée.

Aussitôt, précédés de la croix et de la bannière,
revêtus de leurs plus riches habits, tous les membres du clergé, prêtres, chantres, moines et chanoi-
nes des diverses paroisses, chapelles et abbayes,
grandes ou petites, du dedans ou du dehors, de
Saint-Cyr, Saint-Denis, Saint-Jean, Saint-Etienne,
Sainte-Marie, Notre-Dame et Saint-Patier, s'acheminèrent, en compagnie des magistrats, au-devant
des nouveaux maîtres d'Issoudun.

Sur leurs flancs se déroulait la double file des
bernardins et des cordeliers dont bon nombre,
casqués et cuirassés par dessus leur froc, avaient
pris part aux travaux du siége et témoignaient, par
leur attitude martiale, qu'ils étaient prêts à suivre
l'exemple de leur ancien collègue, frère Toussaint,

en joignant au besoin, pour le service de l'Église, les armes temporelles et spirituelles.

Il n'était pas jusqu'aux religieux des monastères voisins, de la Prée et de Chezal-Benoît, qui ne se fussent hâtés d'accourir pendant la nuit, avec leurs châsses et leurs reliques, pour se mêler à l'imposante cérémonie qui devait ressusciter la foi dans le Berri.

Enfin suivait le groupe, hélas peu nombreux, des gens paisibles de tout état, qui, détestant la guerre civile, mais ne pouvant se dispenser d'assister à ces triomphes de commande, se rangeaient au moins sous les auspices de la justice et de la religion, tandis que la foule, emportée par ses passions, inondait les faubourgs et fermentait autour de cette soldatesque, dont elle attendait satisfaction pour ses appétits et sa colère.

Quand les deux cortéges se rencontrèrent, il y eut un grand échange de cérémonies, de compliments et de discours officiels où, comme toujours, on proclama le règne de la raison et la fin des maux, qui devaient recommencer le lendemain.

Après cette station d'étiquette, les cortéges se confondirent et se remirent conjointement en route vers l'église. Le clergé, conservant le pas, ouvrait la marche, entonnant d'une voix fermement accen-

tuée ces prières latines, désespoir de l'hérétique,
qui depuis longtemps n'avaient pas retenti dans
les rues d'Issoudun et que la foule répétait en
chœur avec une piété affectée qui n'était pas
exempte de malice.

Venaient ensuite, sur leurs grands chevaux de
bataille, M. de Sarzay et le maréchal de Saint-
André, couverts d'une riche armure, l'épée au
poing, promenant autour d'eux un regard victorieux qui suscitait les acclamations des catholiques et faisait trembler les huguenots.

Au milieu d'une haie de cavaliers marchaient les
magistrats, les avocats et les échevins, dans leurs
grandes robes d'apparat, tandis que les officiers de
justice, le lieutenant-général, le lieutenant particulier, le procureur du Roi et son substitut brillaient
par leur absence.

Ce n'était que prudence.

Après eux s'avançait en ordre et sans tumulte
l'armée, la véritable armée réellement digne de ce
nom, composée de loyaux chevaliers, de bons et
braves soldats, respectant leur état et se respectant eux-mêmes, en opposition avec cette masse
indisciplinée qui venait derrière, ramas impur de
soudards, d'étrangers, de vagabonds et de valets
d'armée, courant à tous les maîtres, à toutes les
soldes, à tous les pillages, soldatesque effrenée,

remplissant l'office du bourreau, que Dieu ou le vainqueur lâchait comme la peste, pour la punition des villes rebelles.

Parmi ces troupes nombreuses, que chaque armée gardait dans son sein pour faire les besognes répugnantes, nulles n'étaient plus redoutablement connues que les bandes du midi, amenées par le maréchal de Saint-André.

Rien qu'à regarder ces teints hâlés, ces yeux sauvages, ces accoutrements difformes, ces allures désordonnées, on pouvait facilement prévoir que la discipline militaire contiendrait difficilement de pareils hôtes dans les bornes de la discrétion ; et les catholiques eux-mêmes, tout en y trouvant une sûre garantie pour leurs vengeances, ne voyaient pas sans effroi de pareils auxiliaires.

Cependant, se soumettant pour l'heure à l'espèce de parade qu'on exigeait d'eux, ils se conformaient tant bien que mal à la marche du cortége, sans trop murmurer ; mais leurs regards impatients, errant de maison en maison, semblaient choisir par avance les bonnes aubaines et répondre aux provocations de la foule : patience, patience, notre tour viendra.

Quant à la multitude, que nulle discipline ne retenait, elle s'en donna à cœur joie, s'égosillant en l'honneur du pape, du Roi, de M. de Sarzay, du Maréchal et des Gascons, faisant tapage à toutes les portes, criblant les maisons calvinistes de pierres et de coups d'arquebuse.

Malheur au pauvre diable suspect d'hérésie qui se hasardait à montrer son museau désappointé ; il était tout aussitôt entouré, sommé de crier : Vive la messe ! et entraîné à l'église pour célébrer le triomphe de la bonne cause.

En passant devant l'hôtel de M. Dorsanne, les clameurs redoublèrent si intenses, on battit si rudement la porte, que les serviteurs, craignant de voir renverser les murs, se hâtèrent d'ouvrir, en annonçant que leur maître n'avait pas reparu au logis depuis le commencement de la bataille.

Peu satisfaits de cette nouvelle et voulant sans doute la contrôler, plusieurs meneurs des faubourgs se précipitèrent dans la maison, la fouillèrent de la cave au grenier, scrutèrent les coins et recoins, et ne trouvant en fin de compte que madame Dorsanne toute tremblante avec ses enfants, la contraignirent de les suivre à l'église de Saint-Cyr, tandis que le capitaine Hémard marchait par dérision devant elle, revêtu de la grande robe de son mari, affectant une pose magistrale et se faisant appeler M. le lieutenant-général.

La pauvre femme eut beau faire, prier et supplier, il lui fallut se mêler à cette mascarade, subir les affronts grossiers de la foule, assister aux pratiques d'une autre religion, entendre jusqu'à la fin ces hymnes de triomphe, chants de mort et de défaite pour son mari, sa famille et ses amis.

Elle ne fut délivrée de cette tyrannie, de ces angoisses terribles qu'à la fin des cérémonies, lorsque, rassasiée de ses propres injures ou attirée vers d'autres excès, la populace quitta l'église à la suite des bandes du Midi, oubliant ainsi, dans l'espoir de mieux, la malheureuse femme dont elle s'était fait un cruel amusement.

En effet, ce n'était que le prélude ; car, lorsque l'on eut reconduit au château M. de Barbançois et le Maréchal, quand les troupes régulières se furent casernées, avec ordre de fermer l'œil pendant quelques heures, l'orgie commença avec ses horreurs publiques et cachées.

Guidés par ces ignobles personnages, qu'aux époques révolutionnaires on trouve toujours prêts pour la délation et le meurtre, les soudards se mirent à l'œuvre, c'est-à-dire au pillage, récompense tacite, solde aléatoire, inséparable de leurs dangereux services.

Tout d'abord, on se porta au lieu où les protestants tenaient d'ordinaire leurs conciliabules, dans l'espoir d'y trouver les ministres Gaspard Jugand, Robert Barbier dit La Croix, et Ambroise Le

11

Balleur dit La Planche. Mais, à l'exemple de
MM. Dorsanne, Arthuys et de Valenciennes, ils
avaient jugé prudent de quitter Issoudun, à la
suite de la bataille, et d'attendre des temps meilleurs dans une profonde retraite.

Cruellement trompée dans ses sinistres espérances, la foule s'en prit aux rares insignes du
culte, brisa la chaire et les bancs, les transporta
avec les livres du ministre La Croix sur la place
publique, au-dessous de la potence, et les fit brûler
par les mains du bourreau.

Après cette belle expédition, commença la visite
des maisons suspectes. Quiconque n'avait pas été
assez adroit ou assez prompt pour se soustraire
était rançonné, soumis à toutes sortes de violences, d'outrages inventés par une affreuse gaieté et
une insatiable avarice.

Les enfants déjà baptisés par les ministres durent subir un nouveau baptême, grossière parodie
accompagnée de propos, de pratiques sacrilèges
et immondes...

Les prisons, ouvertes aux catholiques, furent
aussitôt encombrées de protestants, et l'on ra-
conte qu'une tour s'étant écroulée sous leur poids,
beaucoup de prisonniers furent tués dans cette
chute et que d'autres durent, au contraire, leur
liberté à cette catastrophe.

Ceux que leur peu d'importance ou le défaut de place dispensa de la prison furent envoyés aux fortifications et durent réparer les désastres commis par les leurs en relevant les murailles.

C'est ainsi que fut reconstruite une tour ruinée par l'artillerie de d'Yvoi, et à laquelle on donna le nom de *Tour de Sarzay*, qu'elle garda depuis *pour éternelle mémoire de celuy qui l'avait généreusement défenduë* [1].

Quant à ceux qui disparurent à tout jamais, ou qu'on retrouva au fond de la Théols ou accrochés à quelque lanterne, personne ne songea à les réclamer et à crier justice en leur nom, tant semblait redoutable la solidarité de la famille et de l'amitié.

Enfin, tout ce que Pierre Bureau, dans sa sainte indignation, avait raconté à maître Pinault, touchant les excès commis à Bourges par les huguenots, se renouvela en petit à Issoudun, au nom des Guise et des catholiques, avec approbation pleine et entière de la population des faubourgs.

Terribles caprices du sort, tristes représailles

1. Ces détails, ainsi que ceux précédemment donnés sur Charles de Barbançois et son père Hélion, se trouvent consignés dans la généalogie des seigneurs de Sarzay, dressée par La Thaumassière en son *Histoire du Berry*, pages 60, et suivantes.

dont chacun proclame à grands cris l'horreur,
quand elles lui sont appliquées, tout en se réservant d'en user à son heure et de son mieux envers
ses adversaires, sous le nom sacré de la justice.

CHAPITRE XI.

RETOUR AU LOGIS.

Il en est de la fièvre des passions comme de celle du corps. Pendant l'accès, l'âme surexcitée jouit d'une énergie factice et maladive qu'elle trouverait rarement en santé, mais qui doit tôt ou tard faire place à la fatigue et au découragement.

Quand, sous l'empire d'une exaltation fébrile, il avait abandonné le foyer domestique, ses enfants, le corps à peine refroidi de sa vieille mère, pour voler au combat, M. de Lavarennes s'était enivré d'illusions.

Il s'était dit qu'en obéissant à la voix du devoir, en refoulant ainsi ses douleurs intimes, il s'élevait à la hauteur du héros, faisait acte de grand citoyen, et il avait passé outre.

Tant qu'avait duré la bataille, l'animation de la lutte avait maintenu ce courage farouche et comprimé en son cœur le cri de la nature outragée. Étouffant tout battement humain, il avait évité de retourner au logis pendant ces deux longs jours

de crise, dans la crainte de voir mollir sa résolution en face de la mort et des alarmes de sa
fille.

Au moment de la victoire, il avait pu se laisser
étourdir encore par ses enivrements furieux et la
déplorable joie d'humilier son ennemi.

Mais quand les bouffées de l'orgueil, les pulsa-
tions de la fièvre se furent calmées, quand sa raison plus froide eut apprécié le succès à sa juste
valeur, quand son honneur eut répudié les excès
commis par les siens au nom d'une cause sacrée,
il sentit l'amertume, l'inanité de ces tristes satis-
factions, tomba dans le doute, du doute dans la
réalité, de la réalité dans l'accablement.

Faisant un retour vers le passé, il reporta ses
regards vers sa maison désolée, brutalement aban-
donnée à la douleur, aux larmes, à la mort. Il vit
passer devant ses yeux cette scène funèbre, où le
dernier soupir de sa mère avait été une malédiction, malédiction qu'il avait ramassée à son tour
et jetée au front de son propre frère; il sentit
l'horreur profonde des enfants, le mépris qu'ils
avaient dû ressentir pour ces luttes criminelles et
se demanda comment il oserait se présenter à
leurs regards.

Pendant qu'il songeait à assouvir sa colère,
qu'était devenu le corps de sa mère? Avait-il

trouvé une main pieuse pour lui donner une sépulture chrétienne, un prêtre pour réciter une
prière? Ces pauvres jeunes filles, fragiles créa-
tures, avaient-elles résisté à tant d'humiliations
et de peines? Et il se prit à rougir de lui-même.

Pourtant il lui fallut suivre encore à l'autel ses
frères victorieux, rendre grâce au ciel de ce triomphe impie, où le sang des citoyens avait coulé à
flots, être témoin des lâches injures prodiguées
aux vaincus, les couvrir de son nom, en partager
l'infamante solidarité.

Aussi, quand les derniers chants eurent cessé,
quand, à la faveur du désordre, son absence fut
devenue possible, M. de Lavarennes se hâta de
quitter cette foule et chercha dans la solitude quelque soulagement à l'immense déception qui avait
envahi son âme.

Désireux de recueillir ses idées, de se mettre
face à face avec sa conscience et la saine vérité, il
erra longtemps dans les rues désertes et dans la
campagne, livrant son front au souffle du vent, son
âme aux douces impressions de la nature. Longtemps il hésita à rentrer au logis, n'osant aborder
ses enfants et les ruines qu'il allait trouver.

Bientôt, poussé par ses terreurs et ses remords,
il voulut revoir le théâtre de la lutte. Obéissant à
une voix incessante qui lui criait : *Qu'as-tu fait de*

ton frère ? il parcourut le champ de bataille, souleva
chaque cadavre, scruta chaque visage défiguré par
la mort. Puis, ne voyant pas ses craintes réalisées,
il se dirigea tout tremblant vers l'hôpital pour faire
une dernière enquête. Là encore Gaspard et Julien
étaient absents... Une joie secrète inonda son cœur
plein de reconnaissance, il entra furtivement dans
la petite chapelle et vint s'agenouiller devant l'autel,
où il resta longtemps plongé dans une fervente
prière d'actions de grâces.

Quand il releva la tête, ses yeux se portèrent
sur ces mystérieuses·sculptures placées à droite
et à gauche de l'autel, et dont chaque âme dévote
cherche l'énigme, en l'appropriant à l'état de sa
pensée et de ses désirs.

Frappé dans ses plus tendres affections, il vit
dans ces images muettes un sévère enseignement.
Les figures parurent s'agiter et fixer sur lui un
regard plein de reproche. Ces vieillards vénérables
étendus sur la terre n'étaient-ils pas les aïeux
communs contemplant avec joie l'arbre mystique
qui sort de leur sein et représente leur chère postérité ? Ces pieux personnages agenouillés dans
les rameaux touffus, tournés vers un même
centre, n'étaient-ils pas les membres de la famille
qu'une pensée d'amour réunit. Ce point central,
cette Vierge de miséricorde tenant son fils dans

ses bras, cet oiseau biblique ouvrant ses entrailles à ses petits, n'étaient-ils pas les symboles de l'ardente charité qui doit embraser du même feu, rois, princes, guerriers, pauvres et riches; tandis que ces monstres, hurlant sous le poids du rocher, représentaient sans nul doute les passions furieuses, que Dieu commande d'étouffer [1].

Cette éternelle leçon de concorde, gravée profondément sur la pierre inerte, si vite effacée aux fibres mobiles du cœur humain, comment l'avait-il écoutée, comment l'avait-il pratiquée ?..

Il se leva en soupirant, franchit la porte de la chapelle et de l'hôpital, puis remontant le cours de la Théols, reprit le chemin de la maison.

[1]. La création de l'Hôtel-Dieu remonte si haut qu'en 1502, Pierre de la Chaise, son bienfaiteur et réparateur, publia un mémoire où il dit, après examen des titres, que cette maison était fondée *de telle ancienneté qu'il n'était mémoire de sa date.* Du reste, cette assertion est incontestable en présence des nombreuses et précieuses sculptures qu'on voit encore aujourd'hui dans sa chapelle. Les deux arbres symboliques surtout accusent par leur style et le costume des personnages une époque extrêmement reculée. Dans ses *Recherches archéologiques sur Issoudun*, après avoir constaté la difficulté d'en donner une explication certaine, M. Pérème incline à penser que ces arbres et ces personnages représentent l'œuvre et les fondateurs de l'Hôtel-Dieu, parmi lesquels il croit reconnaître Raoul III, prince et seigneur d'Issoudun ; Henri II, roi d'Angleterre ; Philippe-Auguste, Richard Cœur de Lion, André de Chauvigny ou son fils Guillaume. (Voyez les ingénieuses explications de son livre, pages 315 et suivantes, ainsi que les dessins consciencieux des *Esquisses pittoresques de l'Indre.*)

11.

A mesure qu'il approchait, ses tortures redoublaient. Quand il aperçut de loin cette porte hospitalière, ce banc où, par les belles soirées, la famille venait s'asseoir sous la treille verte, il vit passer comme un rêve les années de sa jeunesse, les temps heureux qui s'écoulaient dans le calme et l'intimité où les joyeuses causeries des enfants suffisaient pour emplir l'âme; il se sentit chanceler et s'arrêta un moment pour comprimer les battements de son cœur.

Puis, faisant un suprême effort, il se remit en marche et d'une main tremblante vint frapper à la porte.

Un morne silence succéda au bruit du marteau. Les fenêtres étaient closes, la maison muette. Un doute insupportable envahit la tête du pauvre père; toutes les angoisses navrèrent son cœur. Ne pouvant y résister plus longtemps, il heurta de nouveau, puis, collant avec désespoir son oreille à la serrure, il écouta...

Bientôt il entendit des pas prudents dans le corridor et une voix timide lui demandant : Qui va là...

« C'est moi, moi Claude de Lavarennes, ouvre vite, Solange.

—Autre affaire !.. grommela celle-ci, obéissant à l'injonction de son maître.

— Enfin soupira le fidèle Habert qui n'avait pas abandonné une minute ses chères protégées et qui, chaque fois qu'on frappait, faisait escorte à Solange.

— Eh bien ! hasarda M. de Lavarennes, que s'est-il passé au logis, depuis que je l'ai quitté?

— De tous ceux qui sont partis, répondit brusquement la servante, pas un, à part vous, n'est revenu. Nous avons de la place aujourd'hui.

— Assez, assez... Répondons honnêtement, quand je demande des nouvelles de la maison, de mes filles.

— Passons dans la chambre, fit le poëte en détournant les yeux.

— Qu'y a-t-il, en grâce, maître François ?

Mais celui-ci, un doigt posé sur les lèvres, marchait sans répondre.

Quand M. de Lavarennes pénétra dans cette chambre où la vie commune s'était écoulée depuis l'enfance, quand il la vit nue, déserte, sans mouvement, morte comme sa maîtresse, il recula d'un pas, comme s'il fût entré dans un sépulcre.

Quel contraste ! Au lieu du frémissement paisible du foyer, le silence glacé, inexorable. Pas une voix n'accueillait son entrée ; son pas n'éveillait aucune parole, aucun écho. Tout avait pris une teinte mélancolique. Recouverts de leurs housses, les fauteuils tendaient leurs bras vides le long des murailles ; les portraits regardaient tristement devant eux et cherchaient d'un œil inquiet les personnes absentes. Sombres et impénétrables, les rideaux du lit semblaient voiler un cadavre ; symétriquement garni du chapelet, des heures et du bénitier, le prie-dieu attendait une oraison.

C'était bien là la demeure de la mort.

Claude se sentit navré par ce spectacle, ses cheveux se hérissèrent sur son front ; il s'avança d'un pas chancelant vers le lit dont il souleva les rideaux.

« Vide, murmura-t-il en hochant la tête. »

Puis il tomba sur un siége, brisé, anéanti. Mais bientôt, rappelé au sentiment de son être par de nouvelles craintes, il tendit les mains vers le poëte et s'écria d'une voix désolée :

« Et nos enfants, et Louise, et Ursule. Au nom du ciel, répondez, maître François, où sont-elles ?

— Ici, mon cher Monsieur ; elles n'ont pas quitté la maison.

— Que Dieu soit béni, mais pourquoi ne les vois-je pas ? Que font-elles ?

— Mademoiselle Ursule est malade, assez sérieusement malade.

— Ma fille, que ne parliez-vous plutôt ? Je veux la voir, venez.

— Patience, elle repose à cette heure, son état exige qu'on respecte son sommeil. Nous sommes payés pour avoir de la prudence.

— Oh! oui, dit sourdement l'infortuné, retombant sur son fauteuil. Mais elle n'est pas en danger, n'est-il pas vrai? Il ne manquerait plus que cela.

— Je ne crois pas. Cependant...

— Habert, mon vieil ami, parlez, ne me cachez rien. Voyez ma peine. J'ai pu avoir, j'ai eu bien des torts, mais je souffre tant, parlez.

— Calmez-vous, mon cher Monsieur, reprit le vieillard attendri. Dieu ne voudra pas frapper davantage ; ce n'est qu'une grosse fièvre, causée par l'émotion des jours derniers ; cela passera, grâce à nos soins et à la jeunesse.

— Bien sûr?

— Comme je vous l'ai dit, je le crois, sans pourtant en répondre. Tenez, en attendant que Solange vienne nous dire quand vous pourrez monter, je vais vous raconter nos tribulations depuis votre départ, et vous verrez qu'on serait malade à moins.

— Oui, dépêchez, mon ami.

— Après la mort de votre mère dont vous avez recueilli le dernier soupir, nous sommes restés seuls, comme vous savez, nos deux filles, Solange

et moi. Des motifs impérieux..., de... graves affaires d'État vous attendaient, l'ennemi était à nos
portes, le canon mugissait, vous avez abandonné
la maison. C'était sans doute votre devoir. Enfin...

— Passons, passons !

— Livrées à elles-mêmes, sans appui, sans défense, luttant avec le doute, forcées de veiller près
d'un cadavre, nos demoiselles passèrent de bien
mauvaises heures, comme vous pouvez croire.
Leurs pauvres corps, leurs pauvres têtes ont dû
s'en ressentir, quelle terrible nuit, grand Dieu ! Le
lendemain, autres soucis, autre soins; il nous
fallut songer à la sépulture de ma vieille amie.
Je ne pouvais laisser ce spectacle à ces enfants.
Mais vous dire ce que nous avons éprouvé de fatigues, de contre-temps, de craintes dans l'accom-
plissement de ce pieux devoir, serait chose impossible. Ni prêtres, ni chantres, ni porteurs. Dame! les
arquebusades avaient rendu la ville déserte; tous
ceux qui n'étaient pas aux murailles étaient blot-
tis dans leurs maisons. Enfin, à force de supplications, je parvins à décider M. le curé de Saint-Cyr,
le sacristain et le fossoyeur. Nous nous mîmes
ainsi en route, le curé récitant à voix basse ses
prières, les deux hommes, Solange et moi portant
le corps, quoi! Les deux demoiselles suivaient en
pleurant.

— Horreur! fit M. de Lavarennes.

— Au retour, quand nous avons trouvé le logis au trois quarts vidé, ça nous a produit un triste effet, comme à vous. Les bras nous sont tombés de découragement, nous sommes demeurés toute la journée à pleurer, chacun dans un coin, sans dire un mot, sans manger une bouchée.

— Pauvres enfants ! pauvre ami !

— Tout cela ne pouvait les remettre. Aussi, dans la nuit, mademoiselle Ursule eut le frisson, sa tête commença à s'égarer. Le canon damné ne lui laissait pas une minute de repos, si bien que la fièvre et le délire ne tardèrent pas à se déclarer.

— Que faisait-elle? Que disait-elle ?

— Ah ! c'était vraiment navrant. Elle ne pouvait tenir en place, elle se retournait sur son lit d'un air égaré, tressaillant à chaque bruit, poussant des cris d'effroi, demandant où était sa grand'mère, dont par instants elle oubliait la mort, ce qu'étaient devenus son père, son oncle et Julien. Puis, quand la mémoire lui revenait, elle retombait, répétant avec effroi : maudits ! maudits ! chassés ! chassés !

— Maître François, je ne puis rester ainsi. Elle est en danger, vous le savez bien. Je veux la voir.

— Patience, mon cher monsieur, en grâce attendez un bon moment. Songez à la nouvelle émotion que pourrait lui causer votre vue ; car, je dois vous le dire, elle ne prononce pas sans effroi votre nom. Dans son délire, elle vous reproche d'avoir abrégé les jours de sa grand'mère, d'avoir chassé Julien, que sais-je ?

— Ah ! fit avec désespoir M. de Lavarennes, la punition est trop forte, trop forte vraiment. »

En ce moment Solange revint, annonçant à voix basse que mademoiselle Ursule paraissait plus calme, et qu'avec de grandes précautions on pourrait peut-être la voir un instant, à la condition expresse qu'au moindre signe on sortirait immédiatement.

M. Claude fit toutes les promesses et, la tête baissée, le pas suspendu, se mit à gravir l'escalier.

La porte de la chambre était ouverte ; il entra doucement, tandis que Louise, un doigt levé, lui commandait le silence et la prudence. Il n'en était pas besoin ; son regard muet fit une réponse si triste et si éloquente, que la jeune fille comprit d'un coup son repentir et ses douleurs.

« Qui est là ? fit la malade d'une voix faible.

— Un ami, répondit Louise.

— Un ami, Julien peut-être, s'écria Ursule en bondissant. Mais non, non. Ah ! mon père... »

Et elle se rejeta sur son oreiller, fixant sur M. de Lavarennes un œil inquiet, plein d'interrogation, de reproche et de crainte.

« Oui, c'est moi, mon enfant chérie, moi qui reviens pour t'aimer, te soigner, te consoler.

— Me consoler. Quelle nouvelle m'apportez-vous, alors?

— Tout est fini, le calme va renaître dans la ville.

— Dans la ville, et dans la maison, le calme renaîtra-t-il; avez-vous ramené mon oncle et Julien?

— Ils reviendront un jour, espérons-le.

— Un jour, espérer! cela n'est donc pas certain; ah! vous ne voulez donc pas leur pardonner, les rappeler?

— Le puis-je? Ils ne seraient pas en sûreté à Issoudun; d'ailleurs, je ne les ai pas revus depuis l'instant où...

— Où vous avez été maudits, où vous les avez chassés. Que sont-ils devenus dans cette affreuse bataille, pendant deux longs jours et deux longues nuits? Morts, peut-être. C'est cela, morts... Julien! Julien! Ah! c'est trop... »

Et son regard, un instant adouci par l'espérance, recommença à s'égarer dans les sombres illusions de la folie.

« Miséricorde! Ursule, calme-toi.

— Vous ne savez pas? Ralph, ce bon chien, était parti avec eux. Eh bien! hier, il est revenu blessé, saignant, mais sans eux. S'ils vivaient encore, les eût-il abandonnés? Oh! je vous le dis, je le sens, ils sont morts, et par votre faute.

— Ne t'exalte pas ainsi, mon enfant; j'ai parcouru le champ de bataille, visité chaque cadavre et je ne les ai pas trouvés. Ils sont donc vivants encore, ils reviendront d'un jour à l'autre; mais, pour l'instant, ils doivent se soustraire aux vengeances.

— Oui, chassés du foyer paternel, proscrits de leur ville natale, sans parents, sans patrie, sans feu ni lieu, tendant la main aux passants, errant dans les bois. Oh! quel terrible compte, grand Dieu! quand chaque jour une voix vous répètera: Qu'as-tu fait de ton frère, qu'as-tu fait de Julien?

— Assez, assez. Ne m'accable pas de tes reproches; crois-tu que je n'aie souffert autant que toi en entrant ici?

— Oui, quand on s'en va avec l'anathème sur la tête, on trouve la maison bien changée au retour. La justice de Dieu a frappé, elle frappera encore.

— Adieu, Ursule, puisque tu es sans pitié.

— Oh! non, restez, fit la jeune fille se crampon-

nant avec énergie au manteau de son père, restez,
car vous seul encore pouvez tout réparer. Il
faut les chercher, les rappeler de suite ; et Dieu
oubliera tout. C'est cela. J'étais folle tout à
l'heure avec mes reproches. Pardonnez. Oh !
faites-moi cette promesse, et vous me rendrez le
repos, la santé, le bonheur.

— Hélas ! je le voudrais du fond de l'âme, répondit avec douleur M. de Lavarennes ; mais où
sont-ils à cette heure ? Voudraient ils m'écouter,
me suivre, moi qui...

— Ah ! vous êtes impitoyable, s'écria Ursule se
dressant sur son chevet, les cheveux épars, dans
une attitude frénétique. Ah ! vous ne trouvez pas
la vengeance du ciel assez forte. Eh bien ! soyez
satisfait ; la réparation sera complète ; vous verrez
mourir votre fille, vous entendrez sa voix qui,
s'unissant à celle de votre mère, vous criera sur le
bord du tombeau, soyez...

— Arrête, arrête, fit Louise, lui plaçant précipitamment la main sur la bouche. Et vous, mon
oncle, sortez. Attendez un temps meilleur, sortez.

— Votre colère est-elle donc inépuisable, Seigneur, s'écria le malheureux en quittant la
chambre.

— Espérons encore, mon cher monsieur, murmura maître Habert qui l'avait suivi.

— Espérer, quand j'ai tout perdu par ma faute, mère, frère, enfant. Ah ! je suis bien véritablement condamné. Soyez maudites à votre tour, horribles guerres civiles qui ruinez, flétrissez tout, honneur, patrie, famille ! soyez maudites.

— Amen, » fit le poëte.

CHAPITRE XII.

TROP COURTE JOIE.

Depuis le triomphe des catholiques, un mois à peine s'était écoulé et cependant il avait suffi pour épuiser sur la ville tous les fléaux de la guerre.

Dans ces jours néfastes où le vainqueur se vautre dans l'ivresse, où le vaincu vide jusqu'à la lie la coupe d'amertume et d'humiliation, c'est toujours la même page sanglante, qui déshonore chaque parti, fait monter la rougeur au front et salit les annales de l'histoire.

Au milieu de tant d'excès, il faut le dire à l'honneur de notre triste humanité, il y eut bien çà et là d'admirables dévouements. Certes, il serait doux de raconter ces actes sublimes par lesquels, non content de pardonner, le vainqueur s'associe au danger de son ennemi après l'avoir ardemment combattu. Mais, tels sont les périls d'une pareille vertu, qu'on s'en cache comme d'un crime, et que l'histoire n'en peut consacrer le consolant exemple, tandis que la violence reste gravée par-

tout en traits ineffaçables pour effrayer la postérité.

Pourtant, si désordonnées que soient les passions, si profondes que soient leurs racines dans
le cœur humain, il vient un temps de lassitude où
la vengeance s'émousse, où dompté par la fatigue,
le bras oublie de frapper, la tête de haïr, où, de
son côté, l'opprimé redresse le front, regarde à
l'horizon et sent renaître l'espérance. La rage ou
le désespoir ne peuvent être éternels ; le sang pré-
cipité par la fièvre ou suspendu par l'évanouissement doit, sous peine de mort, reprendre son
cours.

Ce calme éphémère, ce sommeil maladif planait
sur Issoudun, au grand contentement des gens
de bien ; chacun commençait à respirer ou songeait à panser ses blessures. Depuis que le maréchal de Saint-André avait quitté la ville, M. de
Sarzay relâchait la rigueur des lois exceptionnelles
et employait son énergie à commander aux vain-
queurs le respect des vaincus.

Tel était le besoin de repos, qu'on s'endormait
sans soucis des dangers passés et futurs, sans
penser que la guerre civile parcourait les contrées
voisines jusqu'à Sancerre et mugissait aux portes
de Bourges. On oubliait que la capitale du Berri
était encore au pouvoir des protestants, que le

Roi et la reine mère, suivis de l'armée du Triumvirat [1], s'avançaient en personne pour en réclamer l'entrée ; que, d'un jour à l'autre, l'incendie
allait de nouveau couvrir le pays et rallumer le
flambeau des haines fratricides.

Proscrits, terrassés, éperdus, les calvinistes
étaient encore dans cet état de prostration qui fait
accepter comme un bienfait les courts instants de
relâche envoyés par le ciel, et ne sentaient pas
encore le démon de la vengeance secouer leurs
entrailles.

C'est dans un de ces moments d'oubli, trop
courts hélas ! où la haine sommeille, où le cœur
s'ouvre à de trompeuses illusions, que nous ren-
trons dans la maison Jugand, dans cette maison
mutilée par la discorde, si cruellement éprouvée
par la colère céleste. Là au moins, la douleur et le
repentir semblaient devoir être éternels, comme
les irréparables ruines qui jonchaient le sol.

Frappé coup sur coup dans son intérêt, dans
son orgueil, dans ses plus chers sentiments, M. de
Lavarennes était replié sur lui-même ; l'humiliation avait courbé ce front empreint de noblesse
et de courtoisie hautaine. On eût vainement cher-

---

1. On appelait *Triumvirat* le conseil alors tout puissant que for-
maient le duc de Guise, le maréchal de Saint-André et le connétable
de Montmorency.

ché dans son œil éteint l'âme vivace du chef de parti, du fier gentilhomme catholique.

Désormais, que valaient pour lui les biens de la terre, les joies pernicieuses de l'ambition, les honneurs tant désirés? Sa vénérable mère était morte, son frère en fuite, sa fille, l'âme de son corps, s'en allait insensiblement vers la tombe et, pour comble de misère, lui avait retiré son affection.

En effet, affaissée sous le poids de tant de malheurs, portant au cœur une plaie secrète, incessamment ouverte, la pauvre Ursule était véritablement digne de pitié.

Pourtant, les sauvages ardeurs de la fièvre et de la folie s'étaient calmées devant les soins et l'affection de Louise; son faible cerveau s'était rafraîchi sous le souffle de la raison, une santé factice était revenue; mais, hélas! son corps fragile semblait vivre de la vie du spectre, son esprit errait dans les rêveries d'un autre monde.

Depuis qu'elle avait pu quitter son lit de douleur, son seul bonheur était de parcourir la maison et le jardin, de demander à chaque meuble, à chaque plante un souvenir de cette existence passée, où les heures s'écoulaient si douces, au milieu d'êtres chéris, désormais perdus.

C'était dans cette tonnelle qu'aux temps heureux de l'enfance on venait s'ébattre, sous l'œil attendri de l'aïeule ; c'était sur le bord de cette petite fontaine que Julien soignait avec amour ces fleurs des prés et des bois, dont l'ineffable simplicité était bien préférable aux orgueilleuses splendeurs des fleurs civilisées.

Tout parlait à son cœur, l'eau, le ciel et les arbres. Un nuage, un murmure, un parfum réveillaient une joie, une douleur.

La maison avait pareillement son langage ; les murs, les fenêtres, les tableaux racontaient ces naïves histoires de la jeunesse qu'on n'oublie jamais et qu'on ne retrouve pas. Pauvre sensitive froissée par le malheur, Ursule laissait à chaque coin un lambeau de son âme et de sa vie.

Bientôt, à bout de rêveries, lasse de retourner dans sa tête ses chimères impossibles, elle s'enfuyait dans sa petite chambre, éclatait en sanglots, se plongeait avec un sauvage plaisir dans l'immensité de sa douleur, jusqu'à ce que, réveillée par les douces paroles de Louise, la blonde espérance vînt de nouveau poindre à l'horizon.

Alors, redevenue crédule, elle écoutait avec avidité les consolations de son amie, se laissait

persuader que Julien et son père n'avaient pas
trouvé la mort dans le combat, qu'ils étaient
en sûreté, que leur absence et leur silence allaient cesser, et que bientôt la maison renaîtrait
à la joie.

Et c'était une grâce divine quand le sommeil venait la surprendre au milieu de ces illusions et voiler jusqu'au lendemain les sombres
images de la réalité.

Un matin, au moment où le réveil la rendait
au sentiment de sa peine, elle fut tout étonnée
de ne pas trouver à son chevet le doux regard
et l'affectueux sourire de sa compagne.

Inquiète, elle souleva les rideaux et aperçut,
à l'autre bout de la chambre, Louise plongée
dans ses réflexions, et contemplant avec étonnement une touffe de fleurs sauvages déposée sur
le bord de la fenêtre :

« Que fais-tu donc là-bas, dit-elle, et ne veux-tu
pas m'embrasser, ma mignonne?

— C'est étrange, murmura Louise, suivant le
cours de ses idées.

— Oh! le joli bouquet, s'écria Ursule; c'est
bien aimable à toi... Toujours quelque nouvelle
bonté.

— Comment! ce n'est pas toi qui l'as déposé
hier soir à cette place?

— Tu veux plaisanter ; ces fleurs sont toutes fraîches et toutes luisantes de rosée. Hélas ! je ne puis par malheur me lever assez matin pour te faire de pareilles surprises.

— C'est étrange, répéta Louise en frappant sur un timbre.

— Que veux-tu dire... et pourquoi appelles-tu ?

— Solange, dit mademoiselle du Jon à la servante qui venait d'entrer, est-ce toi qui as apporté ces fleurs pendant notre sommeil ?

— Ma foi non, mes chères demoiselles, je dois le dire à ma honte, je n'en ai eu ni le temps ni la pensée... Où les avez-vous donc trouvées ?

— Là, sur le bord de cette fenêtre.

— Impossible !

— C'est pourtant comme cela.

— Personne n'aurait été assez osé pour le tenter... Voyez, le mur a plus de quinze pieds ; il faudrait vouloir se casser le cou... A moins que ce ne soient des voleurs...

— Je ne crois pas, ma bonne ; les voleurs ne sont pas si galants et ont bien autre chose à faire.

— C'est peut-être quelque amoureux.

— Y songes-tu, interrompit la jeune fille en rougissant ?

— Dans le fait, le vent n'est guère tourné à

l'amour dans le temps où nous sommes... Mais d'où cela peut-il venir. Votre fenêtre n'était pas ouverte ?

— Non, certes.

— Évidemment le bouquet a été déposé en dehors ; qu'en pensez-vous, mademoiselle Ursule?

— Oui, qu'en penses-tu, fit Louise ? »

Ursule rêvait et ne répondit pas...

« Si nous le demandions à monsieur Claude, reprit la servante, il nous dirait sans doute...

— Non, non, ce ne peut être lui ; il faut chercher par nous-mêmes, avant de l'inquiéter.

— Dans le fait, un homme d'âge comme lui n'aurait jamais eu cette idée.

— Sans nul doute... Tiens-toi donc bouche close, jusqu'à nouvel ordre.

— Ne craignez rien, je suis discrète.»

Quand Solange fut partie, Louise s'approcha du lit d'Ursule, plongea son regard dans le sien ; puis, après une minute de silence :

« Eh bien !... dit-elle ?... »

Ursule prit la main de sa cousine, la plaça sur son cœur qui battait à rompre sa poitrine, et répondit :

« Me comprends-tu, maintenant ?

— Oui.

— Eh bien ! qu'en dis-tu à ton tour?...

—C'est aussi ma pensée...

— C'est lui, n'est-ce pas ?

— Je le crois.

— Mon Dieu, murmura mademoiselle de Lava-rennes, s'agenouillant sur son lit, mon Dieu, ne me trompe pas dans cette dernière joie, si tu ne veux pas encore me tuer. »

Un éclair sinistre traversa l'œil de Louise ; l'af-freux serpent de la jalousie se glissa dans son cœur ; mais étouffant dans un baiser cette idée sauvage, elle reprit avec douceur :

« Ne te l'ai-je pas dit cent fois, le sort doit enfin pardonner et cesser de frapper.

— Que le Seigneur t'écoute ; mais, sa présence dans le pays n'est-elle pas un danger pour lui ?

— Ah ! voilà ta mauvaise tête qui court déjà à travers champs au-devant des inquiétudes. Ne peux-tu te réjouir un instant, sans effroi et sans amertume ?

— Je le voudrais ; mais hélas ! je ne puis oublier la réalité... Tu le sais, ils sont proscrits, condam-nés... La patrie leur est interdite, cette maison leur est fermée.

— Patience, patience. Tout s'arrangera. Chaque jour la tranquillité tend à renaître ; M. de Sarzay se relâche de ses rigueurs, les dissentiments fini-ront par s'effacer.

12.

— Heureuse fille, qui vois tout en beau, selon ton cœur et tes désirs. Je voudrais me livrer comme toi à l'entraînement de l'espérance; mais le malheur m'a rendue bien craintive.

— Allons! de la joie, ne fût-ce que pour une minute! Bien : souris un peu, ma chère enfant. C'est bon signe et très-rare...

— Il y a longtemps, en effet, que cela n'était arrivé... Dis-moi, si c'est vraiment lui, il ne peut manquer de revenir.

— Sans doute.

— Alors, nous pourrons le voir, lui parler, l'avertir...

— Mais, comment faire si, comme la prudence le veut, il ne se hasarde que la nuit ?

— Il faudra veiller et le guetter.

— Y songes-tu ?.. veiller dans cet état!...

— Eh! pourrai-je fermer l'œil tant que l'incertitude me talonnera... D'ailleurs, crois-moi, cette veille me vaudra mieux que les rêves affreux qui d'ordinaire obsèdent mon sommeil.

— Non, c'est folie... Tu te reposeras ; moi, je ferai sentinelle.

— Alors, tu m'avertiras au moindre signal.

— Oui, pourvu que tu sois raisonnable, pourvu que le bonheur te soit favorable et ne devienne pas un nouveau sujet d'alarmes.

— J'y ferai mon possible.

—En outre, pour remercier le sort qui nous protége, il faut sécher tes pleurs, être gaie, libre d'esprit, bonne pour tout le monde.

—Je serai un modèle de sagesse, de douceur et de gaîté.

—Tu le promets.

—J'en fais le serment par lui... pour lui...

— Allons, c'est convenu, à ce soir.

—A ce soir! »

A l'heure de midi, quand les deux cousines descendirent pour le repas commun, M. de Lavarennes remarqua avec étonnement le visage calme et presque épanoui de sa fille.

Sur ses joues, d'ordinaire pâles et mates, courait une légère rougeur qui, pareille à ces flocons dorés précurseurs du soleil, semblait presque annoncer le retour de la santé.

Dans son œil triste et cerné brillait une lueur inusitée; ses lèvres laissaient échapper un craintif sourire dont elles avaient perdu l'habitude.

Ursule s'approcha de son père, lui tendit la main et lui présenta son front. L'âme du pauvre père s'ouvrit, une larme roula sur sa paupière, il ne comptait plus sur un pareil bonheur. Il croyait l'affection de sa fille à tout jamais perdue. Depuis longtemps elle évitait sa présence ou la subissait impatiemment; contrainte de lui adresser la parole, elle ne répondait que par monosyllabes aigres et amers : chaque mot, chaque geste, chaque regard était un reproche.

Aujourd'hui elle venait d'elle-même, le sourire sur la bouche, lui offrant un front désarmé. Il ne pouvait en croire ses yeux. Aussi, après l'avoir tendrement embrassée :

« Bénie sois-tu, mon enfant, pour cet instant de bonheur que je ne croyais plus retrouver, dit-il.

— Dieu m'a éclairée, mon père ; sa colère se détourne de nous ; pardonnez-moi donc à votre tour.

— Hélas! si quelqu'un a besoin de pardon, ce n'est pas toi.

— Oublions tout cela, interrompit Louise, ou plutôt ne gardons mémoire du passé que pour y puiser une leçon profitable et conjurer de nouveaux désastres... Nous avons tant de malheurs à réparer...

— Oui, mettons en commun nos forces, nos espérances pour calmer nos douleurs communes.

— Et nos larmes pour pleurer les morts... les morts et les absents, reprit Ursule à voix basse...

— C'est mon vœu le plus cher, répondit mélancoliquement M. de Lavarennes.

— Tenez, poursuivit Ursule lui prenant affec-
tueusement les mains, puisque pour que la première fois nous abordons un pareil sujet, par-
lons-en tranquillement et à cœur ouvert.

— Que veux-tu dire ?

— Vous ne m'en voudrez pas, si je réveille des
souvenirs pénibles ; mais, vous l'avez dit vous-
même, il faut oublier le mal, pour ne penser qu'au
bien. Avez-vous des nouvelles de mon oncle Gaspard et de Julien ?

— Hélas ! non, mon enfant. Sachant l'intérêt que
tu leur portes, je n'aurais manqué de t'en avertir.

— Vous ne connaissez, vous ne présumez rien
de leurs projets, de leur retraite ?

— Absolument rien. Je n'ai plus entendu parler
d'eux depuis le jour fatal...

— Sans doute ils ont échappé à leurs ennemis,
sans doute ils sont en sûreté ?

— Je le crois. S'il leur fût arrivé malheur, j'en
aurais eu connaissance.

— Seront-ils donc à tout jamais forcés de fuir
leur patrie?

— Si lointain qu'il puisse être, j'espère qu'un
jour viendra, où nos discordes s'éteindront, où il
leur sera donné de rentrer dans leur pays.

— Et dans cette maison, comme autrefois,
n'est-il pas vrai, mon père ?

— Certes, répondit tristement M. de Lavarennes, ce n'est pas moi qui leur fermerai la porte; mais, après ce qui s'est passé, voudront-ils la franchir? Tu connais ton oncle; il garde comme une religion le souvenir des injures ; il ne pardonnera pas. Julien lui-même tient de son père un esprit altier, vindicatif.

— Le temps efface bien des haines. Le malheur qui a changé nos âmes peut bien changer la leur.

— Ainsi soit-il; malheureusement nous n'en sommes pas là.

— Y aurait-il danger pour eux à revenir aujourd'hui?

— Ce serait une imprudence immense, coupable... Désignés comme chefs du parti, ils seraient inévitablement saisis, jetés dans les cachots ; la nouvelle seule de leur présence suffirait pour soulever la ville.

— Sainte Vierge! s'écria Ursule en pâlissant...

— Qu'as-tu donc, mon enfant, qui peut t'effrayer ainsi? Rien ne dit qu'un pareil malheur doive arriver.

— Sans doute ; mais je ne puis m'empêcher de frémir à l'idée seule du sort qu'on leur réserve. Julien, Julien, lui dans les fers...

— Du calme : ne te crées pas de nouvelles chi-

mères, nous avons assez de la réalité. Tiens,
voici maître Habert qui va te rassurer, te dire
que, loin de s'aggraver, la position devient chaque
jour meilleure et que la ville continue à être tranquille.

—Hélas! dit le poëte qui venait d'entrer, malgré
tout mon désir de vous être agréable, je me vois
forcé de vous démentir pour aujourd'hui du moins.
C'est véritablement une fatalité...

— Que se passe-t-il, grand Dieu, et ne pourrons-
nous en sortir?

— Dame, Issoudun est encore en émoi. Dans les
faubourgs, chacun est sur sa porte, contant et
écoutant de méchantes nouvelles, dont je ne veux
pas me faire le garant...

—Dites toujours, nous saurons démêler le vrai
du faux...

— On prétend que, depuis quelques jours déjà,
on remarquait une certaine fermentation parmi les
gens de religion qu'on a tolérés ou laissé rentrer
dans la ville; qu'à la tombée de la nuit on aper-
cevait des figures suspectes, glissant de maison en
maison et semblant donner un mot d'ordre...

— Sont-ils déjà las du répit qu'on leur accorde, et que veulent-ils avec leurs conspirations
incessantes?

— On croit que la cause de cette excitation leur

vient des nouvelles de Bourges, qui, vous le savez mieux que moi, ne veut se rendre ni à Dieu ni au Roi, et préfère rester au pouvoir du diable.

— Eh bien ?...

— Eh bien ! il paraîtrait que les calvinistes, voulant tenter un grand coup, auraient envoyé des émissaires dans toutes les directions pour soulever le pays et embrouiller tellement les choses, que l'armée du Triumvirat ne sût plus auquel entendre.

— Les enragés païens!

— Si l'on en croit certains autres propos, d'Yvoi aurait jeté les yeux sur Issoudun pour s'y retirer, au cas où Bourges et Sancerre lui feraient défaut, et, dans cette prévision, exciterait chez nous les huguenots à la révolte.

— Oui, mais ils ne peuvent rien contre les forces supérieures de M. de Sarzay.

— On parle, et j'ose à peine le répéter, d'une affreuse conspiration qui aurait pour but d'introduire les conjurés dans la ville et de faire massacrer pendant la nuit les catholiques.

— Horreur ! s'écrièrent les jeunes filles.

— Ce sont contes de vieille femme, interrompit M. de Lavarennes, ou rêves de votre imagination de poëte, mon brave Habert.

— Possible... Mais ce que je tiens pour sûr et

certain, c'est qu'un grand conciliabule s'est tenu cette nuit à Villatte.

— Dans le temple des protestants.

— Oui, mon cher Monsieur.

— D'où le savez-vous ?

— J'ai vu de mes deux yeux passer Robert Barbier dit La Croix, qu'un fort piquet de hallebardiers conduisait pardevant M. le gouverneur, avec six tondus de ses amis.

— Comment, Robert Barbier, le ministre réformé ?

— Lui-même.

— Il faut que le drôle soit possédé du démon, pour venir se jeter ainsi dans la gueule du loup !

— Cela ne fait aucun doute.

— Où l'avait-on surpris ?

— Je vous le répète, au temple de Villatte, où ils ont tenu leur sabbat. Je le tiens de bonne source, d'un témoin oculaire, de maître Gaucher, le bras droit de M. de Sarzay. Voici comment la chose serait arrivée : ce matin, vers deux heures, Gaucher faisait sa ronde avec six de ses hommes, sans penser à mal, et se préparait à rentrer au château, lorsqu'en passant devant le temple, son attention fut éveillée par un bruit inusité. Ayant fait halte, il prêta l'oreille et entendit distinctement une voix lente, monotone

13.

et nasillarde qui semblait prêcher dans le désert ; car, à part cette voix, calme absolu. Justement étonné, il monta sur une borne, se hissa
jusqu'à une petite fenêtre et regarda dans l'intérieur. Au dedans comme au dehors, obscurité
complète, et pourtant la voix continuait son éternelle psalmodie. Notre homme n'en revenait pas
et se demandait si ce ne serait pas quelque
cerveau malade ou quelque fantôme huguenot,
venant après sa mort exercer son éloquence sur
l'ancien théâtre de ses triomphes. Quoi qu'il en
fût, bien résolu à tirer la chose au clair, Gaucher se souvint que derrière l'autel se trouvait
une petite porte, défoncée lors du siége, et qui
depuis n'avait jamais été remplacée. Ayant donc
commandé à ses hommes le plus grand silence,
il fit le tour du temple, s'introduisit avec une
extrême précaution et se tapit avec les siens
entre deux piliers, dans l'endroit le plus sombre,
de manière à ne rien perdre sans se compromettre...

— Et que vit-il ?

— Rien d'abord, car, ainsi que je vous l'ai
dit, il n'y avait pas la moindre lueur de cierge
ou de lanterne borgne. Pourtant ses yeux s'ha-
bituant peu à peu à l'obscurité, il crut entrevoir,
à la faible clarté des fenêtres, une douzaine de

spectres qui paraissaient écouter un autre spectre monté sur un banc, pérorant et gesticulant.

— Mais c'est un conte de l'autre monde.

— Pas tout à fait, car il ne lui fallut pas long-temps pour reconnaître qu'il avait affaire à des êtres en chair et en os, et qu'il était tombé dans un nid d'hérétiques, conspirant bel et bien contre la foi et la loi.

— Bah ! et que disaient-ils ces mécréants ?

— Toutes les choses que je vous ai déjà nar-rées sur l'état de la ville de Bourges, sur les espérances qu'il fallait en concevoir, sur l'ur-gence d'organiser de nouvelles séditions ; le tout en langage métaphorique, biblique et satanique.

— Quelle misère ! Et sans doute ce Robert Barbier était venu tout exprès pour rassembler les chefs du parti et bouleverser la ville, au moment où elle commençait à se calmer ?

— Précisément, aussi, quand il fut bien con-vaincu de ses affreuses intentions, Gaucher poussa du coude ses compagnons, se glissa avec eux de pilier en pilier ; puis, quand il fut à portée, s'élança comme un chat sur le prédicateur, le prit au collet et lui posa résolûment son poignard sur la gorge, si bien que Robert Barbier, croyant sa dernière heure arrivée, se laissa garrotter comme un innocent. Pendant ce temps, les hal-

lebardiers avaient également saisi chacun leur
homme, bien contristés de ne pas avoir quatre
bras et de voir échapper la moitié de leur proie.
Enfin, consolés par l'assurance d'avoir fait leur
devoir, ils conduisirent ces malheureux à la prison, où ils passèrent la nuit, et, ce matin les en
tirèrent pour les faire comparaître devant M. de
Sarzay qui, ajoute-t-on, se serait hâté de dé-
pêcher à Bourges un courrier extraordinaire
pour prendre l'avis du Roi et des triumvirs.
Voilà l'affaire dans tous ses détails.

— Et vous prétendez les avoir vus et reconnus,
fit Ursule avec une inquiétude croissante ?

— J'ai parfaitement reconnu Robert Barbier, ce
damné ministre ; quant aux autres, ils m'ont paru
étrangers.

Ursule respira, pourtant elle ajouta après
quelque hésitation :

— Parlait-on de ceux qui s'étaient échappés ?

— Sans nul doute, on faisait même à ce sujet
mille suppositions et commentaires.

— Parmi tous ces discours, n'auriez-vous pas
entendu des noms de connaissance, par exemple
ceux de...

— Quelle idée ! interrompit M. de Lavarennes.

— Dame, mon cher Monsieur, reprit le poëte,
c'est une pensée qui m'est venue tout d'abord

comme à Mademoiselle, et j'avoue que j'ai éprouvé un grand soulagement en ne voyant pas mes craintes réalisées. Quant à leurs noms, je dois encore avouer qu'ils se sont trouvés mêlés à ceux de cent autres, comme on devait s'y attendre, vu le rôle important qu'ils ont eu le grand malheur de jouer ici.

— Dieu veuille qu'il ne nous arrive pas de nouveaux malheurs, dit Ursule entraînant Louise à l'écart ; tu le vois, ma joie a été de courte durée et va se changer en mortelle inquiétude.

— Toujours la même. Ne sauras-tu une fois dans ta vie goûter un instant de bonheur sans mélange ?

— Le puis-je ?... Ce retour dont je me réjouissais follement, c'est sa perte, la nôtre... Tu l'as entendu, les conspirations, les dangers vont renaître. Plus que jamais il faut l'attendre, le voir, lui parler, mais pour le supplier de fuir loin de ce pays maudit, à l'autre bout du monde, dût cette nouvelle séparation anéantir toutes mes espérances.

— Pauvre amie, ta tête s'égare et ne sait où arrêter ses désirs. Absent, tu le voudrais ici ; présent, tu demandes son départ.

— C'est vrai, je suis folle, égoïste ; je t'obsède de mes craintes, de mes douleurs, sans respecter les tiennes.

— Ne pense à moi que pour te soigner et revenir à la raison. Ton bonheur n'est-il pas le mien ?... Voyons, sèche tes pleurs, Ton père nous observe, le pauvre homme! Ne détruis pas du premier coup la seule joie qu'il ait ressentie depuis si longtemps. »

Et l'affectueuse fille, essuyant les yeux de sa sœur, la ramena près des deux vieillards, inquiets déjà de cet *à parte*.

CHAPITRE XIII

RÊVERIE A TROIS.

Ce fut avec un vif battement de cœur que les deux cousines virent la nuit arriver, que, retirées dans leur petite chambre, elles écoutèrent chaque tintement de l'horloge qui les rapprochait d'un moment si redouté et si désiré à la fois. Enfin, quand toutes les lumières, tous les bruits de la maison et de la rue se furent éteints, elles soufflèrent à leur tour leur lampe et attendirent dans l'obscurité.

Une lune brillante éclairait la cour et le jardin et leur permettait d'épier sans être vues. Le calme régnait au dehors ; le vent lui-même oubliait d'agiter la cime des grands arbres, dont la silhouette immobile se découpait sur un ciel ruisselant d'étoiles. Seul, le chantre des nuits, le rossignol, veillait et lançait dans le silence ses notes de cristal et ses cadences amoureuses.

Deux heures venaient de sonner. Doucement appuyées l'une contre l'autre, magnétisées par le

regard fantastique de la lune, les jeunes filles
allaient céder au charme ineffable de cette heureuse nature endormie sous l'œil de Dieu, lorsqu'un aboiement saccadé les tira de leur torpeur.

Se tenant par la main, elles s'approchèrent de
la fenêtre, et, protégées par les plis du rideau,
plongèrent leur œil sous les sombres massifs du
jardin. Troublé dans ses rêves, Ralph s'agitait en
pleine lumière et provoquait l'attention par ses
cris furieux, sans se douter que sa bruyante sollicitude fût si mal accueillie.

En effet, pleines de dépit, Ursule et Louise
maudissaient cette vigilance qui pouvait éveiller
la maison, lorsque ses aboiements firent place
tout à coup à ce grognement câlin et langoureux
qui salue l'approche d'un ami.

Plus de doute; l'instinct de Ralph répondait à
leurs pressentiments; aussi fût-ce sans effroi que
les deux cousines virent s'ouvrir la porte verte du
jardin et une figure humaine apparaître dans l'enceinte lumineuse de la cour. C'était bien lui. Le
joyeux lévrier bondissait autour de son jeune
maître, se roulait à ses pieds, obéissant à grand'-
peine aux gestes réitérés qui lui commandaient le
silence.

Quand il eut enfin calmé la turbulente affection
du bon animal, Julien s'approcha sans hésiter du

vieil amandier ; puis, s'aidant de son tronc noueux et du treillage de jasmin qui tapissait la muraille, parvint en un instant à la fenêtre, où il déposa un bouquet de fleurs des champs semblable à celui de la veille.

Après être resté quelques minutes en contemplation devant cet asile de toutes ses affections, comme s'il eût hésité à manifester sa présence, il poussa un profond soupir, et se disposait à descendre, lorsque, sondant une dernière fois les ténèbres, il aperçut deux figures immobiles à moitié cachées sous les plis du rideau.

Cédant à un mouvement involontaire, il fut sur le point de pousser un cri. A la clarté mélancolique de la lune, à cette heure de la nuit, en voyant ces visages pâles dont les yeux restaient invinciblement fixés sur lui, il crut un instant à l'apparition de deux spectres. Une idée pleine d'épouvante et de folie courut son cerveau. Il se dit que ses compagnes étaient sans doute mortes et que c'étaient leurs ombres qui se tenaient ainsi collées aux carreaux de la chambre, pour accueillir sa visite et lui faire un dernier adieu.

Pourtant, rappelant à son aide la raison qui lui échappait, il se rapprocha et se hasarda à demander :

« Louise, Ursule, mes sœurs, est-ce vous ? »

13.

A cette voix, le rideau s'écarta, la fenêtre grinça sur ses gonds et, pour toute réponse, Julien vit se tendre vers lui deux mains amies qu'il saisit et couvrit de baisers.

« Que Dieu nous pardonne cette imprudence, puisqu'il voit nos cœurs, s'écria Louise. Entre vite, Julien, et ne méprise pas deux pauvres filles qui méconnaissent pour toi les lois du monde.

— Vous mépriser, chères sœurs, moi qui voudrais vous entourer jour et nuit de mon respect, de mon affection !

— Oui, reprit Ursule, ce que nous faisons est fautif sans nul doute, puisque nous rougirions de l'avouer ; mais en présence des graves circonstances...

— Elles sont terribles en effet, ajouta Louise ; les connais-tu dans toute leur gravité, en as-tu sondé les dangers ?

— Ah ! s'écria Julien, qu'il me soit permis d'écarter ces abominables pensées de mort et de guerre civile, pour me livrer à la joie de vous contempler, de vous interroger ; car il y a des siècles qu'un pareil bonheur ne m'a été donné... Voyons, Louise, toi si bonne, si douce, pendant ces affreux jours, qu'as-tu fait de ton heureux caractère, de ton calme et de ta gaîté ?

Tu pleures, triste réponse... Et toi, ma pieuse Ursule, as-tu puisé dans ton saint mysticisme cette austère vertu qu'on appelle résignation?... Tu gardes également le silence... Ah ! si la sinistre clarté de la lune ne me trompe pas, d'où te vient ce visage pâle, ces yeux caves, ces joues amaigries? Tu as souffert, tu souffres encore?

— Ce n'est rien, l'émotion d'hier, la joie d'aujourd'hui...

— Hélas ! poursuivit Louise, il n'est que trop vrai!... Frappée dès le premier jour par la mort lamentable de notre mère, elle n'a plus trouvé de courage pour supporter les horreurs de la guerre, les dissensions de famille, enfin la cruelle absence d'un ami, d'un frère.

— Quoi! à travers tant de ruines et de malheurs, j'aurais trouvé place dans ses souvenirs ?

— En peux-tu douter? Vois ces larmes où rayonne la joie, cette joie où perce la crainte.

— Merci, mille fois merci... mais dans cet état d'abattement, pourquoi veiller ainsi? C'est vouloir se tuer.

— Sans doute, mais le moyen de la persuader ! Elle a voulu t'attendre, te voir.

— Comme toi, se hâta d'ajouter Ursule.

— Oh! moi, c'est bien différent, je le pouvais sans mérite et sans danger.

— Vous me saviez donc ici, fit Julien attendri ?

— Il eût fallu ignorer le langage des fleurs. En voyant ce bouquet, Ursule a compris de suite et annoncé ton retour.

— Nos cœurs ont parlé en même temps, reprit mademoiselle de Lavarennes... Louable ou blâmable, je ne saurais accepter à ton détriment cette prescience ou cette supériorité d'affection.

— Pourquoi t'en défendre ?

— Par conscience et par amour de la vérité... Écoute, Julien, en te faisant connaître mes peines, en taisant les siennes, Louise est trop généreuse. Si, plus fort que le mien, son corps a mieux résisté, son âme n'en a pas été moins ravagée. Ces angoisses, ces douleurs, qu'elle vient de peindre, elle les a senties comme moi, mieux que moi, car, semblable aux saintes filles, qui mènent une vie d'abnégation, elle cache ses blessures pour soigner celles des autres ; va, je connais son âme, ta place y est également et profondément marquée. »

Le cœur gonflé, la gorge serrée, Julien ne put trouver un mot de reconnaissance ; Louise se tut également et baissa la tête devant cet aveu fait en son nom, sans oser le démentir. Ces paroles presque solennelles, ces réticences, ces intonations pleines de nuances, ce sympathique attendrissement dont ils se sentaient baignés, avaient une éloquence invincible qui les courbait sous le même souffle.

Un silence profond s'en suivit, pendant lequel toutes les voix de la jeunesse éclatèrent en concerts harmonieux dans l'âme des trois enfants. Un monde nouveau s'ouvrit pour eux. En sentant se transfigurer ainsi des sentiments, qui jusque-là les avaient à peine agités, ils comprirent qu'enveloppés dans les liens d'une triple et inséparable affection, ils vivaient désormais du même esprit, du même corps.

Pourtant, leur imagination s'égarant trop avant dans les vagues profondeurs de l'avenir, la prudente Louise pensa la première qu'il importait de rompre le charme et de sortir de ces douces et dangereuses rêveries.

« Faisons trève, dit-elle, à cette énervante sensibilité, pour contempler froidement la réalité qui nous presse. Voyons, Julien, fais-nous en peu de mots le récit de ta vie depuis notre séparation.

— Il sera bien court, si je ne puis vous raconter l'histoire de mon cœur. Après la bataille, nous avons suivi d'Yvoi jusqu'à Bourges, où mon père, loin de calmer ses colères, retrempa son fanatisme dans celui de ses ardents coreligionnaires... Il y a deux jours seulement, nous avons quitté cette ville pour revenir ici.

— Dans quelle pensée, dans quel but ?...

— A d'autres je dirais que l'amour du sol natal est la seule cause de cette imprudence ; mais à vous, qui avez en vos mains mon âme et ma vie, je ne saurais cacher la vérité, si affreuse qu'elle soit... Malgré la cruelle expérience, malgré les dangers qui l'entourent, malgré mes supplications, mon père ne peut abandonner sa cause et sa vengeance. Muni des instructions du capitaine d'Yvoi, il revient ici dans l'espoir d'agiter son parti, en lui annonçant que l'armée du Triumvirat se morfond devant Bourges, qu'il suffit de se lever sur tous les points en même temps pour l'écraser et assurer la victoire.

— Mais ce sont encore des séditions, des désastres !

— Cent fois je l'ai supplié de renoncer à cette terrible mission, il a été inflexible, il m'a répondu durement de me retirer si j'avais peur ou si je reniais ma foi... Que faire ?.. L'abandonner quand il n'a plus d'autre soutien ? Impossible... J'ai pris le parti de le suivre.

— Mais, c'est le suivre à la mort, au crime.

— Je le sais, et ne veux pas même y penser, car mes idées se perdent.

— Et depuis votre séjour dans ce pays, qu'avez-vous fait, où êtes-vous cachés ?

— Le jour, retiré à son domaine de Lizeray, sous l'habit d'un bouvier et sous le nom de Mathieu Désages, mon père y reçoit ses amis, et, quand vient le soir, s'introduit dans la ville, parcourt les environs dans l'intérêt de son œuvre impie. Quant à moi, navré jusqu'au fond du cœur, j'évite autant que possible de me mêler à ces trames, je parcours les bois où je rêve, et la nuit je me hasarde à me rapprocher de vous.

— Sais-tu que le collègue de ton père, Rober Barbier, a été surpris, arrêté dans un prêche ?

— Je le sais, mon père s'y trouvait.

— Et toi ?

— Je ne l'avais pas suivi, et telle est ma triste position, que je m'en serais fait un reproche éternel, s'il lui fut arrivé malheur.

— Mais, c'est affreux de se dévouer ainsi, sans passion, sans conviction à une œuvre qu'on réprouve.

— C'est la fatalité; ne sommes-nous pas maudits ?

— Vois-tu, s'écria avec accablement Ursule, il me donne raison, il ne croit plus à l'espérance, à l'avenir... Va, tout est bien fini.

— Julien, reprit Louise avec un accent de reproche, tu oublies que nous avons un corps malade à soigner, une âme à réconforter; et cependant tes paroles sont pleines de découragement.

— J'ai eu tort, fit le jeune homme. J'ai oublié de regarder le destin avec l'œil d'un homme, de croire en la providence avec le cœur d'un chrétien ; j'aurais dû songer que la miséricorde de Dieu est infinie, qu'il ne peut manquer d'intervenir en faveur de deux anges comme vous, qui n'avez cessé de glorifier son nom et de placer en lui votre confiance. Implorons donc cette sainte vertu qui prend l'homme tout petit, le suit pendant sa vie et ne l'abandonne pas, même quand il descend les marches du tombeau. Arrière les tristes pensées ; profitons de cette heure bénie, parlons de notre bonheur passé, réveillons l'espérance.

— Je le voudrais, interrompit Louise montrant l'horizon, mais la lune pâlit, le jour approche, il faut partir.

— Sitôt ! murmurèrent Ursule et Julien.

— Soyons sages, Ursule a besoin de repos. Vois la pâleur de son teint.

— Je pars, fit résolument le jeune homme... mais je reviendrai... demain.

— Non... cette émotion, cette veille surpassent déjà ses forces, ne tentons pas le sort, si nous voulons qu'il nous protége.... Nous te savons près de nous, battant du même cœur, brûlant de la même affection. Patience.

— Patience, cela est bien facile à dire.

— Cette patience que je prêche, croyez-vous, méchants, qu'elle ne me coûte pas autant qu'à vous?

— Allons, il nous faut obéir, dame raison, fit Ursule en soupirant, donnez vos ordres.

— Avant tout, soyons prudents. Si une grave circonstance le veut, si quelque danger menace, viens sans hésiter; sinon, attendons au moins quelques jours.

— Je me soumets, pourvu que vous me gardiez une bonne pensée, un bon souvenir.

— Ne crains rien, nous sommes deux pour cela. Adieu.

— Adieu.

Puis, après un doux embrassement, Julien reprit son romantique chemin, traversa en courant la petite cour, suivi des folâtres gambades du lévrier, jeta un dernier coup d'œil vers la fenêtre et disparut sous les massifs du jardin.

CHAPITRE XIV.

NOUVELLES ALARMES.

Comme bien on pense, toute la matinée se passa entre les deux jeunes filles à commenter l'événement de la nuit, à se rappeler chaque parole, à dérouler l'éternel fuseau des suppositions et des rêveries, travail plein d'inanité dans lequel le malheureux se complaît et cherche à noyer sa peine.

Elles furent distraites de leur interminable entretien par un bruit extraordinaire parti de la rue et par la voix de Solange qui, inquiète de leur absence, les sollicitait de venir admirer le grand concours de monde qui se pressait sur la place.

Elles trouvèrent au balcon M. de Lavarennes secouant la tête et leur montrant du doigt un peloton de gens d'armes qui descendait la rue, trompette en tête, et suivi d'une population turbulente.

« Que se passe-t-il, mon père, s'écria Ursule ; cela va-t-il recommencer !

— Je ne sais ; d'après ce qu'on saisit en l'air, on publierait des nouvelles importantes venues de Bourges, et un édit du Roi, en réponse au message de M. de Sarzay; ce que je suis tenté de croire, car voici le héraut du gouverneur, monté sur son cheval blanc, en grande tenue de cérémonie; écoutons. »

En effet, quelques instants après, le cortége s'arrêtait sur la place, en face des fenêtres de la maison Jugand; les trompettes commandaient le silence et le crieur public débitait de sa plus belle voix, la proclamation suivante :

« Au nom de Sa Majesté catholique, Charles IXe, » roi de France, de madame Catherine de Médicis » reine mère et régente,

» M. Charles de Barbançois, seigneur de Sarzay » fait savoir aux bourgeois et manants d'Issoudun, » confiés à sa garde, que :

» Vu la rébellion obstinée de la ville de Bourges, » vu les grandes séditions excitées par les héréti- » ques dans les pays environnants, vu notamment » le détestable complot découvert, il y a deux jours, » au temple de Villatte, en la dite ville d'Issoudun;

» Il est urgent d'aviser aux moyens les plus » prompts et les plus efficaces de mettre fin à ces » criminelles entreprises ;

» Qu'en conséquence, toute la province du haut » et bas Berri est, dès aujourd'hui, déclarée en » état de siége;

» Que tous les gens de la religion protestante

» réformée, de tout âge et de tout sexe, tolérés
» jusqu'alors, devront quitter dans le jour même
» la ville d'Issoudun et le territoire qui en relève,
» sous peine d'être jetés dans les prisons et voir
» leurs biens confisqués ;

  » Que les chefs de sédition, les ministres te-
» nant prêches, conciliabules, réunions publiques
» ou secrètes, seront immédiatement saisis et
» punis de mort ;

  » Que quiconque, par un zèle coupable, les aura re-
» tirés chez lui ou facilités dans leur fuite, sera con-
» sidéré comme complice et subira la même peine ;

  » Que les habitants vivant dans le giron de
» l'Église romaine devront se tenir prêts à être en
» armes pour déjouer les trames sataniques ourdies
» contre la foi ; mais, en même temps, qu'il leur
» est expressément défendu de rien entreprendre
» contre la vie et les propriétés, hors le cas de légi-
» time défense et de service royal.

  » Sur ce, que Dieu tienne en sa garde les bons
» catholiques et fidèles sujets de Sa Majesté. »

  « Vive le Roi ! » crièrent d'une même voix les
vignerons et les gens de faubourg, tandis que
consternés et tremblants, quelques malheureux
suspects d'hérésie gagnaient au large, pour porter
à leur famille cette terrible nouvelle.

  « Mort de ma vie ! fit tristement M. de Lavarennes, nous voilà revenus au beau temps des complots et des proscriptions. Des deux parts les hommes sont implacables. Mais que veut maître Habert que j'aperçois dans la foule avec sa mine effarée et ses signes de détresse? Ne serions-nous pas au bout, et que va-t-il nous apprendre?.. Descendons.

Et présentant le bras à la pauvre Ursule à moitié morte de frayeur, il rejoignit dans la chambre basse le poële dont l'air mystérieux n'annonçait en effet rien de bien rassurant.

« Voyons, maître François, fit M. Claude, que nous apportez-vous encore? Vous voilà tout bouleversé.

— Hélas! mon cher monsieur, répondit le vieillard, en fermant soigneusement la porte et les fenêtres, je suis véritablement honteux d'être un oiseau de mauvaise augure et de n'arriver chez vous qu'avec de méchantes nouvelles. Mais aujourd'hui, qui pourrait se vanter d'en tenir une bonne en sa possession?

— Sans doute, mon ami, mais faites vite, qu'y a-t-il, au nom du ciel!

— Vous venez d'entendre l'édit du Roi, et les rigueurs prononcées contre les protestants, surtout contre leurs chefs tenant prêches et conciliabules.

— Parfaitement, mais en quoi cela nous touche-t-il?

— Votre frère Gaspard n'est-il pas ministre reconnu et très-zélé de cette damnée religion?

— Pour son malheur et le nôtre.

— Eh bien! l'édit du Roi le menace directement.

— Oui, s'il n'avait eu la prudence de se tenir à distance, et s'il était assez fou pour imiter ses collègues, en venant se jeter dans la gueule du loup.

— Mais c'est précisément ce qu'il a fait.

— Par la sainte messe, Habert, qui vous a dit cela?

— On ne me l'a pas dit, je l'ai vu.

— Vous avez vu Gaspard?

— De mes deux yeux.

— Quand cela!

— Hier soir à neuf heures.

— Impossible.

— C'est très-vrai, et, pour surcroît de malheur, je n'ai pas été seul à le reconnaître.

— Voyons, réfléchissez bien, c'est grave, très-grave.

— Pardieu, voilà pourquoi vous m'en voyez si contrit.

— Contez-nous donc cela, fit M. de Lavarennes en rapprochant sa chaise, tandis qu'Ursule et Louise, les mains jointes, le cou tendu, restaient suspendues aux lèvres du poëte.

— Vous n'ignorez pas, reprit celui-ci, que, depuis les événements, j'avais pris l'habitude de faire, chaque soir après souper, une petite tournée dans la ville pour voir de quoi il retournait dans les quartiers habités par ceux de la religion; partant, si nous pouvions dormir en paix. Quand tout était calme, je revenais joyeux, rêvant quelques rimes et me couchais content. Depuis quelques jours, en voyant la bonne tournure des choses, je commençais à me rassurer, lorsque nous est arrivée la fâcheuse nouvelle de la prise de Robert Barbier. Hier soir donc, voulant connaître ce que l'on disait à ce sujet, je pris mon manteau couleur de muraille et je m'acheminai du côté de Villatte. Dès le premier abord, j'y remarquai une fermentation inusitée. On allait et venait d'une porte à l'autre, causant et chuchotant, se taisant dès que paraissait un nouveau visage. Sans m'effrayer des regards de méfiance qu'on jetait sur moi, j'avançais toujours, quand je fus accosté par un promeneur qui m'apostropha par mon nom. C'était le capitaine Hémard, ce moine défroqué dont le maréchal de St.-André nous a doté à son passage. « Que faites-vous donc à cette heure et en cette tenue, maître Habert, me dit-il? — Ce que vous faites vous-même, capitaine, je promène mon souper pour le repos de mon corps. — Et vous huguenotisez quelque peu, en

tout bien tout honneur sans doute, et pour le besoin de la cause catholique. — Il faut bien connaître de tout. — C'est mon avis ; aussi nous allons
faire route ensemble et examiner ces parpaillots
qui me semblent ce soir fort éveillés. » Malgré mon
dépit de me trouver en semblable compagnie, il
faut vous dire que je n'osai m'esquiver, à cause de
l'amitié toute particulière que ce diable d'homme
semble m'avoir vouée pour ma réputation. Il ne
me rencontre jamais sans me demander des nouvelles de Parnasse; cela lui rappelle, prétend-il,
son ancien métier de clerc et le beau temps où, lui
aussi, cultivait les belles-lettres et la rhétorique.

« Abrégeons, mon ami, interrompit M. de Lavarennes...

— C'est juste, reprit le poëte, je m'égare...
Donc bon gré, mal gré, je suivis frère Toussaint à
travers les rues jusqu'au temple de Villatte. Quand
nous fûmes en face de cette caverne diabolique :
— Voulez-vous, me dit-il, voir les lieux où ces damnés coquins tenaient hier soir leur sabbat, et comment on les a pris au piége ? — J'y consens, répondis-je, toujours par complaisance. — Venez par ici,
suivons le même chemin que Gaucher. — Et il
m'entraîna vers la petite porte de derrière, par où
s'étaient introduits les soldats... Mais à l'instant où
nous allions y pénétrer, nous nous trouvâmes nez

à nez avec un sombre personnage, comme moi
drapé de son manteau et qui détourna précipitamment les yeux à notre approche. Si faible que fut la
clarté du soir, si rapide qu'eût été le mouvement
de l'étranger, il n'y avait pas à s'y méprendre.
« Ventre-de-loup, s'écria le capitaine, c'est lui. —
Qui, lui? répondis-je de mon air le plus innocent.—
Comment, vous n'avez pas aperçu ce vieux blaireau
à poil gris; je ne l'ai vu qu'une fois, le jour du jugement des gars de Sainte-Lizaigne, cela m'a suffi
pour graver son image dans ma mémoire. Vous qui,
si je ne me trompe, viviez presque sous le même
toit, vous n'auriez pas reconnu Gaspard Jugand,
ce... allons donc.» Malgré mes dénégations et mon
ton candide, le soudard hocha la tête, se gratta le
front, frappa du pied, puis, saisi d'une résolution
subite, me souhaita rapidement le bonsoir et se
glissa dans les ténèbres comme un chat à la piste
d'une souris.

« L'a-t-il rejoint?

— Je ne sais, car depuis ce temps, je ne les
revis ni l'un ni l'autre.

— Mais que supposez-vous?

— Connaissant le capitaine et sa nature de
sbire, je suppose qu'il aura sournoisement suivi
notre homme jusqu'à sa cachette, pour en donner
avis à qui de droit.

14

— Et vous croyez avoir reconnu Gaspard ?

— J'en suis certain.

— Alors il est perdu comme Robert Barbier.

— C'est mon avis, à moins d'un miracle du ciel ?

— Que pouvons-nous faire, bon Dieu ?

— Je vais vous le dire, interrompit Ursule, plus pâle qu'une morte, mais il n'y a pas à perdre une minute.

— Alors, parle vite, voyons.

— Il faut monter à cheval, aller trouver votre frère, l'avertir du danger et l'engager à fuir, comme si Issoudun devait s'écrouler sur lui.

— C'est facile à dire, mais j'ignore sa demeure.

— Je la connais, moi.

— Toi ?

— C'est un secret que je vous livre, à vous, mon père, à vous, mes amis, un secret terrible et précieux dont dépend la vie de mon oncle, de Julien.

— Tu connaissais donc leur présence ici ?

— Hélas ! oui, depuis deux jours.

— Comment cela ?

— En vérité, vous allez nous mépriser, nous maudire peut-être, mais qu'importe ?

— Parle de suite, ne crains rien ; je n'ai plus le courage de blâmer ou de maudire personne.

— Écoutez donc. »

Alors Ursule et Louise racontèrent en rougissant ce qui leur était arrivé, leur surprise à la vue du bouquet trouvé sur la fenêtre, la conclusion qu'elles en avaient tirée, et enfin cette entrevue nocturne avec Julien, qui leur avait appris la demeure, les desseins et le nom supposé de son père.

« Je vous confie tout cela, ajouta Ursule, parce que je sais que le repentir a étouffé à tout jamais la haine dans votre cœur, et que vous ne balancerez pas à secourir ces malheureux.

— Mais, je te le répète, Gaspard ne voudra ni de mes secours ni de mes conseils.

— Qu'importe, vous aurez fait votre devoir ; n'hésitez pas, mon père. Il faut les sauver à tout prix. Partez, partez, je vous le demande à genoux pour votre honneur, pour votre neveu, pour moi-même.

— Pour toi ?

— Oui, car s'ils sont pris, s'ils meurent, j'en mourrai.

— Que veux-tu dire ? »

Et il consultait la physionomie de Louise qui, par son geste et son regard, le suppliait également de céder.

« Mais vous ne comprenez donc pas, s'écria Ursule avec un éloquent et suprême effort, quand je vous dis qu'il y va de mon bonheur, de ma santé, de ma vie; vous voulez donc me forcer à rougir en m'arrachant un dernier secret, un dernier aveu ?

— Habert, fit M. de Lavarennes, courez à l'écurie et sellez mon cheval; il faut que, dans cinq minutes, je sois sur la route de Lizeray... et toi, mon enfant, achève... »

CHAPITRE XV.

Une heure après, M. de Lavarennes arrêtait son cheval dans la cour du domaine ou plutôt de ce qu'on appelait le domaine de Lizeray; car un grand changement s'était fait dans ces lieux naguère si heureux et si vivants.

Au lieu du bourdonnement joyeux qui préside aux travaux de la campagne, au lieu des cris de la ménagère, du mugissement des bestiaux, du caquetage des volailles, partout le silence et la solitude.

Nulle fumée ne s'échappait du toit; les étables étaient vides, la charrue, la herse, les attelages pourrissaient sous les herbes; les portes défoncées livraient passage à tous les vents.

Sur un banc délâbré, grelottait au soleil un pauvre homme rongé de misère et de fièvre, fixant devant lui un regard idiot.

C'était un vieux pâtre, seule créature humaine dans cette scène de désolation. Le maître, la maî-

14.

tresse, les domestiques avaient fui devant la guerre et ses horreurs. Après avoir longtemps erré, lui seul était revenu au logis, poussé par son instinct, décidé à mourir sous le toit qui l'avait abrité.

Depuis lors, il vivait machinalement dans ce désert, courant les champs et les bois, cherchant la trace de ses bœufs, visitant ses prés, se nourrissant de fruits sauvages, s'abreuvant à l'ornière du chemin, véritable esprit des ruines, dont il ne pouvait s'éloigner.

A l'arrivée du cavalier, il jeta autour de lui un coup d'œil inquiet et se dressa à moitié sur ses jambes, comme s'il eût cherché une issue.

« Eh bien ! Goujeon, fit M. de Lavarennes, qu'avons-nous donc ? Je ne suis pas un mécréant, que je sache.

— Ah ! c'est vous, monsieur Claude, répondit le pauvre diable, médiocrement rassuré, il y a bien longtemps qu'on ne vous a vu dans ces parages.

— C'est pour cela, mon ami, que je viens aujourd'hui.

— Et qu'y a-t-il pour votre service ?

— Je voudrais dire deux mots au métayer ou à sa femme.

— Oui-dà, vous pouvez les appeler longtemps avant qu'ils ne répondent.

— Bah ! que sont-ils devenus ?

— Demandez-le aux gens du capitaine d'Yvoi ou du maréchal de Saint-André, aux parpaillots ou aux papistes, comme on dit, à Dieu ou au Diable.

— Leur serait-il arrivé malheur ?

— Sur ce point, c'est incontestable. Dailleurs, voyez vous-même, ajouta le bouvier en montrant le délâbrement de la maison.

— Mort de ma vie, quelle désolation !

— Oui, voilà les beaux effets de vos guerres.

— Comment, il n'y a donc personne ici ?

— Personne, si ce n'est moi, misérable créature qui ne compte pour rien.

— Pourtant, ajouta M. Claude à voix basse, on m'avait assuré que, depuis deux jours, mon frère et son fils s'étaient réfugiés au domaine.

— Jésus, Maria... d'où tenez-vous cela, mon cher Monsieur?

— Je le tiens, de leurs amis eux-mêmes, qui veulent les servir.

— Dites plutôt de leurs ennemis, qui voudraient les mettre dans l'embarras. C'est un mensonge, un odieux mensonge.

— Ne t'emporte pas, mon bon Goujeon, ce que j'en dis est au contraire dans l'intérêt de sa propre sûreté. Ne suis-je pas son frère ?

— J'entends bien, j'entends bien ; mais aujourd'hui y a-t-il encore des frères?.. Tenez, si vous lui voulez réellement du bien, retournez en ville, criez bien haut qu'il n'est pas ici, qu'il n'y est jamais venu et qu'il se gardera bien d'y revenir.

— Au moins, dit M. de Lavarennes se ravisant, n'a-t-il pas mandé un de ses fidèles, un autre lui-même, prêt à répondre pour lui.

— Qui donc?

— Maître Mathieu Désages.

— Chut ! fit le vieillard avec mystère, parlez plus bas et répétez... Quel nom avez-vous prononcé ?

— Celui de Mathieu Désages.

— Quoi, vous sauriez, vous connaîtriez ?...

— Tu le vois, je suis bien véritablement un ami.

— C'est juste... pourtant... enfin je dois obéir... Mettez votre cheval à l'écurie, et suivez-moi jusqu'à la locature... Encore une fois, êtes-vous bien sûr de vouloir parler à maître Mathieu honnêtement et dans son intérêt ?

— Foi de bon gentilhomme.

— Allons, venez par ici, soupira le berger en ouvrant une porte qui donnait sur les bois. »

Quand ils eurent marché pendant près d'une demi-heure à travers les sentiers perdus et les massifs, ils arrivèrent à une sorte de clairière encaissée dans la forêt, où s'élevaient deux ou trois

chétives masures, constituant la locature de Lizeray.

Sans pénétrer dans les bâtiments, Goujeon en
fit le tour et parvint à une petite planche jetée sur
un ruisseau et donnant accès dans le jardin.

« Attendez là, dit-il, je vais chercher notre
homme et annoncer votre venue. »

Puis écartant des pieds et des mains les ronces
qui obstruaient l'entrée, il s'enfonça sous une
épaisse charmille, et se mit à appeler discrètement :

« Maître Mathieu, maître Mathieu.

— Que me veut-on, répondit une voix qui fit
tressaillir M. de Lavarennes ?

— Je vous amène quelqu'un se disant votre ami
et voulant vous entretenir.

— Déjà !... A qui veut-on ou croit-on parler ?

— A vous-même en personne.

— Qui, moi ?

— Pardieu, à maître Mathieu Désages, ni plus
ni moins.

— C'est bien, on peut venir.

— Par ici, fit le paysan à M. de Lavarennes
qui, l'âme agitée par un trouble inconnu, pénétra
sous le dôme obscur de la charmille, et, suivant
le doigt de son guide, aperçut une forme humaine
assise près d'une table grossière sur un banc de
gazon.

A mesure qu'il approchait, le digne gentilhomme sentait augmenter son angoisse, en se voyant couvert par le regard brillant qui cherchait à démêler ses traits dans la pénombre.

En effet, l'œil tendu vers l'inconnu, fixant d'une main les feuillets de sa bible ouverte sur ses genoux, et de l'autre pressant la détente d'un long pistolet posé près de lui, Gaspard Jugand restait immobile dans une attitude menaçante.

Arrivé à quelques pas, Claude s'arrêta devant l'expression de rage et de fanatisme qui enflamma soudain le visage du sauvage huguenot.

« Homme, que veux-tu ? s'écria celui-ci se dressant sur ses pieds et dirigeant vers son frère le canon de son pistolet ; que viens-tu faire ? me trahir sans doute ; mais patience, je te tiens, à mon tour.

— Frappe, répondit M. de Lavarennes, retrouvant son sang-froid et son orgueil, je suis sans armes.

— Tes armes sont l'hypocrisie et la méchanceté qui ne te quittent jamais.

— Insulte, je suis sans fiel et sans colère.

— Par Calvin, la victoire t'a donc bien changé ?

— La victoire et le malheur.

— Le malheur ! répéta Gaspard en riant d'un rire amer, le malheur ! quand les souhaits les plus chers sont accomplis, quand tes ennemis sont frappés, ta famille chassée, ta religion triomphante. Mensonge ! Vous êtes heureux, monsieur mon frère, ou vous êtes bien rebelle au bonheur !.. Au fait, que venez-vous chercher ?

— Te sauver, toi et ton fils.

— Me sauver, suis-je donc en danger ?

— Tes ennemis connaissent ta retraite.

— Je le vois bien, puisque tu es ici. Et que faut-il faire pour les désarmer ?

— Fuir au plus vite.

— Oui, déserter la patrie, après avoir été chassé du logis. Voilà votre charité, messieurs les papistes ; mais je n'y suis pas plus sensible qu'à vos conseils.

— C'est braver la captivité, la mort peut-être ; tu ignores donc l'édit de M. de Sarzay.

— Je le connais ; mais, Dieu merci, je n'ai pas l'habitude de courber le front devant la menace. Je saurai tenir tête au danger.

— Insensé, tu voudrais lutter ?

— Tant que je marcherai dans la voie du Seigneur, je n'ai rien à craindre.

— Pour toi c'est possible ; mais pour ton fils.

— Homme de peu de foi, oses-tu bien me parler au nom de mon fils que tu as proscrit comme moi. Oses-tu invoquer les sentiments de famille que tu as reniés, foulés aux pieds ?

— Hélas ! j'en suis sévèrement puni... La main du sort s'est appesantie sur moi.

— Ah ! reprit Gaspard avec une amère curiosité ; le châtiment serait-il déjà venu?

— Trop prompt et trop cruel.

— C'est la loi du Seigneur.

— Je veux le croire. Mais sa colère a été terrible. Écoute Gaspard, dussé-je exciter ton mépris, je veux confesser devant toi ma douleur et mon repentir. Repousse mes prières, couvre-moi de tes dédains, je les accepte en expiation de mes fautes, de mes crimes... Mon cœur s'est ouvert; que le tien s'ouvre de même... Depuis que notre mère est morte au spectacle de nos haines, toutes les misères on fondu sur nous. Te voilà proscrit, sans patrie, sans asile, en proie au démon de la vengeance, qui va te dévorer ainsi que ton fils; quant à moi, je ne suis pas mieux partagé ; j'ai perdu la paix du cœur, ma maison est désolée, ma fille se meurt.

— Ursule !

— Hélas ! ces affreuses discordes l'ont tuée. Elle n'a pu supporter cette mort, cette séparation.

— A qui la faute ?

— Chaque jour elle vous cherche, elle vous appelle en me maudissant.

— Maudit par sa mère, maudit par sa fille,

maudit par son frère. Israël, ta justice est grande.

— Pitié pour moi! pitié pour elle!

— As-tu pris Julien en pitié?

— N'imite pas ma faute.

— Homme, la folie égare ton cerveau; la peur avilit ton âme; quand je le voudrais, que pourrais-je faire?

— Comme je te l'ai déjà dit, partir et attendre loin d'ici des temps meilleurs.

— Partir! quand l'heure va sonner, quand le danger est proche, quand la dernière épreuve se prépare, quand la voix du Très-Haut m'appelle.

— Que veux-tu dire?

— Écoute, et dût la trahison se cacher sous ton repentir, puisque tu as imploré ma compassion, reçois à ton tour ce conseil. Tu parles de fuite et de prudence, tu as raison; mais c'est à toi d'y pourvoir.

— A moi?

— A toi et aux tiens... Insensés, qui menacez et foulez aux pieds vos ennemis, sans voir l'épée suspendue sur votre tête.

— Tu t'exaltes... et que signifient ces menaces?

— Tu le sauras ce soir.

— Un complot, sans doute? Malheureux, songe à Robert Barbier.

— Oui, il a été trahi, je le sais; tu peux à ton

15

tour réclamer le prix du sang, comme Judas, vendre au poids de l'or ce conseil donné en échange du tien.

— Trève à ces misérables insultes. Je ne m'abaisserai pas à les relever, quand je veux éviter de nouvelles imprudences.

— Et moi de nouveaux conseils. Cet entretien a déjà trop duré ; il est temps d'en finir, pour ton honneur et pour le mien.

— Pour mon honneur et le tien ?

— Oui, car je me prends à rougir de ton abaissement devant mon dédain et mon inébranlable volonté.

— Encore un mot.

— Inutile ; désormais que peut-il y avoir de commun entre nous ? Une malédiction nous sépare.

— Tu veux donc la rendre irrévocable.

— Dieu prononcera.

— Fanatique !

— Allons, d'autres devoirs m'appellent. La prière et la solitude me réclament.

— Je comprends, tu me chasses.

— Comme tu m'as chassé. Je suis en mon domaine de Lizeray, et, tout proscrit que je sois, je veux être maître ici, comme toi en cette demeure dont tu m'as défendu le seuil.

— C'est ton droit.

— J'en use.

— Que la fatalité s'accomplisse.

— C'est mon désir.

— Adieu donc, et que le poids de nos malheurs retombe sur toi, homme impitoyable.

— J'en accepte le fardeau... Adieu. »

Le cœur navré, M. de Lavarennes reprit le chemin d'Issoudun, commentant avec découragement les amères paroles de son frère et l'humiliation qu'il avait subie.

Pourtant son orgueil n'en était point irrité, car la raison avait éclairé son âme, car il voyait dans ces dures représailles une juste expiation de ses violences passées et de son impiété fraternelle. Pour lui, il s'inclinait volontiers devant la rigueur du sort avec une sorte de religion ; mais il se demandait avec anxiété comment il pourrait faire accepter par ses filles le cruel châtiment dont il les rendait solidaires.

Il cheminait donc lentement, se fiant à l'instinct de son cheval, lorsqu'il fut tiré de ses pensées par une voix dont l'accent lamentable le fit tressaillir.

En relevant la tête, il aperçut à quelques pas devant lui une pauvre femme tout en larmes, tenant par la bride un maigre baudet, sur lequel étaient placés deux petits enfants, au milieu de quelques ustensiles de ménage ; par derrière suivait un homme dans la force de l'âge, dont le visage crispé, le regard brûlant, annonçaient l'irritation et la douleur.

« Que demandez-vous, ma bonne femme, fit M. de Lavarennes ?

— Le chemin de Lizeray, mon cher monsieur ?

— Pardieu, j'en arrive moi-même, suivez cette *traîne* jusqu'à une grande croix, et tournez à droite. Mais qu'allez-vous faire à Lizeray ?

— Exécuter l'ordre de M. de Sarzay.

— Quel ordre ?

— Celui qui nous chasse de nos maisons et de la patrie, reprit l'homme d'un ton strident.

— Ah ! vous êtes des gens de la religion réformée.

— Je vous plains.

— Plaignez nos corps, mais glorifiez nos âmes.

— C'est affaire d'opinion, que je ne puis discuter ici. Mais pourquoi prendre ce chemin ; il n'y a personne à Lizeray, le savez-vous ?

— C'est précisément pour cela que nous y allons.

— Je ne comprends pas.

— Puisqu'on nous chasse d'entre nos semblables, il nous faut bien chercher les lieux inhabités. Les déserts nous seront plus secourables que ces

Sodômes, où, plus cruel que la brute, l'homme dévore ses semblables.

— Vous paraissez irrité, mon ami... La colère est mauvaise conseillère.

— Vous en parlez à votre aise, monsieur, vous qui retournez paisiblement à votre foyer, où vous retrouverez vos enfants, vos amis... tandis que nous, nous allons Dieu sait où, loin du pays, sans ressources, sans espoir... C'est une véritable pitié..; mais pourquoi se plaindre? Continuez votre route, vous en verrez bien d'autres.

— Est-ce que tous les vôtres quittent la ville dès ce soir?

— Tous, sans exception, femmes, vieillards, enfants, sous peine de la prison et de la corde, jusqu'à ce pauvre M. Jean Arthuys.

— Le père du procureur du Roi?

— Hélas! oui, un homme de quatre-vingts ans, un pauvre vieux qui comptait finir dans son pays, sous son toit, au coin de son feu. Point. Il lui a fallu, malgré ses infirmités, monter à cheval et prendre la fuite.

— Et son fils, François Arthuys?

— Comme vous le savez peut-être, il vivait depuis un mois, caché et nourri par les catholiques eux-mêmes; car, il faut bien le reconnaître, il s'en trouve encore quelques-uns de bons par-ci

par-là ; mais, bah ! à cette heure, il est sans doute
errant comme les autres.

— Où veut-il se retirer ?

— Qui le sait ? Chacun tire de son côté, à la grâce
du ciel.

— Et vous, que comptez-vous faire ?

— C'est un secret que j'ignore moi-même... Je
m'en rapporte au Seigneur, me tenant prêt à tout
événement, les sandales aux pieds, la ceinture au
corps.

— Vous le voyez bien, vous croyez encore.

— Sans doute, sinon au bonheur du moins à la
vengeance.

— Mauvais espoir !

— Le seul qui nous reste.

— Prenez ceci, en mémoire de moi, fit M. Claude
en lui présentant sa bourse.

— Merci, monsieur, gardez votre argent, il nous
est inutile et ce serait un lien.

— Comment, vous vous dites sans ressources,
et vous refusez ?

— Oui, car je ne veux pas amollir mon courage,
ni endormir la fatalité ; j'attends tout de l'excès du
mal... J'ai eu tort de me plaindre, car je ne plain-
drais pas mon ennemi abattu.

— Insensé !

— Adieu, monsieur.

— Que Dieu vous éclaire et soulage votre peine.

— Priez pour vous, adieu. »

Puis, passant une main sur son front, comme s'il eût voulu en chasser ses pensées, l'homme donna le signal, et la triste famille s'éloigna.

Comme on le lui avait annoncé, M. de Lavarennes ne tarda pas à rencontrer de nouveaux groupes. Les uns mornes et farouches passaient près de lui, sans mot dire, en lui jetant un sombre regard ; d'autres s'arrêtaient pour l'interroger, et, chose étrange, presque tous demandaient le chemin de Lizeray.

Cette particularité, jointe aux dernières paroles de Gaspard, avait une singulière signification, surtout si l'on examinait avec soin ces hommes, dont la plupart étaient armés et paraissaient en proie à une vive exaltation plutôt qu'à l'abattement.

A mesure que l'on approchait des murailles, les bandes devenaient de plus en plus nombreuses et prenaient les proportions d'une véritable émigration poursuivie par l'ennemie.

Le milieu de la route et les bas côtés étaient littéralement jonchés d'hommes, de femmes et d'animaux, se pressant les uns sur les autres, harcelés par la terreur. Mais c'était surtout à l'intérieur des faubourgs qu'il fallait contempler cette scène lamentable dans sa hideuse et navrante réalité.

Au milieu des menaces et des cris, les réformés de tout âge et de tout sexe, sortaient précipitamment de leurs maisons, rassemblant au plus vite quelques hardes et quelques vivres. Ceux-ci, soutenus par une sauvage résignation, partaient fiers et silencieux pour ne pas réjouir leurs ennemis de la vue de leur peine ; ceux-là au contraire, en proie au désespoir, ne pouvaient s'éloigner et se laissaient arracher de leur demeure, dont ils embrassaient la porte et les murs.

« De là, dit Théodore de Bèze, s'ensuivit un » misérable spectacle, sortant parmy les autres » plusieurs femmes avec leurs petits enfants au » col, en pleurs et en larmes, joint qu'estant sortis, » tout estoit destroussé et pillé, jusques aux sou- » liers et jusques aux drapeaux de leurs petits » enfants [1]. »

1. A en croire Théodore de Bèze, M. de Sarzay aurait été le promoteur et l'exécuteur de ces persécutions ; mais ce serait méconnaître l'esprit de parti et les erreurs qu'il enfante, que d'accepter ces accusations passionnées comme l'expression entière de la vérité. M. Raynal en fait la sage observation, et voici comment M. Pérémé s'exprime à ce sujet dans ses *Études archéologiques* :

« ... On sait trop combien est suspect le témoignage des écrivains » dans les guerres d'opinion et en particulier celui de l'historien des » Églises réformées. On sait aussi que, dans les temps de révolution, » il est difficile de juger sainement les hommes et les faits ; les ca- » ractères les plus doux se laissent parfois emporter aux dernières » violences, et les plus sages savent rarement s'arrêter sur la pente

Se sentant impuissant à consoler tant de misères, pliant sous le poids de ses chagrins, détestant plus que jamais les discordes civiles, M. de Lavarennes détourna les yeux, se fit sourd à ces plaintes, traversa à la hâte les rues désolées et, la mort dans l'âme, vint frapper à la porte de sa maison.

» des réactions. Si Charles de Barbançois fut, aux yeux des protestants, un Tibère et un Néron, il fut pour son parti un sauveur et presque un demi-dieu, à en juger par les monuments de reconnaissance publique qui témoignent en sa faveur.

» L'orsqu'on releva les fortifications, ruinées par le canon des protestants, une tour qui s'était écroulée fut reconstruite et reçut le nom de *Tour de Sarzay*, expression non équivoque des sentiments de la population. Mais nous voyons, six ans plus tard, cette sympathie des habitants bien plus formellement exprimée dans un acte conservé à la mairie d'Issoudun, et que nous rapportons ci-dessous comme un tableau curieux de la situation des choses et des esprits à cette époque. »

Suit une longue requête adressée au Roi par les catholiques d'Issoudun, à l'effet de conserver comme gouverneur M. de Sarzay, en raison des services importants rendus à la ville et à la religion, pendant et depuis le siége de d'Yvoi. En marge sont consignés le consentement du Roi et ses réponses aux différents paragraphes.

Cette pièce curieuse est également reproduite dans l'histoire de M. Raynal, tome 4, page 521.

15.

CHAPITRE XVI.

CERCLE FATAL.

En apprenant le mauvais résultat des démarches de M. de Lavarennes, Ursule et Louise avaient été prises d'un nouveau découragement. Après s'être fait répéter dix fois, et dans tous ses détails, le récit de cette humiliante entrevue, après s'être bien convaincues qu'un abîme séparait désormais les deux branches de la famille, elles avaient regagné leur chambre, pour cacher leurs larmes et s'abandonner librement au cours de leur douleur.

Elles étaient restées ainsi, contemplant leur malheur sous toutes ses faces, réveillant et abandonnant tour à tour chaque illusion, sans s'apercevoir que les heures s'écoulaient et que la nuit s'avançait.

« Vraiment, s'écriait Ursule, jusqu'à présent je n'avais pu croire qu'il y eût dans la vie des circonstances assez dures, assez implacables pour faire douter de la Providence.

— Prends garde de blasphémer, interrompit Louise.

— Qu'avons-nous donc fait au ciel, nous qui nous sommes toujours montrées pleines de soumission ?... Enfin, est-il une détresse comparable à la nôtre ?

— Le chagrin te rend injuste ; car si la comparaison des peines d'autrui peut te calmer, regarde autour de toi, et tu te trouveras encore privilégiée.

— C'est une ironie.

— Juge toi-même. Sans parler des douleurs de ton père, des miennes, qui certes peuvent égaler les tiennes, jette les yeux sur ces pauvres gens forcés de quitter leurs maisons, leur pays, d'emporter au loin leurs petits enfants déshérités du présent et de l'avenir.

— Certes, j'y pense, puisque Julien est parmi eux, menacé plus que tout autre, irrévocablement entraîné par son père dans cette voie de perdition.

— Où peut-être il saura le retenir au contraire.

— Il ne faut pas s'en flatter ; mon oncle Gaspard ne se laisse conseiller que par ses passions. Rappelle-toi ses paroles, les suppositions de mon père, ces hommes à figures sinistres prenant tous la route de Lizeray. Sans nul doute, il se prépare quelque événement terrible.

— Impossible ; car d'après nos conventions, Julien nous aurait averties.

— Il n'aura pas voulu dévoiler les projets des siens, ou bien il n'est pas initié au secret de la catastrophe qui doit l'engloutir. Ah ! pourquoi lui avoir interdit de venir, quand chaque journée, chaque heure, chaque minute qui s'écoule est peut-être la dernière ?

— Écoute, fit Louise, dirigeant son doigt vers la cour.

— Qu'y a-t-il ?

— Ralph vient d'aboyer, et je crois entendre un bruit de pas sur le sable.

— C'est vrai, répondit Ursule toute troublée ; mais comment savoir ? Quelle nuit, quelle obscurité ! »

En ce moment, un appel timide partit d'en bas, et un petit caillou vint frapper le carreau.

« Plus de doute, c'est lui, s'écria Louise, ouvrant la fenêtre. De la prudence, Julien, de la prudence. »

Un instant après, les branches de l'amandier s'agitèrent, et le jeune homme apparut au balcon.

« Quoi de nouveau, s'écrièrent à la fois les deux jeunes filles.

— Ma présence vous le dit assez, puisque je n'avais le droit de venir qu'avec de mauvaises nouvelles.

— Je m'en doutais, murmura Ursule, dépêchons, l'attente est pire que le mal.

— Un grand malheur se prépare.

— Pour qui?

— Pour nous ou pour vous.

— C'est tout un... continue.

— Vous connaissez l'entrevue de mon oncle avec mon père.

— Nous la connaissons.

— Vous n'ignorez pas que, loin de les rapprocher, elle n'a fait que rendre plus implacables leurs colères et leurs divisions.

— Nous le savons; mais d'où vient cette obstination de ton père à repousser les prières, le repentir?

— Parce que pour lui, pardonner c'est abdiquer, parce que la lutte va s'engager de nouveau, parce qu'il veut s'y jeter avec tout le délire de la vengeance.

— C'est affreux.

— Sans doute; mais tel est le conseil que lui donne son sauvage fanatisme.

— Cette lutte dont tu parles, où, quand, comment doit-elle éclater?

— Cette nuit sans doute, demain au plus tard, partout, en même temps, par tous les moyens?

— Explique-toi, au nom du ciel.

— Tenez, ma position est horrible. En voulant vous avertir, vous préserver, je suis un traître.

— Dût le silence nour coûter la vie, nous garderons ton secret. Parle sans crainte.

— Eh bien ! sachez que le mot d'ordre, arrivé de Bourges, est répandu dans tout le pays ; que profitant des rigueurs du Roi et de M. de Sarzay, mon père réunit cette nuit à Lizeray tous les mécontents, tous les exilés... Que se passera-t-il ; que feront ces malheureux en proie au souffle embrasé de sa parole ?

— En effet, sans ressources, sans armes.

— Depuis un mois, Lizeray est devenu un véritable arsenal.

— En présence des forces de M. de Sarzay, quelle espérance peuvent-ils garder ?

— Celle du désespoir.

— C'est une abominable folie !

— Sans doute, mais vous ne connaissez pas les criminelles illusions de l'homme poussé à bout, alors que tout son désir est d'étouffer son ennemi, dût-il laisser sa propre vie dans une dernière étreinte.

— Et toi, Julien, que penses-tu faire dans ce chaos ?

— Mourir en partageant la mauvaise fortune de mon père, ou en vous défendant si vous êtes vaincues.

— Non, s'écria Louise ; tu ne dois pas braver

un danger où toutes les chances sont contraires...
Ce serait une impiété, un véritable suicide, et Dieu
le défend.

— Quelle autre alternative me reste-t-il?

— Fuir, fermer les yeux et les oreilles sur ces
abominables disputes, qui seront notre ruine,
quoi qu'il advienne.

— Impossible, je faillirais à l'honneur.

— Fais-tu consister ton honneur à te précipiter
aveuglément dans un abîme? Non, c'est la résolution des faibles, des désespérés, de ceux
qui ne croient plus en Dieu et n'aiment rien sur
terre.

— Louise!

— Tu ne penses qu'à toi, qu'à tes peines; tu
veux en sortir sans t'inquiéter de ceux qui resteront. Et nous, pauvres filles, que deviendrons-nous
dans ce conflit? Tu nous sonseilles sans doute
d'imiter ton exemple et d'appeler la mort. Va,
l'égoïsme t'égare.

— L'égoïsme! quand je parle de me sacrifier
pour mon père.

— Ce sacrifice inutile pour un père insensé n'est
pas de la piété filiale, car ta mort ne le sauvera
pas; et d'ailleurs songe-t-il à toi, lui qui t'enveloppe sans remords dans sa ruine? Crois-moi, tu
es bien dégagé.

— Non, car je suis irrévocablement enchaîné par les liens du sang et de l'affection.

— N'est-il donc pour toi d'autres liens aussi solides, aussi sacrés ; n'est-il donc aucune autre affection ? Ah ! c'est l'aveuglement de l'ingratitude.

— Moi ingrat !

— Oui, car tes yeux sont fermés ; car tu vois sans les comprendre nos larmes, car tu nous crois assez lâches pour pleurer sur nous seules, car tu feins d'ignorer que tes dangers sont les nôtres, que notre vie est liée à la tienne.

— Saintes filles, murmura Julien, qui, dupes de votre cœur, voudriez m'écarter du devoir par une ruse pieuse.

— Une ruse ! une ruse ! Mais, ajouta Louise lui montrant Ursule affaissée sur son siége, regarde donc ce visage pâle, ces lèvres livides, ces yeux éteints et suppliants ; une ruse ! quand, au mépris des lois du monde, à cette heure, au milieu de la nuit, tu es ici, dans cette chambre. Ah ! je le disais bien, ingrat, mille fois ingrat. »

Sous le souffle de cette voix ardente, amère, irritée, le voile venait de se déchirer ; Julien ne pouvait plus se méprendre. Pourtant il restait immobile, la prière dans les yeux, l'interrogation sur les lèvres, craignant de rompre le charme, de briser son rêve. Pleines de confusion, Ursule et

Louise cachaient dans un embrassement leur rougeur et leurs larmes.

Tout à coup un bruit étrange et saccadé s'éleva dans le lointain ; le jeune homme ouvrit précipitamment la fenêtre ; chacun écouta en retenant son haleine, et bientôt, au milieu du silence de la nuit, on put entendre distinctement le pétillement de la mousqueterie.

« Déjà, s'écria Julien.

— Déjà, répétèrent les jeunes filles.

— Je ne m'étais pas trompé, c'était bien pour cette nuit.

— Bonté divine, et d'où viennent ces coups de feu ?

— Du nord, comme on devait s'y attendre. Plus de doute, on se bat à Lizeray.

— Le bruit paraît cependant plus rapproché, on dirait que l'affaire se passe au faubourg de Rome.

— C'est l'effet de la nuit et du vent qui souffle de ce côté.

— Que va-t-il se passer, Sainte-Vierge ?

— Je cours le savoir, fit Julien, se dirigeant vers la fenêtre.

— Où vas-tu... Pourquoi voler au-devant du péril sans profit, sans honneur, sans passion ?

— Puis-je hésiter, quand on se bat là-bas !

— Non, si tu n'as aucune pitié.

— Et mon père, qui succombe peut-être?

— Et nous, qui mourons de frayeur?

— Pourtant la fatalité commande.

— La raison le défend.

— Tenez, la ville s'émeut, entendez-vous ces cris, ces pas dans la rue?... Jésus! les cloches se mettent en branle... Vous le voyez bien, je ne puis rester... Mon oncle lui-même va s'éveiller; il ne doit pas me surprendre ici.

— Il n'est que trop vrai, la fatalité commande .. Pars donc; mais sois prudent et n'affronte pas de dangers inutiles ; songe à toi, songe à nous. »

Libre de s'éloigner, Julien hésita à son tour. Le malheureux jeta un regard rapide vers l'avenir et ferma les yeux devant le sombre tableau qu'il entrevit.

« Pardonnez, chères sœurs, dit-il d'une voix solennelle, si chaque fois, en vous quittant, je laisse déborder le découragement qui m'envahit, si j'ai besoin de vous demander un souvenir, une petite place dans votre cœur, pour le cas où la séparation serait éternelle.

— Julien, interrompit Louise rendue plus calme par le sentiment de son impuissance, il y a un instant nous avions tort de vouloir combattre ta résolution... Tu aurais tort maintenant de balancer... Le devoir t'appelle, dis-tu; va donc sans crainte, notre pensée te suit et te protége... Nous nous reverrons dans un temps meilleur.

— Dieu t'exauce, fit Julien, et toi, Ursule, ne voudrais-tu me donner une bonne parole ? »

Mais la jeune fille se tut ; pliée sur elle-même, elle promena dans le vague son œil égaré, sa bouche s'agita en paroles inarticulées, sa main tremblante chercha celle de ses amis. Enfin, d'une voix sourde :

« Je ne puis, dit-elle, car je n'ai plus d'espérance. Mon âme est obsédée, mon corps épuisé. L'espérance... gardez précieusement sa flamme, si vous la voyez briller encore ; mais elle est morte pour moi. Pourtant, mes amis, je ne veux vous attrister ni vous abandonner... Allez, mon souvenir vous accompagnera toujours, ici-bas ou là-haut.

— Quelle pensée ! murmura Julien.

— Bah ! reprit Louise, il y a près d'un mois, lors de notre première séparation, elle parlait ainsi mot pour mot, et pourtant nous nous sommes retrouvés ; il y a deux nuits, même doute, même désespoir, et pourtant nous voici réunis encore... Au moment de nous séparer pour la troisième fois, loin d'exhaler les mêmes plaintes, éveillons plutôt les mêmes illusions... Va, ces tristes rêveries se dissiperont à la première lueur... Plus tenaces ou plus fervents, nous voulons espérer pour nous et pour elle... Entends-tu, méchante ?

— A votre aise, fit la malade d'un air profondément incrédule.

— Adieu donc encore une fois, s'écria Julien
faisant un effort surhumain.

— Que le ciel t'accompagne.

— Et vous garde toutes deux. »

Un instant après, la chambre retombait dans un
sombre silence, interrompu seulement par des sanglots.

CHAPITRE XVII.

UN PRÊCHE.

Pendant cette même nuit, précisément à l'heure où Julien courait à Issoudun pour avertir ses cousines, des événements, qu'il importe de raconter, se passaient dans une vieille chapelle servant de grange au domaine de Lizeray.

Éclairées par la lumière fausse d'une méchante lanterne d'écurie et par quelques résines collées aux piliers avec de la terre glaise, ces ruines présentaient un spectacle étrange et presque solennel.

En face de la porte, était dressée une estrade grossière autour de laquelle se groupait dans le recueillement une foule bizarre et sinistre.

Armés au hasard d'arquebuses rouillées, de sabres ébréchés, de volants, de fourches, de faulx emmanchées à l'envers, les hommes jeunes et vieux se tenaient debout, nu-tête, dans l'attitude rigoureuse d'une statue, et, si leur œil ou leurs armes n'eussent emprunté un rapide éclair à la flamme mobile des résines, si le vent, s'engouffrant à travers les poutres, n'eût de temps à autre soulevé leurs cheveux et les plis de leurs vêtements, on les eût pris volontiers pour ces personnages mystérieux, endormis dans les châteaux enchantés.

Assises sur le pavé ou sur un mince paquet de voyage, les femmes serraient entre les genoux leurs nourrissons, dont elles comprimaient d'un geste impérieux la douleur et les cris, tandis que les enfants plus âgés, accrochés aux poutres et aux murs, offraient dans leurs poses l'aspect de ces sculptures fantastiques qui se tordent aux gouttières des cathédrales.

Malgré son immobilité et son silence, tout ce monde, vivant de la même pensée, semblait n'attendre qu'un signal pour s'ébranler, comme le peuple de Dieu, qui, les reins serrés, les sandales aux pieds, s'apprêtait à quitter la terre d'Égypte à la voix de Moïse.

Sur l'estrade se tenaient trois sombres personnages, distribuant à cette foule la manne céleste, et la tenant courbée sous le souffle de leur parole mystique. A leur costume noir, à leurs gestes heurtés, à leurs discours ardents, il n'était pas difficile de reconnaître en eux ces farouches prédicateurs de la religion réformée, poursuivant *l'idée d'en haut* sans regarder à leurs pieds, marchant sans émotion et sans pitié à travers les ruines et le sang.

C'était d'abord Gaspard Jugand, l'intraitable fanatique, oubliant tout pour la vengeance ; puis l'évêque apostat de Nevers, Jacques-Paul Spifame, dont nous avons déjà entrevu le visage pâle et astucieux ; enfin cet autre ministre d'Issoudun, Ambroise Le Balleur, dont M. de Sarzay avait fait brûler les livres et la chaire par la main du bourreau.

Près d'eux se pressaient les chefs, sous-chefs et meneurs du parti, bourgeois jaloux de la noblesse, gens d'état jaloux des bourgeois, ouvriers jaloux de leurs maîtres, lancés par la turbulence, l'ambition ou le hasard, en dehors de leur sphère et de leur caractère.

Depuis plus d'une heure, Ambroise Le Balleur tenait l'attention suspendue et discourait d'une voix haletante sur ce verset du CIX⁰ psaume qu'il avait pris pour texte :

« Le Seigneur est à votre droite, il frappera les » Rois au jour de sa colère. »

Après avoir parcouru les régions nébuleuses des considérations générales, après avoir dénoncé l'orgueil des grands, leur culte impie pour les faux dieux et le veau d'or, après avoir flétri dans le

jargon voulu les pompes sacriléges de Rome, la
grande prostituée, la Babylone moderne, il venait
de rétrécir le cercle de son discours et d'aborder
la question brûlante, l'objet même de la réunion :

« Oui, s'écriait-il, de même que le vautour,
après avoir longtemps plané dans un air supérieur
s'abat tout à coup sur le passereau impur, de
même, après avoir contemplé d'en haut les misères de ce monde, nous devons descendre dans
notre sphère et mettre la main à l'œuvre de Dieu...
Issoudun, Issoudun, toi aussi, tu as voulu prendre
part au sublime concert qui monte vers le ciel, et
la rage des Gentils s'est déchaînée contre toi. Mais
patience... ceux qui sèment dans les larmes, ré-
colteront dans la joie... Nous pouvons souffrir, nos
corps peuvent être plongés dans les ténèbres ; mais
nous serons préservés, comme autrefois Moïse
dans les tourbillons du buisson ardent. Et moi-
même, ne suis-je pas la confession vivante de la
foi ?.. Mon livre a été déchiré par le bourreau, mais
son esprit et ses feuillets se sont envolés et multi-
pliés pour féconder la terre ; ma chaire a été brûlée
au pied du gibet, et vous entendez ma parole plus
sonore que jamais. Non, qu'on enferme le souffle
du Seigneur dans des vases d'airain scellés à triple
sceau, qu'on le plonge au fond des mers, il brisera
comme verre son enveloppe fragile, et soulèvera

les eaux comme les puissantes narines de Lévia-
than. Courage donc, enfants d'Israël, Dieu a donné
ordre à ses anges de vous garder dans vos voies;
courage, avant peu vous marcherez sur l'aspic et
le basilic, vous foulerez aux pieds le lion et le dra-
gon. »

Pareille aux rafales du vent qui soulevait la toi-
ture, une longue approbation accueillit ces paroles,
lambeaux informes arrachés du livre saint dans
une intention homicide. Les armes s'entrechoquè-
rent; les hommes brandirent leurs sabres, les enfants s'agitèrent sur leurs poutres, et les femmes
elles-mêmes poussèrent un cri sauvage comme
celles des anciens Germains à l'approche de l'ennemi.

Mais bientôt, une voix aigre prenant le dessus,
la foule retint sa formidable respiration, et le silence se rétablit de nouveau. Une lettre à la main,
Jacques-Paul Spifame se leva, commandant l'attention par un geste modérateur et son regard félin :

« Braves gens, dit-il, le ciel a reconnu les siens
et tressailli de joie en voyant votre ardeur. Il accepte vos promesses et saura couronner votre
zèle. Mais à mon tour je vous dirai : patience, car
l'heure n'est pas venue. »

A ces mots discordants, un murmure de surprise et de mécontentement parcourut cette foule

16

surexcitée par l'éloquence furibonde d'Ambroise Le Balleur, qui lui-même, ne pouvant comprimer son élan, s'écria :

« Erreur, le sablier ne contient plus un grain de sable, l'horloge a sonné et Dieu nous regarde.

— Oui, oui, Dieu nous voit, répéta l'assemblée.

— Il veut qu'on attende ses ordres et son jour, reprit l'évêque apostat sans s'émouvoir. Tel est du moins le conseil de son lévite, de son bras droit. Cette lettre de d'Yvoi vous ordonne la prudence.

— Qu'y a-t-il donc de nouveau? Parlez, parlez.

— Vous le savez, l'armée du Roi et du Triumvirat entoure la ville de Bourges, hurlant et menaçant comme le loup de l'Écriture, usant ses ongles sur les murailles.

— Eh bien! pourquoi tarder? L'instant est venu.

— Non, car il est des tempêtes qu'il ne faut pas braver dans leur plus grande fureur... Inférieur en forces, le capitaine ne rougit pas de consulter la tactique et la science du soldat... Tantôt il se borne à opposer une contenance passive et laisse ses ennemis s'épuiser dans l'excès même de leur rage, tantôt, appelant la ruse à son aide, il s'efforce de gagner du temps par des propositions pacifiques.

— Abomination! s'écria un des assistants.

— Comment, dit un second, après avoir donné le signal, il déserte et nous abandonne?

— Oui, fit à son tour Gaspard Jugand, est-ce pour cela qu'il m'a dépêché de Bourges à Issoudun?

— Les circonstances ont changé, reprit Spifame.

— Manœuvres indignes d'un vrai croyant !

— Entre les mains des opprimés, toutes les armes sont bonnes.

— Hormis la lâcheté.

— Lui, un lâche ! Un élu du ciel, veillant jour et nuit près du tabernacle.

— N'a-t-il pas déjà livré Issoudun, n'a-t-il pas fui honteusement devant l'ennemi... Et que fait-il aujourd'hui? Il pactise avec les Philistins.

— Pour endormir leur vigilance et par ce moyen servir encore la bonne cause.

— Est-ce pour servir notre cause, qu'à toute heure il reçoit dans la ville Nemours, Montmorency, Claude de Laubespine, le rheingrave Philippe, ces serviteurs damnés de l'Italienne et de son marmot couronné ?

— C'est pour gagner un temps meilleur.

— Quel instant plus propice peut-il espérer?

— Chaque jour, les vivres et les munitions de l'armée royale s'épuisent.

— Il attendra qu'on les renouvelle. Déjà sans l'amiral, qui les surprit près de Châteaudun, Philibert de Marsilly, Arthur de Cossé, Nicolas de

Vaudemont et René de Lorraine lui amenaient
trente-six charrettes chargées de deux cents caisses
de poudre, de six canons et d'une grande quantité
de boulets. Mais le vieux Gaspard de Coligny était
là, qui tailla l'escorte en pièces et fit sauter au milieu de la route ce formidable arsenal, ne pouvant
le conduire à Orléans. Vous savez cela mieux que
moi. Eh bien! on fera tant que la chose recom-
mencera, sans que l'amiral se trouve à point pour
y mettre bon ordre.

— Mais d'Yvoi peut à son tour recevoir des renforts.

— Condé a trop à faire chez lui. D'ailleurs, qu'a-
vons-nous besoin des ordres du capitaine; en quoi
notre action gênera-t-elle la sienne? Loin de là, un
soulèvement subit, général dans ces contrées ne
peut que seconder ses vues, si elles sont droites et
sincères. Mais je le répète, d'Yvoi s'apprête à trahir pour sauver sa tête. Au moyen de cette soumission, il obtiendra de se retirer, lui et les siens,
à l'armée de Condé ou à Sancerre, et nous livrera
misérablement aux vengeances des papistes. N'est-
ce pas votre avis, fidèles serviteurs de Dieu, qui
m'écoutez?

— Oui, oui, répondit-on de tous côtés, d'Yvoi
est un traître.

— Qu'il garde pour lui sa prudence et ses conseils.

— Et moi, qui te les transmets, vas-tu m'accuser
aussi, fit M. de Passy tremblant de colère ?

— Qui sait ? poursuivit Gaspard avec ce ton inspiré que ne manquaient jamais de prendre les prédicateurs, quand il devenait urgent de passionner
l'auditoire ; je me défie de ceux qui prêchent la
sagesse après avoir soulevé la tempête.

— Mais, reprit Spifame, qu'espérez-vous faire,
livrés à vos propres forces, en si petit nombre ?
Comptez-vous ; en mettant de côté les femmes, les
enfants et les vieillards, vous êtes à peine cent
hommes valides, prêts pour le combat.

— La moitié des nôtres est en route, prêchant
et priant pour soulever la campagne ; demain, à
pareille heure, notre nombre sera décuplé. Vois
cette résine... Si petite, si tremblante que soit sa
flamme, elle suffit pour communiquer l'incendie et
embraser le monde... Il en est de même de la foi.
D'ailleurs sommes-nous libres d'arrêter le cours
du destin ; avons-nous le loisir de délibérer à l'abri
d'une citadelle puissante ? Nous sommes livrés
sans merci à la brutalité de nos ennemis, traqués
comme des bêtes fauves, voués à l'exil, à la mort,
et vous commandez la patience et la résignation !
Par Calvin, c'est trop de vertu ! Moïse conseillait-
il à son peuple de s'endormir sur le sable entre les
flots béants de la mer Rouge, alors que Pharaon

16.

se précipitait sur lui avec ses chariots et ses élé-
phants armés en guerre ? J'en appelle à vous, héri-
tiers d'Israël, voulez-vous renoncer sans défense
à la patrie, au foyer domestique, voulez-vous
errer à travers les ronces, comme autrefois la race
de Caïn, traînant après vous vos femmes et vos
enfants, ou bien, obéissant à la voix du Très-Haut,
marcher au son des trompettes retentissantes contre les flèches brûlantes, les boucliers et les épées
des Madianites. »

Une puissante clameur répondit à cet appel, et
Gaspard levant les bras au ciel prononça avec une
joie farouche le dernier verset du psaume :

« Tu es terrible, grand Dieu ! qui résisterait à ta
colère ? »

En ce moment, la porte s'ébranla sous des coups
redoublés, et une voix impérieuse s'écria du dehors :

« Au nom du roi et de M. de Sarzay, ouvrez ! »

A cet ordre inattendu, un grand silence se fit ;
puis d'un commun accord toutes les armes, arquebuses, piques et fourches s'abaissèrent, prêtes à
accueillir de mille morts le malencontreux visiteur.

« Que les femmes, les vieillards et les enfants se
retirent dans le fond, derrière les charrettes, fit
Gaspard Jugand, pendant que je vais m'assurer

d'où nous vient cet imprudent message... Holà, ajouta-t-il en s'approchant de l'entrée, qui êtes-vous pour venir troubler les braves gens la nuit, et jusque dans leur logis?

— Nous sommes gens du Roi, répondit la voix, ayant mission de veiller au repos public, d'empêcher les complots et les réunions sacriléges.

— N'est-il donc pas permis de prier Dieu à son aise, dans sa propre maison?

— Non, quand on s'assemble par centaines; le vrai chrétien doit faire ses dévotions dans la solitude et le recueillement, au lieu d'écouter des homélies qui lui mettent la rage au ventre et le sabre au poing. Croyez-vous que je n'aie pas entendu? Par la sainte messe! ouvrez ou j'entre de force.

— De quel droit?

— Du droit que me confère ma commission, appuyée de cent bonnes arquebuses.

— Tout doux, mon brave; il pourrait vous en cuire; car nous aussi, nous sommes en nombre.

— Ah! vous voudriez résister?..Par la sangdieu, cela me convient... Allons, vous autres, au nom du Roi, feu sur cette *parpaillauderie* » [1].

Et une violente arquebusade vint cribler les battants de la porte.

1. D'après les *Esquisses pittoresques de l'Indre*, il existerait encore à Lizeray un domaine portant ce sobriquet.

Les femmes poussèrent des clameurs sauvages à faire trembler les murailles, tandis qu'avertis par les blessures de quelques-uns des leurs, les hommes s'écartaient pour éviter une seconde décharge.

« Un instant, fit la voix béate et mielleuse de Spifame, la patience n'est pas votre vertu, digne soldat... N'y aurait-il pas moyen de s'entendre ?

— Non, si vous ne livrez passage incontinent.

— Si nous le faisons, une collision est inévitable. Tenez-vous à voir une foule de braves gens s'entr'égorger ?

— Non, pourvu que je remplisse ma besogne.

— En quoi consiste-t-elle ?

— Pour la vingtième fois, obéissez vous le saurez.

— Qui nous garantit contre les excès ?

— Ma parole, mille tonnerres !

— Serez-vous maître de vos hommes ?

— Par tous les saints du Paradis, il faudrait en effet une patience de chérubin ! Ouvrez, vous dis-je, j'entrerai avec six des miens seulement, pour conter l'affaire, après quoi vous aurez à prendre un parti.

— A la bonne heure.

— Mais songez-y, s'il vous arrive de faire un geste, de lever un doigt, vous êtes tous passés par les armes et je brûle la maison.

— C'est convenu, » fit en grimaçant Spifame.

« Attendez, je vais donner mes ordres et je suis à vous. »

Pendant ce court répit, animés de sentiments divers, les chefs des huguenots se groupèrent et entamèrent à la hâte une délibération agitée.

« Te voilà encore avec tes ruses et tes temporisations, homme de peu de foi, dit brutalement Gaspard à M. de Passy.

— Que prétends-tu faire, homme sans prudence, sous ce toit qu'une étincelle suffit pour embraser, contre une troupe armée jusqu'aux dents?

— Nous frayer un passage ou glorifier le nom du Seigneur par notre mort.

— Folie, cruauté... Tu oublies ces femmes, ces enfants... Crois-moi, le mieux pour l'heure est de se montrer prudent, d'introduire ce mécréant et d'écouter son message, qui sans doute n'est qu'une injonction de nous disperser... Avant peu d'heures, nous serons réunis sur un autre point, avec les renforts qui nous viendront des campagnes. »

Sans ébranler l'inflexible Gaspard et la partie ardente de l'assemblée, ce dernier argument semblait prévaloir, lorsque, suivant les conventions, le sergent Gaucher fit son entrée, escorté de six soldats bien armés, qu'il rangea aux deux côtés de la porte, pour s'assurer la retraite.

« Et d'abord, s'écria-t-il en présentant un parchemin au bout de son épée, voici ma commission en
bonne forme. Prenez et lisez, si le cœur vous en dit.

— Voyons, fit l'ancien évêque de Nevers.

— Et que comptez-vous faire de cette paperasse,
ajouta Gaspard avec mépris, tandis que Spifame
la parcourait des yeux.

— L'exécuter de tout point, dans son esprit et
dans sa lettre, sans retard et sans commentaires,
répondit le sergent d'un air résolu.

— Qu'est-ce à dire ?

— C'est-à-dire que je vais prier aussi poliment
que possible tous ces drôles à mine rechignée de
me rendre leur mauvaise ferraille, de s'éclipser
un à un et de ne plus y revenir. »

A ces paroles, un grondement menaçant se fit
entendre ; mais, promenant un regard de dédain
sur cette multitude, le hardi soldat s'écria :

« C'est comme cela, ni plus ni moins, mes petits
agneaux. A vous la vie sauve et tous les égards
compatibles avec votre triste position, pourvu que
vous obéissiez simplement et promptement. Mais
quant à vos chefs, à vos ministres...

— Voyons, interrompit Gaspard riant d'un rire
sinistre, ce que tu leur réserves dans ta clémence à
ces chefs, à ces ministres.

— C'est juste, c'est votre affaire, monsieur Ju-

gand de Lizeray, la vôtre, monsieur l'évêque de
Nevers; la vôtre aussi, honnête Ambroise La Planche... Mais, est-il besoin de vous épeler mot à mot
ce passage de l'ordonnance, enjoignant à tous les
gens du roi de disperser par tous moyens, les
réunions, prêches ou conciliabules et d'appréhen-
der au corps les chefs, meneurs et prédicateurs,
afin d'en faire devant qui de droit prompte et bonne
justice. Est-ce clair ?

— Trop clair... Mais pour l'exécution, il faut consulter ces braves gens; dites, vaillants champions
de la foi, êtes-vous prêts à vous disperser devant les
menaces des Philistins, laissant entre leurs mains
vos chefs et vos guides ? Quant à nous, si le sacrifice de notre vie peut apaiser la fureur de Baal et
vous préserver à tout jamais, nous n'hésiterons
pas, nous marcherons avec joie vers le gibet. Prononcez... Dieu nous voit et nous juge. »

A cette apostrophe, la foule, un moment, indécise
sentit renaître son enthousiasme et, pour toute réponse, entonna d'une seule voix cette strophe du
VIᵉ psaume, d'après la traduction de Marot :

> Sus, sus, arrière iniques :
> Deslogez, tyrannicques,
> De moy tous à la fois :
> Car le Dieu débonnaire
> De ma plaincte ordinaire
> A bien ouy la voix.

« Ah ! fit le sergent, suis-je donc venu pour assister au sabbat, et comptez-vous me convertir ?
Voyons, monsieur Silvain Mirebeau, vous, un ancien commis du trésor, qui devez être expert en
affaires ; vous, Nicolas Compain, le libraire, qui
êtes un homme lettré, répondez au lieu et place de
ces Messieurs qui sont trop engagés dans la question pour y apporter un jugement sain et un complet désintéressement. Vous vous taisez ? Et vous,
maître Jean Furet, le greffier ; vous, Pierre Ville-
rets, le corroyeur ; vous enfin, Jean Lebrun, le drapier, qui auriez dû être guéri pour la vie des prêches et des litanies, le jour où vous avez été si bien
battu et laissé pour mort dans votre maison avec
votre femme, pour avoir chanté, en mauvaise compagnie, de mauvais psaumes en mauvais français,
ne serez-vous plus raisonnable aujourd'hui ?..
Même silence, même obstination. Alors je me vois
forcé d'en faire à ma tête et d'agir par moi-même.
Pour la dernière fois, monsieur Gaspard Jugand,
monsieur de Passy et vous, monsieur Ambroise La
Planche, je vous somme de me suivre, si vous ne
voulez envelopper ces malheureux dans votre perte.

— Crois-moi, interrompit avec emportement un
jeune homme armé d'une arquebuse, dont il venait
d'allumer la mèche... ne porte pas la main sur
eux, arrière, arrière.

— Oui-da, mon gaillard. Qui es-tu, pour te faire l'interprète et le défenseur de ces barbes grises ?

— Un chrétien qui défend son pasteur, un fils qui ne veut pas livrer son père.

— Ce peut être une excuse, mais ce n'est pas une raison pour un homme dont la consigne, écrite sur un parchemin, est scellée du sceau de de M. de Sarzay. D'ailleurs, il y a trop longtemps qu'on m'amuse ici. Allons, place à la justice du Roi.

— Prends garde, reprit le jeune homme, en soufflant sur la mèche de son arme.

— Qu'est-ce à dire ? fit le sergent hors de lui.

— Un pas de plus, et tu es mort !

— Feu sur ce drôle, hurla Gaucher en s'élançant l'épée à la main. »

Mais avant que son ordre n'eût été exécuté, il tomba lui-même traversé d'une balle, tandis que ses hommes, passant sur son corps, saisissaient et entraînaient dans leur retraite Gaspard Jugand et Ambroise Le Balleur.

Bientôt le désordre fut à son comble. En apprenant la mort du sergent, le capitaine Hémard, qui jusque-là était resté inactif, poussa un cri de rage et s'avança avec son détachement vers la grange, sans s'inquiéter des arquebusades qui lui arrivaient par toutes les ouvertures.

17

A l'intérieur, la scène était déchirante. Les résines s'étant éteintes, il s'ensuivit une mêlée horrible. Les hommes, ballottés entraînés, roulant sur eux-mêmes, perdaient leur action et leurs forces. Au milieu d'un concert de sanglots désespérés, les femmes et les enfants se tordaient dans les angoisses de la terreur.

Pourtant, il faut le dire, dans cette nuit effrayante, la peur fut plus forte que le mal, le bruit plus grand que le désastre. Longtemps on s'y battit aveuglément, tirant devant soi, frappant sans ordre et sans direction ; si bien qu'après plus d'une grande heure de tumulte, alors que l'on voulut compter ses pertes et ses gains, les deux partis s'aperçurent que, grâce à l'obscurité, ils avaient agi dans le vide, et que l'immensité du carnage rêvé se réduisait à deux ou trois morts à peine, et le butin à quelques prisonniers.

En effet, les catholiques, n'osant se hasarder dans les profondeurs de la grange, étaient restés en dehors, adressant leurs coups aux murailles, tandis que les calvinistes s'employaient, les uns à défendre l'entrée, les autres à pratiquer une sortie sur un point abandonné.

De plus, les munitions s'étant épuisées à ce jeu de hasard, l'action, qui ne pouvait plus s'engager qu'à l'arme blanche, sembla suspendue d'un commun accord, jusqu'à ce que les ténèbres se fussent dissipées.

Mais aux approches du matin, quand le jour naissant eut permis de reconnaître la position, quand le capitaine Hémard, avant de battre en brèche les portes de la place, eut cru devoir faire une dernière sommation aux assiégés, il fut tout surpris de n'entendre aucun mouvement et de voir sa réponse accueillie par le plus morne silence.

« Ventre-de-loup, s'écria-t-il, seraient-ils tous détruits ou voudraient-ils nous tendre un piége ?

— Méfiez-vous, capitaine, dit un des soldats ; les drôles n'ont ni foi ni loi, songez à la triste fin du sergent.

— Pourtant, nous ne pouvons rester ici, devant cette porte, les bras pendants et le bec dans l'eau.

— Sans doute.

— Par la sangdieu, il faut savoir à quoi s'en tenir. Ça, vingt hommes de bonne volonté pour manœuvrer cette bonne poutre, en guise de catapulte. Puisque la serrure est fermée, nous allons voir si la clef est perdue. »

Ce qui fut dit fut fait ; en un instant l'arbre fut hissé sur les épaules de vingt solides gaillards.

« Très-bien, poursuivit le soudard ; maintenant au pas de course, en avant marche et vivement. »

Aussitôt la formidable pièce de bois s'ébranla et vint frapper de tout son élan les battants vermoulus qui se renversèrent au premier choc en soulevant un tourbillon de poussière. Quand le nuage se fut dissipé, les soldats s'élancèrent à leur tour et parvinrent sans obstacle jusqu'au centre de la chapelle.

« Maison nette, s'écrièrent-ils avec étonnement, en se montrant l'intérieur de la grange qui, en effet, avait pour seuls défenseurs deux cadavres, parmi lesquels était celui du malheureux Gaucher.

— Nous sommes volés, fit avec dépit le capitaine.

— Et les oiseaux se sont envolés, reprit un gros plaisant de la compagnie.

— Par où diable ont-ils pu s'échapper, les mécréants ?

— Pardieu, ne voyez-vous pas ce caveau ouvrant sa gueule noire dans le mur.

— Ventre-de-loup ! je n'aurais jamais pensé à garder ce pignon, dont la seule fenêtre est ouverte à vingt pieds du sol et grillée comme une lucarne de prison.

— Vous aviez donc oublié que toute honnête chapelle ne peut manquer d'avoir quelque taupinière ou souterrain borgne, débouchant au besoin dans la campagne. Plus de doute, c'est par là que la bande a filé.

— Je le vois bien, c'est une affaire manquée.

— Et quelle affaire ! Quand nous pouvions mettre la main sur toute la couvée, le père, la mère et les petits.

— Ne m'en parle pas, je m'en pendrais de dépit à la place de cette lanterne, si je n'avais en cage, et comme échantillon, ces deux corbeaux croassant et criant.

— Ah ! oui, le maître de l'endroit, le vieux Gaspard et son compère La Planche.

— Veillez au moins à ce qu'ils ne nous échappent pas, il ne manquerait plus que cela.

— Soyez tranquille, ils sont cordés et ficelés comme des saucissons de Saint-Florent, entre dix vigoureux camarades commandés par Cauvignac.

— Allons, puisqu'il n'y a rien à gratter ici, faisons nos adieux en gens qui connaissent leur monde et savent vivre. Place ta mèche sous cette meule de paille, ne fut-ce que pour détruire les chenilles et les toiles d'araignées. Tu comprends ?

— Parfaitement, capitaine, allez en paix, c'est fait. »

Quelques instants après, la petite troupe, éclairée par la lueur de l'incendie, s'éloignait en riant dans la direction d'Issoudun.

CHAPITRE XVIII.

MISÈRES DE LA GUERRE.

Après avoir quitté ses cousines, Julien s'arrêta un instant sous les massifs du jardin, pour jeter un regard sur cette fenêtre où brillait encore une lumière, symbole de sa dernière espérance ; puis, quand cette flamme elle-même fut éteinte, quand il se vit plongé dans les ténèbres, le découragement s'empara de son âme ; il se laissa tomber sur un banc de gazon et se prit à pleurer comme un enfant.

Mais, brusquement rejeté dans la vie réelle par une nouvelle détonation, il se leva vivement, prononça à haute voix un déchirant adieu, courut tout d'un trait jusqu'à l'enceinte de la ville et, comme d'ordinaire, franchit la brèche pratiquée dans les murailles par le canon de d'Yvoi.

Une fois dans la campagne, il s'élança de plus belle à travers les champs, les prés, les haies et les ruisseaux, jusqu'à ce que, le souffle venant à lui manquer, il fut encore forcé de se reposer.

Cette fois, malgré son attention, nul bruit étrange ne vint plus frapper son oreille ; au pétillement des arquebuses avait succédé un silence complet, et le sommeil de la nature ne se trahissait que par ces voix harmonieuses respirant à travers les arbres et le long des rivières.

Le doute lui revint et avec lui l'espérance, si prompte à renaître au cœur de la jeunesse. Il se demanda s'il n'avait pas rêvé, si ces bruits, portés sur l'aile de la nuit, n'avaient pas été grossis par les terreurs de son imagination. En effet, fallait-il inévitablement qu'une lutte se fût engagée à Lizeray, fallait-il que son père et ses amis y eussent succombé ; ne pouvait-on au contraire chercher une cause plus naturelle et moins terrible ?...

Pourtant il se remit en marche, mais plus calme, ralentissant son pas à mesure que le silence se confirmait, cherchant à se faire bon compte des choses à travers ses émotions.

Il repassa dans sa mémoire les moindres circonstances des dernières heures, commenta chaque mot, chaque geste, chaque inflexion, et, de rêverie en rêverie, en arriva à scruter les mystères de son propre cœur ; mais surpris des sentiments qui s'y confondaient, il s'interrogea sans trouver de réponse.

Et dans le fait, qu'aurait-il répondu ? Ces deux

compagnes de son enfance, dont l'amitié avait germé, grandi et fleuri sous l'œil de Dieu, avait-il jamais songé à leur assigner des places différentes ? Il eût cru commettre une injustice, un sacrilége.

Non, jamais dans ses rêves il ne les avait isolées l'une de l'autre ; il les avait toujours entrevues ensemble, lui parlant de la même voix, lui souriant du même sourire. Elles étaient pour lui une même pensée, une même âme, un même être... Et depuis que cette affection, en perdant sa placidité, s'était transfigurée sous une inspiration brûlante, devait-il les séparer davantage ?

Qui pouvait-il préférer de la sérieuse Ursule ou de la douce Louise, si semblables du reste par le corps et l'esprit ? Dans ces deux nuits où leurs âmes s'étaient ouvertes, avait-il entrevu une différence, une nuance d'affection ? N'étaient-ce pas les mêmes craintes, les mêmes larmes, les mêmes regards ?... D'ailleurs, à quoi bon rechercher cette énigme dont Dieu seul avait le secret ? A quoi bon devancer par un choix imprudent la volonté de la Providence ?... Dans ce temps d'épreuve, pouvait-il former un projet, bâtir une illusion ?...

« Non, finit-il par s'écrier, je ne vous ferai pas cette injure de me prononcer entre vous, de consulter mon cœur ; je veux vous embrasser dans une seule et unique pensée, de même que vous vous êtes unies pour répandre sur moi le charme de votre double affection. »

Il fut tiré de ses rêveries par les pas d'une nombreuse cavalerie descendant d'Issoudun. Le jour grandissait. Par un sentiment instinctif de conservation, notre héros se jeta rapidement dans un bouquet de bois et observa.

A leurs chausses de drap bleu, à leurs collets de maroquin blanc, à leur enseigne de taffetas bleu que coupait une croix blanche, il reconnut de suite les hommes réguliers de M. de Sarzay [1]. Ils marchaient rapidement au cri de : *Vivent la messe et le Roi!* sous l'empire d'une grande exaltation, proférant des menaces contre la réforme et les réformés.

« Il faudra bien en finir, disait celui-ci... Il n'est pas tenable de courir ainsi la nuit sans autre profit que des coups et des arquebusades.

— Quant à moi, reprenait celui-là, je ne veux plus faire de quartier. Autant de parpaillots, autant de cadavres... c'est de la duperie...

— A quoi bon, en effet, prendre la peine de les conduire devant les juges, puisque la fin doit être

---

1. Tel était en effet l'uniforme que M. de Barbançois avait donné à sa compagnie. (*Histoire de Berry*, par La Thaumassière. — Généalogie des seigneurs de Sarzay, page 676.)

la même ?... Une bonne balle ménage les phrases
et les cordes... D'ailleurs, c'est de l'humanité.

— C'est juste ; quand nous aurons mis ces corbeaux en cage, quand ils auront chanté leurs litanies devant M. de Sarzay, en seront-ils moins
pendus ?

— Sans compter que, pendant ce temps-là, ils
ne manquent aucune occasion de prêcher et de répandre le mauvais grain. Écoute, maître La Planche n'a cessé de dégoiser pendant toute la route ;
on dirait qu'il veut convertir Bonnet et Cauvignac.

— Par les cornes du diable, il s'adresse mal et
perdra ses paroles ; quant au vieux Jugand, c'est
tout le contraire ; il n'a pas desserré les dents, au
risque d'étouffer ; mais quelle grimace !.. »

En entendant ces deux noms, Julien redoubla
d'attention et aperçut en effet son père prisonnier,
mais gardant une contenance stoïque au milieu de
ses gardiens, tandis que son collègue Ambroise
Le Balleur débitait avec fureur toutes les rapsodies
à l'usage des inspirés de cette époque.

A cette vue, le malheureux jeune homme sentit
son cœur se briser. Bourrelé de remords, il se
reprocha d'avoir montré une indifférence coupable
pour sa cause, d'avoir abandonné son père à l'instant du danger. Comme toutes les natures d'élite,

il s'exagéra ses torts, innocenta ceux des autres, du moment où il les vit frappés.

Vingt fois il fut sur le point de sortir de sa retraite, de se jeter au-devant des soldats et de déclarer que toute son ambition, toute sa gloire était d'imiter ces martyrs ou du moins de partager leur sort. Mais il fut retenu dans cette résolution par le désir de connaître l'étendue du désastre et par l'espoir d'y remédier, se disant qu'il serait toujours temps de se livrer et de courir à une mort certaine.

Il laissa donc passer le triste cortége, et, quand il fut éloigné, reprit sa course pour ne s'arrêter que dans la cour du domaine de Lizeray.

Là encore un spectacle navrant l'attendait.

La vieille chapelle était tout en feu, sans qu'une cloche, sans qu'une voix s'élevât pour appeler des secours. La population, d'ordinaire si zélée, s'en écartait comme d'un lieu maudit, et laissait l'œuvre de destruction s'accomplir dans la solitude. Le toit venait de s'abîmer avec fracas, et l'incendie, un instant comprimé sous les décombres, éclatait avec plus de fureur.

« Partout la ruine et la mort, s'écria le jeune homme avec abattement ; mon Dieu, mon Dieu ! ne cesseras-tu de frapper ?...

— Amen, » fit près de lui une voix lamentable.

Julien tressaillit et aperçut une forme humaine accroupie sur le gazon, en face de cette scène désolée. C'était le vieux pâtre idiot qui, ramené par un invincible instinct, contemplait d'un œil égaré son dernier abri dévoré par les flammes.

« Ah ! c'est toi, Goujeon, que fais-tu seul ici ?...

— Vous voyez, mon cher Monsieur, je regarde... Beau spectacle vraiment !... Donnez-vous donc la peine de bâtir à présent.

— Et tous ces malheureux, que sont-ils devenus ?

— Partis... partis... La maison n'était pas sûre... Ah ! il nous faudra des réparations, mon jeune maître, si nous ne voulons pas coucher à la belle étoile.

— Mais, les poursuit-on, de quel côté ont-ils passé, sont-ils en sûreté ?...

— En sûreté ! Qui peut se vanter aujourd'hui d'être en sûreté, à part ces pauvres diables qui réclament tout au plus un *De profondis*, quatre planches de sapin et un coup d'eau bénite. »

Et il montrait du doigt les quelques cadavres étendus sur la terre.

« L'affaire a-t-elle été rude, y a-t-il eu d'autres morts ?...

— A peu près autant dans la grange... Quant

aux autres, ils n'en valent guère mieux ; tôt ou tard, leur compte sera fait.

— Ils ont pourtant échappé ?...

— Pour l'instant, grâce à moi.

— Comment cela ?

— Mon Dieu, oui... Ils étaient enfermés, entourés par une bande furieuse, tirés comme des canards dès qu'ils se montraient à quelque lucarne, en un mot voués à la destruction, à moins d'un miracle du bon Dieu. Déjà chacun faisait son acte de contrition et s'apprêtait au grand voyage, quant tout à coup, malgré le vide de ma pauvre tête, je me rappelai qu'entre cette chapelle et les bâtiments de la locature, il existait autrefois une communication souterraine dont l'entrée avait été murée lors de la transformation du souterrain en cellier. Comme bien vous pensez, le chemin fut retrouvé et déblayé en un clin d'œil, et, tandis que nos ennemis attendaient le jour pour nous écraser, nos pauvres gens, s'esquivant un à un, débouchèrent en plein bois, à un quart de lieue d'ici, hormis ceux qui s'étaient laissés tuer ou prendre... car c'est une chose à vous dire, quoiqu'il m'en coûte, plusieurs ont été faits prisonniers et emmenés.

— Je le sais, mon bon Goujeon.

— Vous le savez... et vous les connaissez ?

— Je les ai rencontrés en revenant.

— Alors je n'ai pas besoin de vous apprendre que...

— Que mon père est parmi eux?... Hélas! je l'ai vu de mes propres yeux, lié et garrotté au milieu de gens d'armes.

— Quelle pitié! et qu'allez-vous faire maintenant?

— Le rejoindre au plus vite.

— Le rejoindre, y pensez-vous?

— C'est parfaitement décidé.

— Mais vous serez mis en prison avec lui.

— C'est tout mon désir.

— Vous courez à votre perte, à la mort.

— Qu'importe? Ne l'as-tu pas dit, tôt ou tard notre compte doit être réglé.

— Ah! Monsieur Julien, tout est donc perdu?... Que vais-je devenir, sans maître, sans abri, sans défense?

— Hélas! je n'y peux rien, mon pauvre Goujeon; mais si j'ai un conseil à te donner, c'est de quitter ce pays maudit et de chercher ailleurs. Tiens, prends ce peu d'argent, et mets-toi en route.

— Gardez-votre monnaie, mon jeune maître; je suis fixé de mon côté... Je ne partirai pas; qu'irais-je faire dans un autre endroit, pauvre vieux sans force et sans cervelle? Mendier ma nourriture de porte en porte..? non, non, ce pain-là est trop cher... A la grâce de Dieu... Je mourrai au moins dans un bois, sòus quelque arbre de connaissance... Allez donc où le sort vous appelle ; j'obéis au mien en restant. »

Et se rasseyant sur le sol, il retomba dans son égarement stupide en face de la maison, qui se tordait dans les dernières étreintes des flammes.

Loin d'affaiblir la résolution de Julien, cette résignation, cette douleur sans faste et sans bruit retrempa son courage. Jetant un dernier adieu au vieillard, il quitta ses ruines et s'achemina vers Issoudun.

Quand il y parvint, il retrouva aux portes et dans les faubourgs cette agitation fébrile qui, depuis si longtemps semblait être l'état naturel de la ville. Une foule frénétique se précipitait du côté de Villatte, en poussant des cris de meurtre et d'incendie.

« Y aurait-il quelque nouveau malheur à déplorer, demanda Julien en s'approchant d'un individu qui, moins passionné sans doute, restait sur le pas de sa porte et se contentait de sourire.

— Pas le moins du monde, répondit le brave homme, Issoudun vient au contraire d'apprendre la plus magnifique nouvelle que le bon Dieu puisse lui envoyer.

— Quelle nouvelle?

— Pardieu, l'entrée du roi Çharles IX et de son armée dans la ville de Bourges.

— L'entrée du Roi à Bourges, y pensez-vous?

— Ne vous déplaise, jeune homme, cela s'est fait hier par une belle et bonne capitulation signée de d'Yvoi, qui a trahi son parti, ou lâché pied, à votre choix.

— Impossible !

— Tiens, tiens, tiens, cela a l'air de vous peiner, cher ami ! C'est si possible, que le courrier est arrivé à quatre heures du matin, pendant l'expédition de Lizeray, que, depuis ce temps, M. le Gouverneur le fait publier à son de trompe à tous les échos, et qu'enfin le peuple s'en réjouit en mettant le feu au temple de Villatte, ce qui, dans l'esprit d'un bon chrétien, ne saurait passer pour une infortune.

— Quoi!.. l'on brûle en ce moment le temple des réformés ?

— Parfaitement ; tenez, regardez la grosse fumée qui passe par dessus les toits. Ne dirait-on pas qu'on voit dans ces tourbillons une légion de cinq cents diables, et que cette mauvaise odeur qui nous prend au nez est celle des marmites de l'enfer ?

— Avez-vous bien le courage de plaisanter sur de tels sujets ?

— Qu'est-ce à dire, mon gaillard, seriez-vous de la vache à Colas, par hasard, pour que cette œuvre agréable au Ciel vous paraisse si déplaisante ?

— Et quand cela serait, croiriez-vous me persuader en brûlant et en pillant, que votre foi est meilleure, votre charité plus exemplaire ?

— Non, mais je croirais me montrer fidèle sujet du Roi en signalant les hérétiques qui, au mépris des ordonnances, se promènent dans la ville... Holà ! mon officier, holà ! mes braves, venez donc demander à ce jeune bourgeois son avis sur la religion... Il paraît médiocrement satisfait de la prise de Bourges et du feu de joie dressé à Villatte.

— Oui-da, s'écria le capitaine Hémard, qui, pour la forme, se rendait au lieu du sinistre avec une douzaine de soldats... Voici une tournure et un habit qui sentent le prêche à deux lieues à la ronde... Mais attendez donc, je ne me trompe pas... je crois avoir vu quelque part la figure de Monsieur, mais ce n'était pas en bonne compagnie, que je sache.

— C'était dans la vôtre, Monsieur.

— Pardieu, c'est mon petit bourgeois de la Pomme-de-Pin, mon héros de raccroc, le dévoué neveu de M. du Jon. Ventre-de-loup, nous avons une revanche à prendre et de vieux comptes à régler.

— La revanche vous sera facile, Monsieur, je ne suis pas toujours d'humeur à me commettre.

— Ah! ah! mon jeune brave, nous refusons la partie; il paraît que nous avons le courage quinteux et journalier.

— Évitez-vous la peine d'injurier un homme qui se livre, je me nomme Julien Jugand, et veux rejoindre mon père arrêté cette nuit.

— Par la fourche du diable, je m'explique maintenant pourquoi vous goûtez médiocrement les feux de joie. En ayant vu un là-bas, vous êtes peu curieux d'en trouver un second à Issoudun; mais que voulez-vous, mon mignon, le populaire est en veine de propreté et nettoie les maisons.

— Trêve à vos bons mots, Monsieur, je suis votre prisonnier, faites votre devoir.

— Soyez sans inquiétude, mon jouvenceau, le capitaine Hémard connaît la consigne... Holà, Cauvignac, puisqu'on ne peut en tirer d'autre satisfaction, offre galamment les bracelets à ce bon fils, si désireux de revoir et d'embrasser papa.

— Capitaine, dit Cauvignac, tout en liant les mains de Julien, m'est avis que, sans nous donner grand'peine la prise est bonne.

— Bonne, comme toute autre de même genre et du même poil... un loup vaut un loup...

— Vous méconnaissez votre bonheur, capitaine.

— Comment cela ?

— Si, comme il vient de le déclarer, le drôle est le fils de Gaspard Jugand, nous tenons pour sûr l'assassin de Gaucher.

— Moi, un assassin, interrompit Julien indigné, mensonge, mensonge !

— Mensonge, tant qu'il vous plaira ; moi je procède par raisonnement, et je dis : lorsque Gaucher voulut mettre la main sur les ministres dans la chapelle de Lizeray, il est avéré qu'un jeune parpaillot s'est écrié : si tu touches à mon père, tu es mort. En effet, le sergent est tombé percé d'une balle, au moment où il allait saisir au collet le vieux Jugand. *Ergo !* si tu es le fils de Gaspard, tu es l'assassin de Gaucher. De plus, Spifame n'a pas d'enfants, Ambroise Le Balleur n'a qu'une fille. Est-ce clair ? Je te défie de rétorquer cet invincible syllogisme.

— Encore une fois, mensonge, je n'étais pas à Lizeray.

— Ah ! nous invoquons maintenant l'*alibi.* C'est toujours ainsi. Où étions-nous donc alors ?.. à chanter matines, ou à faire l'amour ?

— Encore une fois, ménagez votre esprit, Messieurs, je n'ai pas de comptes à vous rendre.

— C'est cela, vous verrez que Gaucher sera mort de peur ou se sera passé lui-même une balle dans l'estomac... Mais au fait, ce n'est pas notre affaire ; tu te débrouilleras avec M. de Sarzay.

— A la bonne heure, murmura Julien, car je n'ai pas à me disculper d'un crime devant des gens de votre sorte. Où me conduisez-vous?

— Dans les bras du respectable auteur de tes jours, selon ton désir, tendre ami. Demain, nous ferons notre examen de conscience pardevant M. le Gouverneur.

— Marchez donc, je vous suis.

— A la tour, fit le capitaine ; le temple de Villatte brûlera bien sans nous. »

CHAPITRE XIX.

LA TOUR D'ISSOUDUN.

La tour d'Issoudun, vers laquelle se dirige notre héros, est encore aujourd'hui un des plus curieux échantillons de ces constructions féodales qui, par leur masse imposante et leur âpre architecture, caractérisent admirablement le siècle de fer qui les a élevées.

Dans ces temps redoutables, où la raison, le talent, le génie s'inclinaient devant la force, celui-là avait le meilleur droit, qui avait le meilleur bras, la plus solide armure, la plus robuste forteresse.

Aussi les hommes se couvraient de fer, eux et leurs chevaux, n'offrant à la mort d'autre passage que le joint compliqué d'une cuirasse ; ils ne dormaient tranquilles, qu'à l'abri d'une impénétrable muraille plantée comme un nid d'oiseau sur une roche escarpée.

Et dans le fait, rien qu'à voir sur le dos de son mamelon cette formidable tour, dressant d'un seul jet ses parois rudes et inégales, sans portes, sans

fenêtres, sans détails, sans saillies, ouvrant à peine
à vingt pieds du sol la paupière prudente d'une
meurtrière, on comprend tout d'abord combien
nos pères étaient entourés d'embûches, combien
ils avaient besoin de se garder contre le flot in-
cessant des guerres civiles et des invasions.

Quant aux beautés d'architecture, aux merveilles
des arts qui fleurissent avec la paix, il est inutile
de les demander à ces monuments d'un siècle brutal. C'est tout au plus si, derrière une triple enceinte, dans quelque coin isolé, l'artiste ose confier
à la pierre une image, une pensée. C'est tout au
plus si le châtelain pense à graver au front de son
donjon sa devise et ses armes, qui demain seront
peut-être effacées par le fer de son ennemi.

Il n'entre pas dans notre cadre de faire ici l'historique de la tour d'Issoudun, d'exhumer les ruines qu'elle recouvre, de discuter son origine, sa
date et sa forme, de rechercher si elle fut bâtie par
une main anglaise ou française. D'autres l'ont
déjà fait avec un talent et une précision qui ne
permettent plus de rien ajouter, et, en leur ren-
voyant le lecteur, il convient de leur laisser le
juste prix de leurs patientes études [1].

---

1. Dans ses *Recherches archéologiques sur la ville d'Issoudun*,
M. Armand Pérémé s'est longuement occupé de ce monument. Il en
décrit minutieusement toutes les parties, d'après des plans exacts,

Quand il fut arrivé au pied de la tour avec sa petite troupe et son prisonnier, le capitaine Hémard commanda à l'un de ses gens de donner un coup de trompe, en manière de signal. Tout aussitôt on vit s'ouvrir une petite fenêtre ou porte basse en plein cintre, située vers le milieu de l'édifice ; un homme armé apparut, qui, après une minute d'attention scrupuleuse, s'écria :

« Quoi de neuf, capitaine, et que nous apportez-vous ?

— Un nouvel oiseau, maître Boisgermain, qui est venu lui-même se jeter sur nos gluaux, un jouvenceau qui veut rejoindre papa.

— Parlez sans rire, vous savez qu'on ne loge ici que des prisonniers d'élite.

— C'est justement pour cela que je vous amène le fils du vieux corbeau que vous tenez déjà en cage, de maître Gaspard Jugand.

— Par le ciel, je ne vous ferai pas attendre ; avec de semblables prises, vous serez toujours le bienvenu. »

En disant ces paroles, le gardien, aidé de ses

et fait son histoire jusqu'à nos jours. Selon lui, cette tour aurait été fondée, vers 1195, sur les ruines d'une ancienne basilique, par Marchader, chef des Cottereaux à la solde du roi d'Angleterre, et dans sa forme mono-angulaire, allongée en éperon ou en *cœur* vers l'orient, il voit un rapprochement emblématique avec le surnom de son premier maître, Richard Cœur de Lion (d'ages 243 et suivantes).

soldats, tendit une longue et forte échelle, seul et prudent moyen de s'introduire dans la tour qui, nous l'avons déjà dit, n'avait aucune ouverture inférieure.

« Alerte, jeune homme, fit le capitaine en desserrant les liens de son prisonnier ; mais songez à filer droit ; car au moindre mouvement, votre compte serait réglé.

— Si j'avais envie de m'enfuir, répondit celui-ci s'élançant sur l'échelle, me serais-je livré comme un niais ?

— C'est juste... Ventre-de-loup, attendez donc, je ne suis plus habitué à grimper comme un chat, et la tête me tourne dès que je quitte la terre. Mais bah ! le voilà déjà là-haut... Boisgermain, présentez-lui vos compliments et faites-lui les honneurs, jusqu'à mon arrivée. »

En effet, Julien était assis sur un banc de pierre, entre deux gardiens, lorsque le capitaine, tout essoufflé, fit son apparition dans cette grande salle du deuxième étage qu'on peut voir encore aujourd'hui dans toute son intégrité et telle qu'elle existait à cette époque.

Cette vaste pièce, dont la paroi octogone est entièrement revêtue en pierres de taille, se termine supérieurement à vingt-cinq pieds au-dessus du plancher par une belle voûte surbaissée, soutenue par des arcs doubleaux à triple nervure qui se croisent au centre et viennent retomber sur huit faisceaux de collonnettes, superposés eux-mêmes à autant de colonnes engagées aux angles et décorées de chapiteaux prismatiques.

A l'ouest et au sud, le jour arrive par deux longues meurtrières très-étroites à l'extérieur, mais qui, s'évasant en tout sens dans l'épaisseur de la muraille, prennent en dedans les proportions majestueuses de deux larges fenêtres cintrées ; dont l'une est accessible par les marches d'un escalier décroissant.

Pour tout autre ornement, une immense cheminée projette son manteau appuyé sur de simples consoles et semble attester qu'avant d'être transformée en prison, cette demeure ne fut pas toujours inhospitalière.

Entre les deux fenêtres, et dans l'épaisseur du mur est percé un cabinet bas et voûté, éclairé par une barbacane qui, ainsi que les autres ouvertures de cet étage, était alors protégée par de petites pièces d'artillerie, de la fabrique même d'Issoudun[1]. Dans ce réduit se trouve, à fleur de pavé, l'orifice

1. La ville d'Issoudun avait, à cette époque, sa fonderie de canons comme on peut s'en convaincre par les deux charmantes couleuvrines qu'on voit encore dans la grande pièce de la tour, et

18

d'un puits profond qui, sans nul doute, fournissait
l'eau nécessaire à la garnison et, d'après la tradition, communiquait avec un passage secret débouchant au loin dans la campagne.

Un escalier de pierre en spirale, taillé dans
l'épaisseur du mur, conduisait aux étages supé-
rieurs et à la plate-forme, tandis qu'une simple
ouverture pratiquée dans le plancher donnait
accès dans la région inférieure, horrible *in pace*,
séjour maudit, où durent s'éteindre bien des douleurs inconnues.

« Ouf ! fit le capitaine, nous y voilà donc ! Ce
n'est pas sans·peine ; j'ai cru que je n'y parvien-
drais jamais ; mais je me suis obstiné, voulant
revoir la cage où j'ai passé de si tristes moments,
en bien mauvaise compagnie, encore...

— Quoi ! vous auriez été vous-même prisonnier ici ?

— Pardieu, il y a vingt-quatre ans, au temps
où j'étais cordelier, sous le nom de frère Toussaint. C'est une histoire qui court les rues, vous
savez bien.

dont l'une, datée de 1568, porte les armes de la ville : *d'azur au
pairle d'or*, le nom des échevins Yv: Audoux, J. Cougny, G. Robert,
G. Carcat, et cette fière inscription :

A Issoudun je fus faiste

Pour tenir aux ennemis teste.

— Ah ! j'y suis maintenant... à l'époque où
M. du Jon vous a envoyé aux galères.

— Précisément, pendant deux jours j'ai dû me
préparer à cet aimable voyage... Par la messe !
l'établissement n'a pas changé ; toujours aussi
gai... Voici la grande cheminée qui ne flambe jamais, les fenêtres par lesquelles on ne voit goutte,
le petit cabinet avec son puits. Il n'y a pas jusqu'à ces inscriptions que je ne reconnaisse parfaitement.

— Ce sont les noms de tous les élus qui ont
habité ce paradis.

— Oui, ces noms et ces doléances gravées sur
la pierre prouvent que de tout temps il y a eu des
forts et des faibles, des gardiens et des gardés.
Je dois avoir consigné le mien quelque part, en
mémoire de la chose, à moins qu'un pauvre hère,
plus malheureux encore, n'ait superposé sa douleur à la mienne.

— Voyons cela.

— Ce devrait être dans l'embrasure de cette
fenêtre, en-dessous de ces griffonnages qui sont,
dit-on, des inscriptions hébraïques.

— J'avais toujours pris cela pour le grimoire
de quelque sorcier voué au feu... mais dans le
fait, c'est tout un, puisque c'est de l'hébreu.

— De l'hébreu le plus pur ; je le tiens de trois

enfants d'Israël avec lesquels, chose abominable
à dire, j'ai été enfermé pendant ces deux jours,
malgré ma robe de cordelier et mon caractère
respectable; car je vous ai dit en commençant
que j'avais trouvé ici vilaine société.

— Comment, vous avez été confondu avec des
Israélites ?

— De vrais Juifs, maître Boisgermain, descendus en ligne droite de Moïse. Tout d'abord,
révolté de ce rapprochement, je me suis retiré,
en faisant de grands signes de croix, dans ce
réduit où le premier jour je me confinai ainsi
qu'en une forteresse. Mais, comme dit le proverbe, la faim chasse le loup du bois; le lendemain je me sentis l'estomac si délabré, qu'il fallut
bien prendre mon courage à deux mains et venir
demander ma part de la pitance commune. L'a-
vouerai-je, telle était ma détresse, que je crois
m'être laissé entraîner à quelque bassesse pour
avoir un meilleur morceau.

— Chose toute simple, capitaine, ventre affamé
n'a pas d'oreille.

— Ce fut alors mon raisonnement. Ma foi, je
n'eus pas trop à m'en repentir, car les mécréants
n'étaient pas si noirs que je l'imaginais. Malgré leur barbe sale et leur nez crochu, je les
trouvai d'humeur assez avenante et d'heureuse

composition... D'ailleurs, je réfléchis que sous peu de jours, quand je serais aux galères, je n'aurais pas lieu de me montrer difficile sur la compagnie. Je fis donc contre mauvaise fortune bon cœur et me mis à causer amiablement avec eux. C'est pendant ce temps que le plus savant de la bande, un vieux rabbin, blanc comme Mathusalem, me donna l'explication des signes mystiques et cabalistiques.

— Et vous la rappelez-vous ?

— Parfaitement ; comme c'est tout mon savoir dans la langue de Jacob, j'en ai gardé le souvenir, car, de mon ancien état, il m'est resté le goût des antiquités et des belles-lettres.

— Belles-lettres tant que vous voudrez ; mais pour moi, qui crois savoir passablement mon A, B, C, je n'en reconnais pas une... Voyons, que chantent-elles, vos belles lettres ?

—Cette inscription, la plus grande de toutes, est la prière de deux misérables captifs, un hymne à la liberté, qui ne manque pas de poésie et que je veux recommander à maître François Habert ; en voici la traduction :

« Deux frères sont en prison : Isaac et Hayem ;
» puissent-ils vivre dans l'éternité ! Que Dieu les
» ait en aide ; qu'il les fasse passer des ténèbres à
» la lumière et de la servitude à la liberté ! Amen,
» amen, Selah ! »

18.

Et au-dessous, en caractères plus petits :

« Ils sont arrivés le troisième jour de la Parracha
» Vaïhi, an 64 du petit comput ! »

— Quel jargon et quelle manière de compter !

— Que voulez-vous, c'est une date du calendrier
de Jacob qui nous reporte, m'a-t-on dit, au mois
de février de l'an de grâce 1304, à l'époque où le
roi Philippe le Bel pourchassait les Juifs dans toute
l'étendue du royaume. Quant aux autres légendes,
ce sont de simples noms, des maximes de l'écriture, des fragments de prières jetés çà et là, selon
l'état du cœur de ces pauvres diables :

« Joseph, fils de David. La mémoire du juste est
» bénie... Azariah, fils de Jacob... Joseph, fils de
Juda... etc., etc. [1]. »

— Par ma barbe, vous êtes un puits de science,
capitaine... Quelle érudition et quelle mémoire !

— Peuh ! habitude, éducation.... Nous autres,
anciens clercs, nous avons un caractère indélébile,

---

[1]. Ces curieuses inscriptions se voient encore aujourd'hui à la même
place, en parfait état de conservation. Dans une note de son livre,
M. Pérémé en revendique la découverte exclusive et en attribue
l'explication à M. Cahen, le savant traducteur de la Bible, tandis
que, dans son *Histoire du Berri* (t. II, page 263), M. Raynal avance
qu'elles ont été levées aux frais de M. Pignot, médecin à Issoudun,
et traduites par M. Quatremère de Quincy, de l'Institut. Quoi qu'il
n soit, ce conflit sert à prouver leur authenticité et l'intérêt scien-
tifique qui s'y rattache.

qui nous suit partout... D'ailleurs, j'étais connu
pour ma prodigieuse mémoire et j'en ai gardé
quelque chose.

— On s'en aperçoit.

— Bah ! ce n'est rien en comparaison de ce que
je suis capable d'accomplir... Tenez, si cela peut
vous être agréable, je me fais fort de vous réciter,
mot pour mot, le premier sermon que j'ai prononcé,
pour ma réception, à l'âge de vingt-deux ans.

— Je n'en doute pas, mon brave, fit Boisgermain
effrayé ; mais ce sera pour une autre fois ; vous
oubliez notre protégé.

— C'est juste, à quoi diable allais-je songer !
Nous sommes tous ainsi, nous autres barbes
grises ; quand nous parlons de la jeunesse, nous
radotons... Ventre-de-loup, je me croyais encore
au couvent... Alerte, mon jouvenceau, je vais
vous conduire dans les bras du vénérable auteur
de vos jours. Par où faut-il passer ?

— Il n'est pas besoin de vous déranger, capitaine, interrompit le gardien en ouvrant la petite
porte de l'escalier tournant, il n'y a pas deux che-
mins et deux issues. Montez droit devant vous,
jeune homme, et vous trouverez votre monde.
Puis, quand Julien eut disparu dans la vis de l'escalier, quand les triples verrous furent tirés sur
lui : Par où voulez-vous qu'ils s'échappent, ajouta-

t-il, par des meurtrières de six pouces, ouvertes à trente pieds en l'air ? Allez, ils sont parfaitement à l'abri.

— Quelle mine font-ils là-haut depuis leur arrivée?

— Ils seraient assez raisonnables pour des héré-tiques, si, suivant leur mauvaise habitude, ils n'a-vaient constamment prêché et chanté des psaumes.

— Eh! mais... c'est encore preuve de bonne humeur. Il faut bien charmer l'ennui ; savez-vous que le local n'est pas gai?

— Que diriez-vous donc de ceux qui sont en-fermés par en bas?

— Comment, il y a encore des prisonniers là-dessous?

— Dans les deux étages, ou plutôt dans les deux caveaux.

— Et quels sont-ils, combien sont-ils ?

— Par ma foi, je l'ignore.

— Depuis combien de temps?

— Ce n'est pas mon affaire ; je les ai pris, il y a deux ans, à mon entrée en fonctions; je les ren-drai à ma sortie, sans les avoir vus, sans leur avoir parlé... Tous les deux jours, j'ouvre la trappe pour leur descendre le pain et l'eau dans un panier, voilà tout.

— Et si l'un d'eux était malade, s'il venait à mourir?

— Cela les regarde, ils s'arrangent... De temps à autre, j'entends bien des plaintes, des cris et des coups, mais ils peuvent se disputer, se battre et mourir à leur aise. C'est un petit monde, où personne n'a rien à voir, telle est la consigne.

— Quel crime ont-ils commis?

— On n'en sait rien, sinon qu'une fois descendus là-dedans, il n'en doivent plus sortir.

— Mais que supposez-vous?

— Je suppose que ce sont des gens qu'on veut oublier.

— Ah! je comprends.

— C'est très-commode, je vous assure.

— Ventre-de-loup, c'est parfait. Quant à ceux du dessus, c'est tout différent; on veut y penser, je suppose?

— Sans doute, vous en aurez la preuve demain.

— Je l'espère bien! Peste, cela me rappelle qu'à ce propos j'ai un rendez-vous avec M. de Sarzay... L'heure s'avance et je n'ai plus de temps à perdre. Mais comment faire pour redescendre avec mes bottes fortes, ma rapière et ma cuirasse? Singulier escalier... Allons, il faut risquer l'aventure, car je ne me soucie pas de passer la nuit ici.

— Bonne santé, capitaine, et bon courage.

— Dieu vous le rende, maître Boisgermain... tenez bien l'échelle.

CHAPITRE XX.

Les prisonniers, extraits de la tour, allaient comparaître devant M. de Sarzay, pour être jugés selon les lois expéditives qui, dans les temps de crises prolongées, finissent toujours par devenir la suprême raison, le dernier argument.

Dans la grande pièce du château, on avait improvisé une salle d'audience, où devait se dénouer, sans bruit et sans apparat, le drame palpitant commencé à Lizeray.

Une table pour la commission militaire présidée par le gouverneur, des siéges jetés çà et là pour les accusés, les témoins et quelques assistants privilégiés, telle était la mise en scène réservée à ces terribles débats, dont quatre têtes humaines étaient l'enjeu.

Et dans le fait, n'aurait-ce pas été une cruelle ironie que d'entourer d'une pompe vaine, du prestige de la justice, un arrêt rendu par avance. L'alternative n'était pas permise, l'édit royal était inflexible et la sévérité du juge trop connue. Cette mort rapide, inévitable, devait être décrétée sans phrases, sans détour, sans fausse impartialité. C'était affaire de pure formalité.

Telle était du moins la triste conviction de M. de Lavarennes qui, placé au premier rang, à côté de maître Habert, se faisait un devoir religieux d'assister son frère, comme s'il l'eût déjà suivi à sa dernière demeure

Quant à le défendre, à le couvrir de son nom et de son influence, il n'y songeait même pas. Il sentait bien qu'outre l'inutilité de ses efforts devant la précision des faits, la gravité des circonstances et la raison de salut public, Gaspard lui-même ne manquerait pas de se lever pour protester avec sa violence habituelle contre ce secours odieux.

M. de Lavarennes ne gardait donc aucune illusion; comme nous l'avons dit, il cédait à sa conscience et aux instances de ses malheureuses filles, qui n'avaient renoncé elles-mêmes à l'accompagner que sur la promesse formelle d'être averties heure par heure de toutes les phases de ce lugubre spectacle.

Vers dix heures, la porte du fond s'ouvrit, et M. de Sarzay, assisté de quatre de ses officiers, vint prendre place à son siége, tandis que d'un autre côté, les gens d'armes introduisaient les accusés, Ambroise Le Balleur, Gaspard Jugand et son fils, et enfin Robert Barbier qui, on se le rappelle, avait été surpris trois jours auparavant dans le conciliabule du temple de Villatte.

Dans ce procès, où une lutte ardente de convictions et d'amours-propres s'engagea dès le principe, les débats ne pouvaient être ni longs ni compliqués. Se posant en martyrs, confessant leur foi par l'exemple, les trois ministres ne voulurent pas s'abaisser à relever les détails, à innocenter leur conduite, à recouvrir leurs complots du manteau de la bonne foi ou de l'ignorance.

A chaque question du juge, ils firent une réponse hardie, précise, sans équivoque, glorifièrent leur crime et accusèrent à leur tour.

Chargé par ses collègues de présenter, non la défense, mais plutôt l'apologie commune, Gaspard le fit avec cette dignité amère, cette éloquence stridente, qui souvent change les positions et donne momentanément à l'accusé une supériorité factice sur le magistrat.

Planant d'abord dans les régions supérieures, il mit en regard les deux religions, exalta la réforme, opposa la raison, la fertilité du dogme nouveau aux vieux abus, à l'obscurantisme et à l'idolâtrie.

Puis, quand la voix du gouverneur lui eut impérieusement interdit cette excursion sur un terrain brûlant, il retomba dans les récriminations, armes habituelles des partis, pauvres moyens de plaidoiries qui irritent sans convaincre.

Comme d'habitude, il déclara que les manœuvres des siens étaient les justes représailles provoquées par les excès des catholiques. Il peignit des plus sombres couleurs l'inquisition poursuivant la conscience jusque dans le sanctuaire de la prière, l'intolérance aveugle s'asseyant au foyer domestique, décimant les familles; et son œil rayonna d'une joie farouche, en voyant combien ce dernier trait avait profondément pénétré dans l'âme de son frère.

Enfin, lorsque l'impatience de M. de Sarzay l'eut de nouveau averti de circonscrire sa défense, sans aggraver sa position par des déclamations passionnées contre les lois du royaume et les édits du souverain, le fougueux vieillard se laissa aller au torrent de son fanatisme et perdit toute mesure.

« Vos lois, vos édits, s'écria-t-il, lois d'iniquité et d'oppression, édits de meurtre et de fureur glissés dans l'oreille d'un enfant par le souffle impur d'une Jézabel! La couronne tombera de leur tête, le sceptre de leurs mains, et

19

leur nom deviendra un sujet de désespoir, d'é-
tonnement, de mépris et de malédiction. **Et toi,**
homme impie, qui t'es abreuvé jusqu'au délire
à la coupe de la violence, poursuis ton œuvre,
frappe encore, frappe toujours : c'est ton destin...
Marche à travers le sang qui déjà dépasse ta
ceinture, jusqu'à ce que, grossissant d'heure en
heure, le fleuve arrive au niveau de ta bouche,
et l'envahisse de ses flots, sans lui permettre
de crier grâce vers le ciel.

« C'est l'esprit d'en haut qui parle en lui,
fit avec exaltation Ambroise La Planche, gloire
à Dieu ! gloire à Dieu !

— Le règne des méchants passera comme la
rosée au soleil de midi, reprit Robert Barbier,
et le temps des saints viendra pour durer
jusqu'à la fin des siècles.

— Trêve à vos clameurs mystiques, vieillards
insensés! dit M. de Sarzay frappant violemment
du poing sur la table ; elles ne font que con-
firmer votre crime contre la religion, votre rébellion contre le Roi. Et d'ailleurs qu'était-il
besoin de cette nouvelle preuve ? Les faits
sont là, les témoins déposent, vous êtes convaincus. Un édit existe, qui interdit les réunions nocturnes, les prêches, les conciliabules,
et punit de mort les chefs et ministres qui au-

raient méprisé ses défenses. Vous avez été surpris en violation flagrante de la volonté souveraine, conspirant avec des hommes armés, soufflant le feu de la guerre civile; bien plus, vous avez résisté ; vous avez méconnu le caractère inviolable d'un parlementaire, vous l'avez assassiné... Vous avez prononcé vous-même votre arrêt...

— Ce n'est pas parmi nous qu'il faut chercher des assassins, firent à la fois les accusés.

— Par le ciel ! la prétention est nouvelle, et pour des martyrs de leur foi, voilà une singulière manière de confesser la vérité. Nierez-vous que mon fidèle Gaucher ait été traîtreusement mis à mort, alors qu'il vous transmettait sans violence les ordres du Roi?... Nierez-vous que son meurtrier soit assis à vos côtés, qu'il vous appartienne par le sang, Gaspard Jugand, sieur de Lizeray?

— Je le nie, s'écria celui-ci.

— Je le nie, répéta Julien pâle d'indignation.

— Ils sont perdus, murmura M. de Lavarennes à l'oreille du poëte; allez, mon ami, allez selon notre promesse préparer nos pauvres filles à ce coup terrible; vous le voyez, il ne reste aucun espoir.

— En effet, leur mort est décidée, dit maître Habert en s'esquivant, je n'en veux pas savoir plus long... C'est une véritable pitié.

— Levez-vous, jeune homme, reprit M. de Sarzay, et ne cherchez pas à braver par le mensonge la justice humaine et divine.

— Je n'ai jamais menti, répondit fièrement Julien ; je n'ai jamais décliné la responsabilité petite ou grande d'aucune de mes actions, mais je ne puis me reconnaître coupable d'un meurtre que je n'ai pas commis, du sang que je n'ai pas versé.

— Vous vous obstinez contre les déclarations de tous les témoins.

— Ils se trompent ou veulent me déshonorer... Tenez, je ne cherche pas à éviter vos coups ; puisque je me suis livré moi-même. Mais, quand je vous jure que je suis innocent, que je n'étais même pas à Lizeray, croyez-moi.

— Ah ! vous prétendez maintenant n'avoir pas assisté au conciliabule?

— Oui, Monsieur.

— Où étiez-vous, alors ?

— Je ne puis le dire.

— C'est cela. Il est trop commode de nier le premier point et de taire le second. Nous pensez-vous assez simples pour accorder créance à de pareils moyens de défense ?

— Je le répète, j'ai dit la vérité ; maintenant vous en ferez à votre volonté.

— Bien entendu, nous agirons selon les règles

du bon sens et de la justice, en préférant l'évidence des faits et nos convictions aux dénégations intéressées du coupable.

— Condamnez-moi donc sans m'entendre.

— Cessez d'injurier vos juges, Monsieur, n'oubliez pas que vous parlez à des gens d'honneur qui, chargés d'un grand devoir, sauront se prononcer sans haine et sans crainte. Écoutez les charges qui vous accablent, et voyez ensuite s'il vous sera permis de persister sans honte. »

En effet, une longue lutte s'engagea de nouveau entre les accusés et les six soldats qui, entrés dans la chapelle à la suite du malheureux Gaucher, avaient été témoins de sa mort.

Ceux-ci furent d'accord pour affirmer qu'au moment où le sergent avait voulu s'emparer des trois ministres, un jeune homme placé dans la foule l'avait menacé de son arquebuse, qu'interpellé sur son intervention, il avait répondu : « Je suis un fils qui défend son père » ; qu'en effet, n'ayant tenu aucun compte de cet avertissement, Gaucher tombait, une seconde après, frappé d'une balle en plein corps. Quant à reconnaître positivement l'assassin, ils ne pouvaient dire autre chose, sinon qu'au milieu du tumulte et de la fumée, il leur avait bien paru de même âge, de même aspect et de même taille ; mais qu'il ne leur était resté aucun doute, en apprenant plus tard que seul, parmi les ministres menacés, Gaspard Jugand avait un fils.

« Eh bien ! reprit M. de Sarzay, qu'avez-vous à objecter à ces dépositions unanimes ?

— Pour la troisième fois, j'affirme que je suis innocent du meurtre, puisque dans ce moment fatal j'étais absent de Lizeray.

— Mais la preuve, la preuve ?

— Je ne puis et ne veux en donner d'autre que ma parole et celle de mes coaccusés.

— Pour mon compte, interrompit son père, je suis prêt à engager mon serment ; et, certes, je ne puis être suspect ; car, dût-il lui en coûter la vie, j'aurais voulu le voir à mes côtés faisant son devoir au milieu de ses frères ; car, si j'ai un reproche à lui adresser, ce n'est pas celui d'un zèle inconsidéré, mais bien d'une tiédeur coupable.

— Alors, où était-il ? quel autre crime commettait-il donc pour se cacher ainsi ? Courait-il la campagne pour la soulever ?

— Non, Monsieur.

— Encore une fois, jeune homme, répondez dans l'intérêt de votre salut... Vous confirmez par votre silence l'évidence des faits.

— J'en subirai la peine.

— Songez-y, vous jouez votre vie.

— Je le sais ; mais j'en ai fait le sacrifice.

— Ainsi, vous persistez à cacher où vous avez passé la nuit ?

— Je persiste.

— A taire ce que vous faisiez à l'heure de l'assassinat ?

— Oui, Monsieur.

— Alors, que Dieu vous pardonne et que votre sang retombe sur votre tête.

— Ainsi soit-il !

— Arrêtez ! s'écria tout à coup une voix de femme dans la foule, arrêtez ! il ne faut pas que l'innocent périsse. »

Chacun tourna son regard vers le point d'où partait cette interruption, et vit s'avancer du fond de la salle deux femmes voilées, appuyées l'une sur l'autre et suivies d'un vieillard.

« Qu'est-ce à dire ? fit M. de Barbançois.

— Vous allez le savoir, répondit une des femmes, écartant son voile.

— Mademoiselle de Lavarennes, » reprit le gouverneur.

C'était elle, en effet, qui, en apprenant de maître Habert le redoutable dénouement qui se préparait, avait voulu, malgré sa douleur et sa faiblesse, tenter un dernier effort, et avait entraîné dans cette démarche désespérée le poëte et sa cousine.

Pâle comme un spectre, vêtue d'habits de deuil, exaltée par la fièvre, elle étendit la main vers Julien et lui dit d'un ton presque impérieux:

« Parle sans crainte, foule aux pieds un faux point d'honneur. Tu défies la mort : mais songes-y, le suicide est un crime, et tu dois défendre ta vie. Tu gardes le silence, tu crains de nous entraîner dans ta ruine ; eh bien ! je parlerai pour toi.

— Taisez-vous, taisez-vous, interrompit le jeune homme, vous vous perdez sans profit ; car quoi qu'il arrive, je suis condamné par avance.

— Non, car tes mains sont pures du sang versé. Car si tu es coupable d'infraction aux édits royaux, nous le sommes avec toi. Car, si tu dois être puni, nous devons subir la même peine...

— Autre affaire, murmura M. de Sarzay; le chagrin trouble sa raison.

— Non, non, poursuivit Ursule, je sais et maintiens ce que je dis. En interdisant l'entrée de la ville aux gens de la religion, votre loi ne prononce-t-elle pas les mêmes rigueurs contre ceux qui leur ont donné asile ?

— Sans doute. Mais quel rapport?

— Eh bien ! accusez-nous avec lui, car dans cette nuit lugubre, à l'heure où le meurtre s'ac-

complissait, Julien était avec nous, loin de Lizeray.

— Où cela ?

— A Issoudun, dans notre maison, mais à l'insu
de mon père, je le jure par l'Évangile ; nous seules
sommes responsables de l'avoir introduit furtivement ; frappez-nous s'il est criminel, épargnez-le
si nous sommes innocentes. Nous avons partagé
son crime, son erreur ou sa faute. Écoutez-moi
donc ; câr tout aussi bien il ne s'agit plus de rougir ou d'hésiter, quand l'honneur et la vie d'un
homme sont en jeu. »

Et, avec une volubilité maladive approchant
de l'égarement, malgré les prières de Julien, de
son père et de Louise, elle se mit à raconter dans
les plus petits détails l'histoire pudique de leur
affection, les malheurs qui accablèrent la famille,
la cruelle séparation qui illumina leurs sentiments,
et enfin ces dernières entrevues qui, dût en souffrir
leur réputation, innocenteraient sans nul doute leur
jeune parent d'un crime odieux, et épargneraient
à la justice une erreur déplorable.

Tout cela fut débité avec une naïveté poi-
gnante, sans emphase, sans cris, sans pleurs,
avec cette effusion de l'âme qui brise et laisse
échapper le pur cristal de la vérité ; si bien
qu'assistants, juges et accusés demeurèrent sus-

19.

pendus aux lèvres de la jeune fille, partageant ses angoisses, la plaignant, l'admirant, jusqu'au moment où, les forces venant à lui manquer, elle s'affaissa dans les bras de sa cousine, terminant ainsi un récit où elle avait fait passer son âme et sa vie.

CHAPITRE XXI.

DERNIÈRE ÉPREUVE.

Quand Ursule reprit l'usage de ses sens, elle se trouva dans sa chambre, entourée des soins éperdus de la famille et du voisinage. D'abord, elle regarda vaguement autour d'elle, sans reconnaître les personnes présentes, sans comprendre les paroles qui accueillirent son retour à la vie. Mais, peu à peu, le trouble de sa raison faisant place à la réalité, elle passa la main sur son front, comme pour en chasser les dernières images, la mémoire lui revint et avec elle le sentiment insupportable de ses douleurs.

« Eh bien ! s'écria-t-elle, où en est-on ; est-ce fini ? Qu'en ont-ils fait ?

— Rien n'est encore décidé.

— Quoi ! ils ne sont pas encore convaincus, les barbares?.. Que faut-il donc leur dire ?.. Peut-être n'ai-je pas été assez éloquente, assez persuasive ? Vite, vite, j'y veux retourner.

— Y penses-tu, interrompit Louise, dans cet

état de faiblesse, après la scène affreuse qui t'a
mise à deux doigts de la mort ?

— Veux-tu donc le laisser condamner ?

— Que pourrais-tu davantage, mon enfant, fit
M. de Lavarennes, n'as-tu pas dit toute la vérité ?
Ils t'ont comprise, ils te croient. En grâce reste en
repos. Cette agitation ne sert qu'à aggraver nos
peines.

— Mais, que vont-ils devenir, qui les assiste, qui
nous apprendra la terrible conclusion ?

— Maître Habert est resté et ne doit quitter que
pour nous en apporter la nouvelle.

— Au moins il ne me cachera rien ; entendez-
vous, je veux qu'il vienne de suite, qu'il parle devant moi, sans restriction, sans détour.

— Pourquoi chercher encore de nouvelles émotions ? Plus tard, plus tard.

— Plus tard, avez-vous dit ? Non, je dois tout
savoir en même temps que vous. Jurez-le moi ; à
cette seule condition, j'écoute vos conseils....
Voyez-vous, le doute qui m'obsède est mortel.

— Eh bien ! calme-toi, nous te le promettons,
fit Louise dont le regard avertit M. de Lavarennes
de ne pas la contredire quoi qu'il pût arriver, de
peur d'amener à son dernier paroxysme l'irritation d'Ursule.

— Et vous, mon père, jurez-le pareillement.

— Allons, c'est convenu, répondit le malheureux avec accablement.

— Bien, reprit la malade en proie à la fièvre dévorante de l'incertitude ; et maintenant raisonnons, parlons avec calme, tâchons de prévoir l'avenir ; dis Louise, quel sort penses-tu qu'on leur prépare ?

— Qui peut connaître les décrets de la Providence ?

— Je le vois, vous ne voulez pas répondre. A quoi bon ces ménagements, quand dans un instant il nous faudra écouter l'épouvantable vérité ? Tenez, voici mon avis. Je pense que mon oncle Gaspard et les deux ministres seront comdamnés ; je ne me fais pas illusion, je m'y prépare. Mais Julien, Julien, le confondront-ils dans la même peine ? Et quelle peine ! Non, ils le gracieront, après ce que j'ai dit pour lui ; car, maintenant que son innocence est connue, ils ne peuvent l'envoyer à la mort.

— Je l'espère.

— Vous l'espérez ! Vous n'en êtes donc pas certains. Ah ! ce doute est affreux. Mais, silence !... il me semble qu'on frappe, entends-tu Solange ?

— Croyez-vous, Mademoiselle ?

— Oui, oui, c'est le bruit du marteau, mais si faible, si faible qu'on dirait une mauvaise nouvelle, qui n'ose entrer. Cours vite, ma fille ; et vous, ne craignez rien pour moi.... allez, je suis prête. »

Et, comprimant les horribles battements de son cœur, composant les muscles de son visage, elle affecta une de ces résignations contractées plus tristes que la plus navrante douleur, plus éloquentes que les sanglots les plus déchirants.

C'était en effet maître Habert qui apportait la solution.

Rien qu'à entendre la mesure lente et solennelle de son pas dans l'escalier, l'interrogation timide dont il fit précéder son entrée, le doute n'était plus permis. Restait à savoir quelle dose de malheur contenait la formidable nouvelle.

Le vieillard s'avança dans la chambre, tête baissée, n'osant braver les regards fixés sur lui, et d'un air profondément découragé se laissa tomber sur un siége. Un silence glacé régna un moment, pendant lequel chacun entendit distinctement à son oreille les battements de son cœur et le cours du sang dans les veines.

« Eh bien ! Habert, fit enfin dans un cruel effort M. de Lavarennes, parlez, mon ami ; nous sommes préparés, comme de véritables chrétiens.

— Vous avez, en effet, besoin de courage, mon cher Monsieur.

— Nous le savons, allons donc droit au but. Ils sont condamnés, n'est-ce pas ?

— Hélas ! oui, condamnés.

— A... à mort ?

— A mort.

— Tous ?

— Tous, excepté Julien qu'on laisse dans ce monde, mais qu'on envoie en exil.

— Ils appellent cela de la clémence.... enfin.... »

Et s'anéantissant de nouveau dans sa douleur, chacun mesura la profondeur du désastre, selon sa raison, son âge et ses affections. En homme rudement châtié par l'expérience, M. de Lavarennes fut accablé par ce dernier coup ; il sentit avec effroi ses remords augmentés de tout le poids du déshonneur versé sur la famille ; tandis qu'Ursule et Louise, si frappées qu'elles fussent par cette catastrophe, il faut bien le dire, trouvèrent encore au fond de leur cœur une lueur d'espérance, une sorte d'action de grâces pour le ciel qui épargnait Julien. Car pour elles, la vie sauve, ç'était l'avenir réservé, l'avenir dont l'œil de la jeunesse écarte les nuages, éclaire les plus sombres horizons.

« Ainsi, murmura M. Claude, continuant tout haut sa pénible rêverie, voilà la suprême raison, le mot de l'énigme, le fruit de nos discordes, le déshonneur, la mort, l'exil. Voilà deux siècles de probité, de vertu effacés à jamais. Encore, ai-je le droit de me plaindre ? Insensé, criminel, ne suis-je pas en partie l'artisan de ma ruine ?

— A quoi bon ces reproches, mon oncle, interrompit Louise, à quoi bon user son courage au spectacle d'un passé irréparable ? Ne vaut-il pas mieux contempler froidement le présent, profiter des instants qui nous restent ?

— Que pouvons-nous, mon enfant ; ne sont-ils pas irrévocablement condamnés par un juge inflexible, par ces lois de la guerre qui frappent aussitôt qu'elles ont prononcé ?

— Que dites-vous, grand Dieu, s'écria Ursule sortant enfin de ses lugubres contemplations ; cette dernière épreuve est-elle donc si prochaine ? Parlez, maître Habert, quand doit s'exécuter cette abominable sentence.

— Dans deux jours, ma chère demoiselle.

— Deux jours seulement, pour se réconcilier avec le Ciel, pour dire adieu à la patrie, à la vie !

— Alors il n'y a pas de temps à perdre, reprit Louise.

— Que prétends-tu faire, pauvre fille ?

— Les sauver, si Dieu nous vient en aide.

— Les sauver, les sauver, as-tu dit?... mon oncle Gaspard et Julien ? Répète, répète, aurais-tu cette puissance ?

— Je l'ignore, mais je crois que pour le conjurer, il faut marcher au-devant du sort.

— Bien dit..., mais par quel moyen ?

— Le Roi et la Reine sont à Bourges, l'avez-vous oublié ?

— Par le ciel ! s'écria M. de Lavarennes, c'est un éclair.

— Seigneur, Seigneur, fit à son tour Ursule, ne brisez pas cette dernière planche sous nos pieds. Tu as raison. Le Roi et la Reine sont victorieux ; la victoire enfante la clémence, ils pardonneront ; il faut de suite écrire à Bourges.

— Il faut y aller.

— Mais qui peut et veut le tenter ?

— Moi.

— Toi, Louise ?

— Oui, si vous voulez m'accompagner, mon oncle.

— Quand cela ?

— Ce soir même, à l'instant.

— Je suis prêt.

— C'est cela, fit Ursule avec exaltation, courage, courage !

— Mais, reprit M. Claude, pouvons-nous espérer une audience aussi promptement que les circonstances l'exigent ?

— Pour cela, je compte sur mon père, répondit mademoiselle du Jon.

— Vraiment, tu es une merveilleuse fille ; tu prévois tout, quand nous ne songeons à rien.

Oui, du Jon ne peut manquer d'être bien en cour ;
son attachement à la famille royale lui a coûté
assez cher.

— Sans doute ; de plus, son séjour continu à
Bourges, où il n'a cessé d'exercer à la satisfaction
générale ses fonctions de lieutenant de la maréchaussée, sa position particulière entre les deux
partis, le rendront indispensable à l'œuvre de pa-
cification dans la province ; le Roi saura reconnaître ses vieux services en les réclamant de nouveau.

— Maintenant que nos plans sont dressés, il ne
reste donc plus qu'à nous mettre en route.

— Mais, hasarda le poëte, ne craignez-vous
les mauvaises rencontres ? Les routes doivent
être infestées de maraudeurs et de lansque-
nets.

— Bah ! reprit l'intrépide Louise, nous voya-
gerons de nuit avec toute la prudence possible,
de manière à nous trouver aux portes de la
ville vers le point du jour. Si nous faisons de
mauvaises rencontres, nous nous réclamerons
du nom de mon père. Et ne faut-il pas hasarder quelque chose ?

— Ne craignez rien, ajouta Ursule ; le ciel
bénira votre pieuse entreprise. Quant à moi
qui, à mon grand regret, ne puis me joindre

à vous je vous suivrai de mes vœux et de mes prières.

— D'ailleurs, fit M. de Lavarennes en guise de conclusion, l'entrée du Roi à Bourges et la sortie des assiégés ayant été l'objet d'une capitulation, d'Yvoi aura, sans nul doute, promis de quitter au plus tôt la province et de la respecter. Il est déjà peut-être à Sancerre ou à quelques lieues d'Orléans. »

En effet, ce n'était qu'à la suite de pourparlers orageux et inutiles entre le duc de Nemours et les assiégés, après mille et une garanties et stipulations, que séduit par une dernière entrevue avec la reine Catherine et le jeune Roi, d'Yvoi avait fini par signer la capitulation, le 1er septembre 1562, malgré l'avis et au grand mécontentement de beaucoup de ses capitaines[1].

Le jour même, entre quatre et cinq heures de l'après-midi, le Roi avait fait son entrée dans la ville avec une brillante escorte, au milieu des protestations de fidélité des magistrats et des échevins.

1. Voyez le texte de cette capitulation dans l'histoire de M. Raymal, t. IV, pages 61 et suivantes. Du reste tous les historiens anciens et modernes, de Thou, Brantôme, Théodore de Bèze, Catherinot et la Thaumassière font mention du siége de Bourges dans lequel, dit le Journal de Jean Glaumeau, furent tirés 1560 coups de canon et plus.

Le lendemain, d'Yvoi s'acheminait tristement vers Orléans où l'attendait un si mauvais accueil; car, arrivé au faubourg du Portereau, et ayant demandé à entrer pour rendre compte au prince de ses actes, le malheureux ne trouva que des visages hostiles et indignés. Quelques-uns des capitaines, et même son frère aîné, le sieur de Genlis, voulaient que justice éclatante fût faite d'un acte de faiblesse approchant de la lâcheté. Cependant le prince de Condé se borna à lui faire répondre qu'il refusait de le recevoir, ne voulant pas venir en aide à la trahison, et qu'il eût à réfléchir sur son manque de foi à Dieu et à sa cause.

Comme l'avait prédit Ursule, le voyage de M. de Lavarennes et de sa nièce se fit sans encombre. Partis au milieu de la nuit, ils arrivèrent à Bourges de grand matin et se rendirent de suite à la demeure de M. Denis du Jon.

Après de courts instants donnés aux affections de famille, ils racontèrent rapidement les événements arrivés à Issoudun, la part qu'y avaient prise Gaspard et son fils, le terrible jugement qui venait de les frapper, et enfin le but de cette visite imprévue.

« Cela devait finir ainsi, s'écria M. du Jon; Gaspard est un fanatique endiablé qui ne connaît aucune mesure.

— Il ne s'agit pas de blâmer, mon père, interrompit Louise ; nous y songerons plus tard. Pour l'instant, il faut agir ; car de chaque minute perdue ou bien employée dépend la vie de quatre hommes.

— Diable, diable, voilà une méchante affaire et une grosse difficulté.

—Comment, vous songez aux embarras, vous qui naguère ne connaissiez pas d'impossibilité ? Depuis quand avez-vous appris à douter ? La Reine vous a-t-elle retiré son ancienne faveur, n'avez-vous plus un pied en cour ?

— Par ma foi, c'est tout au plus. Non, que je sois en disgrâce ; au contraire, on me caresse et l'on me choie, car, étant lieutenant de la maréchaussée, j'ai certain poids dans la balance. Mais j'y vois clair ; déjà l'on me travaille sourdement. Il y a toujours de bonnes âmes, amoureuses des charges d'autrui, des oiseaux faméliques, volant à la curée. Mais n'importe, dussé-je user mon reste de crédit, je ne puis abandonner la famille dans cette occasion.

—Après tout, fit madame du Jon, malgré ses fautes, Gaspard n'en est pas moins mon frère, l'oncle de nos enfants.

—Et Julien, ajouta Louise, ce pauvre Julien qu'on veut envoyer en exil.

— Calme-toi, ma bonne Jacqueline, demeurez en paix, mes enfants. J'en fais mon affaire, advienne que pourra !

— Agissons donc vivement.

— Au moins faut-il que le Roi et la Reine soient levés ; car je pense que vous demandez une audience, pour plaider vous-mêmes votre cause.

— Nous l'avons toujours pensé ainsi.

— C'est également mon avis. Je compte sur les beaux yeux larmoyants et la douce voix de ma Louise pour attendrir notre sévère Italienne et séduire notre petit Roi.

— Je ferai de mon mieux.

— Allons, je cours en attendant à la maison de Jacques-Cœur qui, comme vous le savez probablement, a été mise à la disposition de la famille royale, par son propriétaire actuel, M. Claude de Laubespine.

— Un de vos amis dévoués, ce me semble.

— Sans doute, notre liaison s'est accrue par suite des services que ma position m'a permis de lui rendre dans sa famille et dans ses biens pendant l'occupation. Il n'a rien à me refuser, et je vais le prier de nous introduire des premiers au lever de la Reine. Au revoir donc, dans un instant je vous reviens ; pendant ce temps, préparez vos atours et vos harangues. »

CHAPITRE XXII.

L'AUDIENCE.

Au bout d'une heure, M. Denis du Jon rentra et annonça que, dépassant leurs vœux, son ami, M. Claude de Laubespine, avait non-seulement obtenu l'audience désirée, mais encore, en sa qualité de secrétaire d'État, avait trouvé l'occasion d'entretenir la reine mère de son objet et de sa gravité ; qu'en conséquence il fallait se préparer à comparaître devant leurs Majestés, après la messe basse qu'on devait célébrer en la chapelle de l'hôtel pour le repos des catholiques morts durant le siége, au service du trône et de la religion.

A l'heure dite, M. de Lavarennes, M. du Jon et sa fille se présentèrent, munis d'une cédule de réception, à la grande maison de Jacques-Cœur, le célèbre argentier de Charles VII, l'opulent marchand qui couvrait le monde de ses comptoirs, la mer de ses galères, se faisait en Orient le rival de Venise, de Pise et de Gènes, et dont les éminents

services furent si mal reconnus par l'ingratitude
royale.

C'est qu'en effet, à la vue de ce splendide palais,
tout couvert d'emblèmes, d'armoiries et de sculptures, proclamant la personnalité de Jacques-
Cœur, en lisant cette fière devise dans laquelle se
berçait son orgueil : *A Vaillans Cuers rien impossible*, on comprendra facilement que le démon de
la jalousie se soit glissé dans l'âme du souverain,
et que le pauvre roi de Bourges ait voulu humilier
cette richesse bourgeoise qui insultait à sa misère.

Mais l'histoire ne saurait enregistrer sans le
flétrir le procès inique qui, sous prétexte de justice, déshonora et spolia le génie couronné par la
fortune [1].

---

1. Quand sa perte eut été consentie par le roi, Jacques-Cœur fut
accusé de mauvaise administration dans les finances de l'État, d'en-
voi de lingots et de monnaies à l'étranger, d'avoir organisé une sorte
de presse de matelots, d'avoir fait de riches présents au Soudan de
Babylone, enfin d'une foule de griefs mensongers, ou de faits très-
licites nécessités par son commerce. Il eut beau protester que toute
sa vie il avait servi le Roi fidèlement, *sans lui avoir fait aucune
faute ou pris larcineusement aucun de ses deniers; mais qu'il s'é-
tait avancé dans la marchandise, où il avait gagné son vaillant*, il
n'en fut pas moins condamné à voir tous ses biens confisqués et à
monter sur un échafaud, en la grande place de Poitiers, pour y faire
amende honorable, nu-tête, sans chaperon ni ceinture, une torche de
dix livres au poing. Plus tard, s'étant échappé de sa prison, on ne
sait comment, il passa en Italie où il mourut, dit-on, investi d'une

Louise se sentit prise d'un violent battement de cœur, quand elle entra dans cette demeure toute vivante encore du souvenir de son premier maître.

Sans penser à les interroger même du regard, elle parcourut les cours, les corridors, les escaliers, récitant une prière intime et s'efforçant de mettre en ordre ses idées effarouchées.

Son émotion redoubla lorsque, soulevant une riche portière, un page aux couleurs royales jeta d'une voix claire son nom aux voûtes de la salle d'audience.

Sa vue s'obscurcit, ses oreilles tintèrent, ses genoux fléchirent, et ce fut seulement sur une interrogation brève et hautaine, faite par une voix de femme, qu'elle osa lever les yeux et contempler la réunion imposante où elle était admise.

En face d'elle, sur une estrade couverte d'un baldaquin fleurdelisé, siégeait la reine mère, veuve du roi Henri II, si malheureusement tué dans un tournoi par Montgommery, et dont les trois fils, François, Charles et Henri régnèrent sur la France.

Catherine de Médicis était une femme appro-

---

haute mission par le pape Calixte III et *en exposant sa personne à l'encontre des ennemis de la foy catholique.* (Voyez l'*Histoire du Berri*, par M. Raynal, t. III, pages 51 et suivantes.)

chant de l'âge mûr, dont l'aspect dur et glacé aurait pu passer pour vulgaire, si une attention plus soutenue n'eût découvert dans les profondeurs de son regard une pensée et une volonté immuable.

Elle était entièrement vêtue de noir, couleur qu'elle adopta et conserva toujours depuis la mort de son royal époux ; une large fraise empesée, sortant d'un corsage sévèrement fermé, encadrait son visage ; un collier de jais à gros grains, terminé par une croix et pouvant servir de chapelet, descendait sur sa poitrine. Sa chevelure, relevée en rouleau sur le front et les tempes, était rehaussée par cette élégante coiffure du temps, que sa bru, la malheureuse Marie Stuart, a rendue si célèbre.

A ses côtés se tenait le jeune roi Charles IX qui, depuis deux années, avait remplacé sur le trône son frère aîné, François II.

C'était un enfant de constitution frêle et chétive ; sa figure pâle et maladive, son œil gris, qui semblait n'oser rien fixer, avaient une singulière expression d'hésitation et d'inquiétude.

Ses cheveux, d'un blond faux, étaient couverts d'une petite toque flanquée d'une plume blanche ; il portait un costume de satin gris perle, sans armoiries ni dorures, orné seulement de quelques passementeries et de bandes de velours noir.

Sur la dernière marche du trône étaient assis

deux autres enfants, les ducs d'Anjou et d'Alen-
çon, frères du Roi, que, dans sa virile maternité,
Catherine de Médicis ne manquait jamais de
traîner à sa suite dans les camps et dans les conseils, pour les initier de bonne heure aux rudes
pratiques de la guerre ou de la politique.

Autour de la famille royale, parmi les principaux
seigneurs de la cour, les grands dignitaires et les
chefs de l'armée, se voyaient le roi de Navarre,
Antoine de Bourbon qui venait de sacrifier sa religion à ses hautes fonctions de lieutenant-général
du royaume, les membres du Triumvirat, François
de Lorraine, duc de Guise, père du *Balafré*, le
connétable Anne de Montmorency et maréchal de
Saint-André, tous trois directeurs exaltés de cette
faction catholique, plus royaliste que le Roi, et qui
plus tard devait enfanter la Ligue ; puis le duc de
Nemours, Philippe, comte Rheingrave, messieurs
Descepteaux, Claude de Laubespine, secrétaire
d'État, Philibert de Marcilly, seigneur de Cipierre,
précepteur du Roi, le sieur de Monterud, le prince
de la Roche-sur-Yon auquel venait d'être confié
le gouvernement de la province, et enfin les personnages les plus importants de la ville de Bourges,
jaloux de complimenter leurs Majestés, de sollici-
ter une faveur ou un pardon.

Parmi ces derniers, on pouvait remarquer un

homme d'environ quarante ans, d'aspect grave et réfléchi, dont la barbe démesurée tombait à flots sur une simarre professorale.

C'était Jacques Cujas, l'immortel jurisconsulte qui, continuant l'œuvre d'Alciat et de Duaren, devait leur amener l'université de Bourges à l'apogée de gloire.

Pourtant il gardait une attitude réservée et s'efforçait de cacher sa célébrité dans les rangs de la foule ; car si, plus heureux que ses confrères, Hugues Donneau et Antoine Leconte, il n'avait pas cherché dans la fuite un abri contre la réaction, il avait au moins à faire oublier ses récentes sympathies pour Spifame et les velléités de réforme, dans lesquelles l'université se laissait volontiers entraîner par ses études théoriques.

« Eh bien ! Mademoiselle, qu'avez-vous à nous demander, répéta Catherine de Médicis d'un ton plus doux, en lisant sur les traits de mademoiselle du Jon ce désordre respectueux, qui ne manque jamais de chatouiller l'orgueil des grands ?

— Grâce, répondit Louise d'une voix tremblante, grâce pour des malheureux égarés, pour l'honneur de notre famille.

— Remettez-vous, mon enfant, et ne balbutiez pas ainsi, si vous voulez qu'on écoute votre supplique.

— Que votre Majesté pardonne le trouble qu'elle inspire, elle qui tient sur ses lèvres notre salut ou notre perte.

— Voyons, monsieur le secrétaire d'État, venez en aide à l'émotion de mademoiselle, et redites-nous l'objet de sa requête, afin que le Roi et ses conseillers puissent se prononcer en connaissance de cause. »

Interpellé par la reine, Claude de Laubespine fit en peu de mots l'historique des troubles d'Issoudun, et du rôle qu'y avaient joué les condamnés. Il expliqua par quels liens de parenté ils étaient unis à M. du Jon et à M. de Lavarennes, deux loyaux sujets de Sa Majesté, dont la constante fidélité méritait récompense.

Invoquant ensuite des considérations plus générales, il s'efforça de prouver qu'après la victoire la clémence était de bonne et saine politique, et qu'on désarmait bien mieux les colères en pardonnant à propos, qu'en frappant impitoyablement.

« Enfin, ajouta-t-il, pour peu que les semences d'honneur germent encore dans leur âme, que pourront faire ces hommes égarés, lorsque la grâce royale sera descendue sur leur tête, sinon se repentir, devenir des sujets soumis, ou au moins renoncer pour toujours à leurs criminels projets?

— Erreur, monsieur le secrétaire d'État, inter-

20.

rompit François de Lorraine, duc de Guise, vous jugez selon la droiture de votre cœur et non selon les passions de ces fanatiques. Pour eux le pardon est un encouragement ; ils prennent la magnanimité pour de la peur et l'oubli pour une nouvelle humiliation.

— Monsieur le duc, vous méconnaissez les plus nobles sentiments placés par Dieu au cœur de l'homme ; en écartant le bienfait, vous détruisez la reconnaissance.

— Croyez-moi, je suis un homme pratique ; ces tempéraments sont dangereux et hors de saison pour les graves circonstances où nous sommes ; un exemple sévère, fait sur les chefs, sera plus salutaire cent fois que votre commisération. Et je ne dis pas cela par cruauté ou par vengeance, Dieu m'en préserve ; c'est au contraire l'humanité qui me conseille. En frappant quatre grands coupables, vous épargnez cent innocents.

— Oh ! Monsieur, murmura Louise tout en larmes, pouvez-vous aggraver par l'autorité de vos paroles une position déjà si cruelle ?

— Mademoiselle, reprit le duc, il m'en coûte de marcher contre vos vœux. Je suis touché de votre douleur, soyez-en certaine ; mais je considère en premier lieu le salut du royaume, devant lequel doivent disparaître les considérations secondaires.

— Je partage cette opinion, fit à son tour le maréchal de Saint-André, en cette circonstance plus qu'en toute autre. Il y a moins d'un mois, pendant mon séjour à Issoudun, j'ai été à portée de connaître le détestable esprit qui y règne, l'audace sans seconde du parti protestant, et notamment la pernicieuse influence des trois ministres dont on sollicite la grâce.

— Je me rendrais volontiers à l'avis de M. le duc et de M. le Maréchal, observa Denis du Jon, si l'un des coupables au moins ne tenait à une famille entièrement dévouée à leurs Majestés. Sans parler des services que j'ai pu rendre, des épreuves que j'ai subies autrefois pour une si bonne cause, voici M. Jugand de Lavarennes qui, toute sa vie, s'est montré le plus ardent défenseur de la religion et du trône, qui a perdu à ce jeu son repos et sa fortune. Lui ravirez-vous encore l'honneur, le seul bien qui lui reste ? Nous sommes frère et beau-frère de ce Gaspard que vous livrez au supplice, oncles de ce jeune homme que vous envoyez en exil ; je le dis sans colère et sans menace, voudrez-vous, par une sévérité d'une opportunité douteuse, désaffectionner et flétrir une famille prête à donner son sang.

— En effet, Messieurs, fit la Reine, ceci mérite quelque réflexion.

— N'est-il pas vrai, Madame, s'écria Louise oubliant tout, l'étiquette et sa timidité ; n'est-il pas
vrai que mon père a parlé juste, qu'il a touché votre
cœur ? car vous êtes bonne, vous êtes femme, vous
êtes mère. Vous savez ce qu'il en coûte à chaque
lien brisé. Vous ne voudrez pas nous enlever par
une mort ignominieuse, horrible, nos parents, nos
amis ; vous aurez pitié de nos larmes. Et vous,
Sire, qui, si jeune encore, portez cette belle con-
ronne de France, vous voudrez préluder par la
clémence à la vie longue et glorieuse que le ciel
vous ménage. C'est si facile, si simple, si doux
de laisser tomber de vos lèvres le mot : pardon...
Et vous enfin, Messieurs, qui, agissant dans les
hautes régions, croyez devoir, au nom du salut
public, rester étrangers à l'humanité, redevenez
hommes pour un instant. Vous êtes forts, et vous
n'avez pas remis au fourreau vos loyales épées,
pour invoquer la hache ou la corde du bourreau.

— Madame, ma mère, dit enfin le jeune Roi
tout ému, laisserons-nous pleurer si longtemps
cette pauvre demoiselle ? Vous oubliez qu'on nous
attend pour faire une battue dans la forêt, et que
je dois essayer la belle petite haquenée blanche
que m'ont donnée les bons bourgeois de la ville.

— Oui, ajouta d'un ton mutin le petit duc d'Anjou, ne prendrons-nous pas un peu de loisir, depuis le temps que nous faisons la guerre ?

— Allons, Messieurs, reprit Catherine de Médicis, je crois qu'il nous convient d'être indulgents encore une fois. C'est un nouvel essai auquel j'ai confiance. Vous le savez, je ne puis renoncer au désir bien légitime de calmer les haines qui troublent le royaume et d'accommoder les deux religions. »

Comme on le voit, à cette époque, la Reine vivait d'illusions ; ce n'était pas encore cette terrible Catherine qui, dix ans plus tard, la croix d'une main, l'épée de l'autre, se levait comme l'ange exterminateur pour extirper l'hérésie et ordonner la Saint-Barthélemy, horrible forfait qui devait trouver des apologistes dans toute l'Europe et que le bronze devait perpétuer [1].

« J'ai mis ma conscience à l'abri, dit François de Guise, je m'en lave les mains et ne veux pas combattre davantage d'honnêtes espérances, que le colloque de Poissy et les événements de chaque jour auraient dû pourtant mettre à néant...

— Que voulez-vous, monsienr le duc, la sagesse ne vient pas du premier coup et sans expérience.

---

1. M. le capitaine Pays m'a communiqué une médaille représentant sur la face le pape Grégoire XIII et au revers l'ange de la religion, armé de la croix et du glaive, foulant aux pieds le cadavre de Coligny, avec cette inscription : *Ugonotorum Strages* 1572.

Si j'en suis mal récompensée, à la prochaine occasion je serai de votre avis. Relevez-vous donc, mon enfant, essuyez vos beaux yeux ; le Roi a pardonné, à la condition toutefois que les trois ministres s'éloigneront d'Issoudun pendant quelque temps, pour laisser passer l'orage. Quant à votre jeune parent, qui semble moins dangereux, je m'en rapporte à votre prudence pour lui donner le conseil plus conforme à l'intérêt public et à sa propre sûreté.

— Merci, Madame, répondit Louise souriant à travers les pleurs, merci mille fois, Sire, que Dieu vous protège et vous conserve à la France...

— Maintenant vous comprendrez, Mademoiselle, et vous, Messieurs, que cette grâce royale est mise sous votre garantie, et qu'il ne faut pas nous en faire repentir. Vous devrez persuader aux coupables qu'en l'acceptant ils déposent les armes.

— J'y emploierai tous mes efforts, répondit M. de Lavarennes qui, sachant l'orgueil de son frère, n'osa s'engager davantage.

— Et moi, j'en réponds, ajouta Denis du Jon plus confiant ou plus ignorant du caractère de Gaspard.

— Maintenant que la chose est décidée, reprit le maréchal de Saint-André, je dois appeler votre attention sur l'effet qu'elle produira et sur son exécution. Je l'ai déjà dit, la ville d'Issoudun est un foyer de passions incandescentes ; à l'audace des réformés, les catholiques répondent par une grande irritation. Enivrés du triomphe, ces derniers célèbrent leur joie d'une façon un peu bruyante. Il y a deux jours, ils brûlaient le temple de Villatte ; comment accepteront-ils cette indulgence extraordinaire, quand ils attendent avec impatience un exemple qu'ils croient légitime ?

— Ils devront avant tout se conformer et se taire, bien heureux encore si l'on ne recherche par les incendiaires ; car, alors que les personnes de toute religion et leurs propriétés sont sauvegardées à Bourges, nous ne saurions permettre qu'on brûle et qu'on pille à Issoudun. D'ailleurs nous comptons y envoyer un de nos officiers pour exprimer et faire respecter notre bon plaisir. Et tenez, voici M. du Jon, lieutenant de la maréchaussée, qui se chargera de l'affaire.

— Bien volontiers, Madame, outre l'honneur qui m'en reviendra, j'y trouverai l'occasion de sermonner Gaspard et ses adhérents...

— Pensez-vous, observa timidement Louise, à votre position critique dans notre pays, aux rancunes soulevées contre vous ?

— Tout cela est ou doit être oublié.

— Ne vous y fiez pas ; au temps où nous sommes, les haines sont vivaces.

— Par le ciel ! dit la Reine, il ferait beau voir
qu'on s'oubliât à ce point de méconnaître un messager de paix, porteur de notre volonté souveraine.

— Que votre Majesté n'en prenne aucun souci,
reprit M. du Jon ; je suis habitué à faire respecter
les ordres royaux ; j'en ai vu bien d'autres... Quand
on a arrêté frère Toussaint, on peut tenter toutes
les aventures.

— Eh ! mais, interrompit M. de Lavarennes,
pour votre rentrée il vous faudra peut-être recommencer la même besogne.

— Comment l'entendez-vous, Claude ?

— Ignorez-vous que frère Toussaint en personne
est revenu à Issoudun, où il fait comme par le
passé la pluie et le beau temps dans les faubourgs ?

— Frère Toussaint à Issoudun ?.. vous voulez
rire ?..

— Dieu m'en préserve, car je n'ai guère le cœur
à la joie... C'est l'exacte et trop fâcheuse vérité,
nous vous conterons cela, Denis.

— Eh bien ! raison de plus ; il ne sera pas dit que
j'aurai reculé devant un méchant moine que j'ai
autrefois maté à la barbe de toute la population ;
et puis, n'allant pas le chercher, il est probable qu'il
ne viendra pas se jeter dans mes jambes... D'ailleurs, du moment où sa Majesté veut bien m'hono-

rer d'une mission et de sa confiance, je n'ai pas à réfléchir, je n'ai qu'à m'incliner et à remercier. »

— Nous le savons, Monsieur, reprit Catherine de Médicis, vous êtes un vaillant gentilhomme, un loyal serviteur. »

Denis s'avança vers le trône et baisa la main de la Reine.

« Allez donc, Messieurs, fit celle-ci en se levant, retournez dans votre ville, faites-y connaître nos intentions de pacifier le royaume et de le remettre sous l'empire des lois. Avant de partir, M. de Laubespine vous délivrera la grâce royale régulièrement signée et scellée de notre sceau, afin que personne n'en ignore et ne songe à réclamer. Et vous, Mademoiselle, bénissez le ciel de vous avoir prêté ces accents et ce regard qui touchent le cœur. »

Sur ce, après avoir balbutié à la hâte de nouvelles protestations et actions de grâce, Louise prit congé de la Reine, ivre de bonheur et ne songeant plus qu'à regagner Issoudun.

CHAPITRE XXIII.

DEUX VIEILLES CONNAISSANCES.

Dès la pointe du jour, la populace bourdonnait à l'entour des ruines fumantes du temple de Villatte, où la main du bourreau lui avait préparé pendant la nuit un de ces spectacles qui ont le triste privilége de la mettre en mouvement et d'allécher ses mauvais instincts.

Trois énormes potences découpaient leurs bras sinistres sur le ciel, et laissaient pendre jusqu'à terre le lacet béant de la corde attendant sa proie. A leurs pieds, l'exécuteur, roi de la fête, assis sur les barreaux de son échelle, partageait gaiement avec ses aides le repas du matin.

Maintenue par les hallebardiers à une distance respectueuse, la multitude contemplait avec une sorte d'admiration cet homme fatal, mystérieux, qui n'apparaissait en costume officiel que dans les grandes occasions, pour la mise en scène et le dénouement d'une représentation solennelle.

Ce n'était pas à dire pour cela que les exécutions eussent été chose rare dans ces derniers temps. Non, certes, on n'avait pas méconnu à ce point les

besoins et les mœurs de l'époque ; mais elles n'a-
vaient pas toujours ce parfum d'étiquette, qui fait
accourir les convives affamés, comme à un repas
d'apparat.

Parfois, le faubourien voyait bien, en ouvrant
sa porte le matin, un ou deux cadavres d'hérétiques balancés par le vent à la lanterne du coin ou
aux arbres de la place ; mais comment, de qui, à
quelle heure avaient-ils reçu le châtiment de leurs
crimes ; c'est ce que personne ne savait dire. Pouvait-on y reconnaître la main de la justice, une vengeance particulière ou même un suicide ?

Pour couper court à ces suppositions contradictoires, d'aucuns avaient pris le parti d'affirmer
que ces expéditions nocturnes étaient simplement
l'œuvre du diable, qui rentrait en possession de
son bien, à l'expiration de quelque pacte avec ses
suppôts.

Aujourd'hui on ne pouvait douter ; on allait avoir
une belle, bonne et triple pendaison par autorité
de justice, dans les formes voulues, en plein jour,
où chacun était invité à venir épier les terreurs,
les sueurs froides des patients, leurs grimaces plus
ou moins grotesques et le moment terrible où l'âme
quitte le corps dans les dernières convulsions de
l'agonie.

Et, ce n'était pas une tragédie vulgaire, jouée

par de misérables histrions sur un canevas gros-
sier ; la scène avait été agrandie pour la circonstance, le gibet transporté sur le théâtre même du
crime... Les acteurs, gens d'importance, connus
par tout le pays pour leur fanatisme et leurs for-
faits, étaient les promoteurs, les chefs, les ministres de cette exécrable hérésie dont il fallait écraser
la tête. On les tenait une bonne fois ; il n'y avait
plus à transiger, la société voulait être vengée.

Aussi, était-ce grande fête parmi le populaire.

Nous omettrons d'enregistrer les sales injures,
les sauvages plaisanteries, les lazzis féroces, les
recommandations obscènes échangées sur ces
malheureux qu'on allait jeter en pâture au monstre
implacable, dont les mille voix hurlaient de rage,
de bonheur et d'impatience.

Cependant les heures s'écoulaient, sans que rien
annonçât la venue du lugubre cortége, et, malgré
sa bonne humeur, la multitude commençait à perdre
patience et à murmurer.

« Voyez s'ils viendront, disait l'un.

—Dame, mon compère, disait l'autre, les choses
ne sont pas ici continuellement en état comme à
l'*étrangloir* [1]. Puisqu'on a voulu célébrer la noce

---

1. On appelait ainsi le lieu ordinaire des exécutions, dont un coin
de la ville conserve encore le nom et le sombre souvenir.

ailleurs, il a bien fallu dresser la table et habiller la mariée.

— Sans doute, mais à présent que rien n'y manque, ils pourraient se dispenser de faire attendre plus longtemps d'honnêtes chrétiens.

— Ma foi, ma loi, il est bien excusable d'hésiter un peu ; je voudrais vous y voir, mon voisin.

— Bah ! que leur en reviendra-t-il de reculer ? Une minute plus tôt, une minute plus tard, il faudra toujours commencer la danse ; à leur place, j'y metttrais plus d'amour-propre ; je m'exécuterais sans me laisser tirer l'oreille.

— A moins qu'ils ne soient malades, répliquait un troisième, ou morts pendant la nuit.

— Je voudrais bien voir qu'ils nous fissent une pareille farce ; je ne leur pardonnerais jamais de leur vie.

— En tout cas, c'est fort impoli.

— Le fait est qu'ils nous tiennent le bec dans l'eau.

— Et que l'heure est passée depuis longtemps.

— Et qu'ils ne font pas mine de vouloir paraître.

— Et qu'ils ne viendront peut-être pas du tout ; fit une voix doublée d'un soupir.

— Qui s'est permis de lâcher cette mauvaise plaisanterie ? s'écria le capitaine Hémard qui, n'étant pas de corvée, figurait en amateur au premier rang.

— Mauvaise plaisanterie, tant qu'il vous plaira, répondit le père Luneau; mais, en venant ce matin, j'ai vu descendre de cheval, à la porte du château, M. de Lavarennes, accompagné de plusieurs étrangers fort affairés. Cela m'avait déjà donné à penser, et mes réflexions se compliquent de ce singulier retard.

— Croyez-vous donc qu'on songe à les faire évader? Par exemple! M. de Barbançois ne s'y prêterait pas.

— J'ignore le fin mot; mais pour sûr il y a quelque anguille sous roche.

— Ventre-de-loup, si je le croyais, j'irais moi-même.

— Par ma foi, vous ne feriez peut-être pas si mal, capitaine.

— Eh bien! j'y consens, si l'on veut m'adjoindre un couple de bons catholiques, ayant quelque poids dans la balance, en cas de difficulté; par ainsi, nous formerions une petite députation fort respectable. Allons, père Luneau, suivez-moi, ainsi que Thavenet-Lucas, Sagot, Patrigeon-Morin et deux ou trois autres gros bonnets.

— Convenu, firent les vignerons, pourvu qu'on nous garde nos places: entendez-vous, enfants. Nous ne devons pas être victimes de notre dévouement à la justice et à la religion.

— Soyez tranquilles, répondit le populaire, votre place est toujours à notre tête, au premier rang ; personne n'y touchera. Allez. »

Sur cette assurance, ceux qui de leur autorité privée s'estimaient les sommités du parti, fendirent la foule, annonçant partout sur leur passage l'objet de leur absence momentanée, avec recommandation formelle de ne pas lâcher pied jusqu'à leur retour.

Une fois sortis de cette presse, ils allongèrent le pas et s'acheminèrent rapidement vers le château, se divisant dans les différentes rues par où devait passer le cortége, mais de façon à se retrouver sur un point convenu.

Arrivés en vue de la tour, frère Toussaint et ses acolytes aperçurent sur le versant de la butte un groupe d'une douzaine de personnes, parmi lesquelles ils ne tardèrent pas à reconnaître les quatre condamnés et M. de Lavarennes.

« Nous ne pouvions arriver plus à point, s'écria frère Toussaint ; enfin les voilà qui se décident ; ce n'est vraiment pas dommage. Approchons pour leur en adresser nos sincères félicitations. Peste, les drôles ont l'œil encore bon et la mine passablement résolue ; on ne se douterait guère qu'ils vont de ce pas faire leur acte de contrition au temple de Villatte.

— Mais, dites donc, capitaine, reprit Thavenet-Lucas, ils n'en prennent guère le chemin ; ils se dirigent au pas de course tout à l'opposé.

— En effet, voudraient-ils nous fausser compagnie. Ventre-de-loup, hâtons-nous pour y mettre bon ordre.

— Eh bien ! Messieurs, reprit le soudard quand il fut à portée, il ne s'agit pas de reculer ou de badiner. On vous attend là-bas.

— Qu'on attende, reprit une voix dans le groupe·

— Le peuple n'est pas à votre bon plaisir. Il s'impatiente.

— Il faudra pourtant qu'il se calme et se console.

— Comment? prétendrait-on lui ravir des coupables condamnés selon les lois et la justice ?

— Peut-être.

— Et qui se charge d'une pareille commission?

— Moi, fit M. du Jon, démasquant ses formes athlétiques et son énergique visage.

— Mille tonnerres ! s'écria le capitaine Hémard au comble de la stupeur, lui à Issoudun ; cela explique tout. Vite, vite, Patrigeon-Morin, toi qui as bon pied, cours tout d'un trait jusqu'à Villatte, et publie à pleins poumons qu'on nous dupe, qu'on nous vole, que Denis du Jon est ici pour nous enlever les prisonniers. Alerte ! alerte ! il n'y a pas une seconde à perdre. Et nous, enfants, veillons au grain.»

Sans répliquer, Patrigeon-Morin posa ses sabots et partit comme une flèche, tandis que les autres faubouriens, ralliés autour de frère Toussaint, faisaient mine de disputer le passage.

« Qu'on déblaie la route, fit M. du Jon avec un geste menaçant. Ventrebleu! quel est ce drôle en harnais de guerre qui aboie si fort, mais de loin, très-heureusement pour ses côtes.

— Je me ferai connaître à mon heure, reprit le soudard, nous sommes de vieux amis, ayant un vieux compte de famille à régler.

— Prenez garde, Denis, lui souffla tout bas Claude de Lavarennes, c'est notre homme, le capitaine Hémard, frère Toussaint.

— Ah! ah! je ne m'étonne plus de rien, j'aurais dû m'en douter à sa rare impudence. Mort de ma vie! je ne demande pas mieux que de renouer connaissance. Pardieu, digne cordelier, il paraît que la sagesse ne nous est pas venue avec la barbe grise, et que nous regrettons les galères.

— C'est bon pour une fois; vous n'avez plus affaire à un moine aujourd'hui.

— Moine, frocard, lansquenet ou coupe-jarret, je me charge de t'y faire retourner avant deux jours.

— A quel propos, s'il vous plaît? parce que je défends les lois?

21

— Parce que tu te mets en opposition avec la volonté royale, comme il y a vingt-quatre ans ; parce que, lorsque Denis du Jon est chargé d'une mission quelconque, ce n'est pas un drôle de ton poil qui peut se permettre d'y trouver à redire. As-tu compris?

— Quoi, le Roi aurait entravé, suspendu le cours de la justice ?

— Mieux que cela, il a fait grâce immédiate, pleine et entière.

— Impossible.

— C'est pourtant la vérité, cher ami. Maintenant, écartons-nous légèrement.

— Un instant, montrez-moi votre commission et l'ordonnance royale dûment revêtue de ses formalités.

— A toi, mécréant ?

— A moi.

— En quelle qualité, bon Dieu?

— En ma qualité d'officier de la force publique.

— Miséricorde, il faudra que moi, commandant supérieur de la maréchaussée, j'aie à décliner mes pouvoirs au premier ivrogne, coiffé d'un pot de fer, au premier traîneur de flamberge. Nous voulons rire, mon frère. Livrons la place, s'il vous plaît.

— Pas avant d'avoir exhibé le parchemin.

— Voudrais-tu m'empêcher de passer ?

— Je ferai de mon mieux.

— C'est bien décidé ?

— Parfaitement.

— Par les cornes de Satan ! c'est trop fort ; au large une dernière fois, triple canaille. »

Et, se reculant d'un pas, M. du Jon revint brusquement sur son adversaire, lui lança un immense coup de pied dans le ventre et l'envoya rouler au bas de la butte ; puis, déployant le parchemin royal d'une main, de l'autre tirant son épée, il fit autour de lui un flamboyant moulinet, et s'écria :

« En avant, Messieurs, et vous, place à la volonté du roi Charles IX ! »

Les vignerons s'écartèrent en poussant des cris discordants, et le cortége s'ébranla, tandis que le capitaine Hémard, tout meurtri, accourait la rapière au poing, l'écume et l'imprécation à la bouche.

« Denis, prenez le chemin de la maison, fit tout bas M. de Lavarennes ; il n'est plus temps de gagner les portes ; de plus, mandez quelqu'un à M. de Barbançois, car, dans une minute, nous allons avoir toute cette clique sur les bras.

— Par les cinq cent mille diables, vociférait frère Toussaint, dussé-je retourner toute ma vie aux galères, tu me le paieras, parpaillot, toi, les tiens et ta séquelle.

— A ton gré. Tu connais la couleur de mon argent, approche, si tu l'oses. »

Puis, retrouvant le vigoureux poignet, les passes agiles de sa jeunesse, le redoutable escrimeur décrivit avec la pointe de son épée un réseau infranchissable qui, malgré sa fureur, tint en respect son adversaire.

Sur ses pas marchaient les condamnés, malheureusement désarmés, mais faisant bonne contenance ; à l'exemple de son beau-frère, M. dé Lavarennes avait dégaîné et se tenait à l'arrière-garde.

Le groupe s'avança ainsi, harcelé par les clameurs et les invectives des vignerons, à travers les rues et les ruelles, jusqu'à la maison Jugand, qui s'ouvrit immédiatement pour les recevoir.

A cette vue, la colère des agresseurs ne connut plus de bornes ; frère Toussaint, blême de rage, s'élança vers la porte, comme pour en interdire l'entrée ; mais, dans ce mouvement imprudent, s'étant approché plus que de raison de M. du Jon, qui protégeait la retraite, il reçut de ce dernier un horrible coup de taille qui lui partagea la figure.

Étourdi par ce nouveau coup, aveuglé par le sang, le soudard chancela un instant ; puis, emporté par un accès de frénésie indicible, il se jeta sur la porte fermée, la déchira de ses ongles et mordit les gonds. Bientôt, voyant l'inutilité de ses efforts, il retourna vers camarades son affreux visage labouré par une plaie béante qui laissait voir les dents à travers les joues, et d'une voix bredouillant dans le sang, il s'écria :

« Du feu, de la poudre, des armes... Mille tonnerres, j'aurai leur vie ou je laisserai la mienne ici... Gardez bien les ouvertures, que pas un échappe... Ah ! voici les autres qui accourent, enfin ! enfin !.. Arrivez donc ! arrivez donc !.. Voyez, comme ils nous arrangent, ceux qui devraient figurer à la potence... Ils sont là-dedans, entendez-vous, on veut les sauver. Mais nous ne le souffrirons pas... A sac ! à sac !.. à mort les parpaillots !

— A sac ! à mort ! » répéta la populace qui, débouchant par toutes les rues, se mit en devoir de venger son chef et d'assiéger la maison.

CHAPITRE XXIV.

LE SIÉGE.

Avec cet exécrable instinct de destruction qui l'anime, la foule trop obéissante ne tarda pas à montrer son savoir-faire. En un instant, tout fut prêt, armes, béliers, échelles et fascines, et bientôt, attaquée sur tous les points, la demeure des Jugand sembla devoir s'écrouler sous les efforts de cette bande enragée.

Les vitraux, les sculptures et les ardoises s'égrainèrent en mille pièces sous une grêle de pierres, les barreaux des fenêtres furent descellés, la porte massive, battue en brèche par les poutres, soulevée par des pinces, oscilla sur ses gonds, malgré son armature compliquée de serrures et de verrous.

· A ce jeu redoutable, la lutte ne pouvait être ni longue ni douteuse, et le moment approchait où la moindre issue laisserait pénétrer, avec les eaux furieuses du torrent, la mort et la ruine.

Pendant ce temps, les membres de la famille,

rassemblés dans la grande pièce du premier étage, délibéraient à la hâte sur les moyens de défense et de salut. Confiants encore dans la résistance passive des portes et des murailles, ils plaçaient leur principale espérance dans l'arrivée prochaine de M. de Barbançois. Pourtant, persuadés de l'importance qu'il y avait à gagner du temps, à tenir en échec leurs adversaires, loin de se laisser aller au découragement, ils se réunissaient dans un effort commun d'énergique résistance.

Homme d'audace et d'initiative, M. du Jon avait pris le commandement et trouvait dans ses beaux-frères, dans son neveu et les deux ministres des soldats intrépides, décidés à vendre chèrement leur vie.

Les jeunes demoiselles elles-mêmes, loin d'énerver par leurs craintes la décision des assiégés, s'étaient élevées au niveau de leur courage et semblaient avoir oublié pour le moment la faiblesse et la timidité de leur sexe. Ballottées depuis plusieurs jours par les redoutables oscillations du doute, du désespoir et de l'espérance, elles se raidissaient contre la fortune et ne voulaient pas se laisser enlever ceux que le ciel leur avait rendus contre toute attente.

Grâce à cette concentration de volonté, des travaux extraordinaires furent exécutés avec une force

et une promptitude tenant du prodige. En une minute, les meubles furent amoncelés devant les portes, dans les corridors ; les épées furent mises au
jour, les arquebuses chargées.

« Allons, s'écria M. du Jon, nous sommes en
mesure de les recevoir. Pour ma part, je me charge
des quatre premiers qui seront assez osés pour
mettre le pied dans la maison.

— Du calme, Denis, du calme, fit M. de Lavarennes ; n'agissons qu'à la dernière extrémité ;
jusque-là, temporisons et tâchons d'allonger la
courroie pour donner le temps d'arriver à M. de
Sarzay ?

— Cela est facile à dire ; mais, par réciprocité
de réflexion, les drôles se hâtent de leur mieux et
ne nous laissent aucun répit... Entendez-vous les
coups pressés qui ébranlent la maison, voyez-vous
les échelles dressées contre les murs, les fascines
amoncelées au pied de cette bonne porte qu'ils ne
peuvent entamer.

— Je vais leur parler ; que diable, il faut savoir
ce qu'ils demandent.

— Pardieu, ils vous le crient à tue-tête ! ils demandent leurs quatre prisonniers et ma peau par
dessus le marché.

— Nous ne pouvons guère nous rendre à cette
gracieuse injonction, ce me semble.

— C'est parfaitement mon avis.

— Alors, permettez-moi donc de les raisonner, de leur démontrsr qu'ils se révoltent contre l'autorité royale, que cela est condamnable et dangereux à tous égards.

— Mais, ils vous lanceront quelque mauvais coup ; il n'y a pas un pouce de la maison qui ne soit criblé ; de plus, ils ont des armes à feu.

— En effet, Monsieur, reprit Gaspard, il n'est pas juste que vous vous hasardiez davantage pour nous. C'est déjà trop de nous avoir donné asile.

— Mon frère, répondit M. Claude, j'ai des torts à réparer et veux réhabiliter l'hospitalité de ce logis. D'ailleurs, je serai prudent ; j'ai des amis dans cette foule, j'espère les amener à bonne composition ; ouvrez donc la fenêtre et faites-moi place, Denis...

— Par ma barbe, fit celui-ci saisissant une arquebuse, malheur au premier qui lèvera un doigt vers vous. »

L'apparition de M. de Lavarennes sur le balcon fut saluée par mille clameurs confuses, et, dès le premier moment, l'ancien chef du parti catholique put se convaincre de ce que valait, pour parler raison à la foule, cette influence naguère si puissante lorsqu'elle flattait ses passions.

Il eut beau se nommer, énumérer les services

rendus à la religion, faire appel à ses vieilles connaissances, il ne recueillit pour prix de son zèle que huées et malédictions.

« Que venez-vous nous prêcher aujourd'hui, lui criait-on d'un côté, la patience et la modération? Par le ciel ! nous avons longtemps attendu, il est temps que justice se fasse.

— Si vous êtes avec nos ennemis, ajoutait-on de l'autre, dites-le de suite et vous serez traité comme tel.

— Les prisonniers, les prisonniers, hurlait en chœur la populace.

— Du Jon, du Jon, vociférait le capitaine, qui, la tête enveloppée d'un linge sanglant, ne voulait lâcher pied ni abandonner sa proie.

— Mes amis, reprit M. de Lavarennes, songez aux terribles conséquences de votre mutinerie contre une grâce en bonne forme, octroyée par le Roi, pensez qu'en persévérant vous jouez une partie hasardeuse, une partie à gagner les galères et la potence.

— Des menaces, firent les vignerons', il ne manquait plus que cela. Sus ! sus ! à la besogne ! à sac ! à sac !.. Tenez voici notre réponse pour vous et les vôtres. »

A ces mots, les pierres mêlées de coups de feu rebondirent de nouveau contre les murailles.

« Rentrez, mon père, rentrez, interrompit Ursule, vous vous ferez tuer sans profit. »

— Encore une fois, écoutez-moi, s'obstinait à crier M. de Lavarennes, lorsqu'une balle mieux dirigée vint couper la plume de son toquet.

— Mort de ma vie ! fit M. du Jon saisissant son beau-frère par la taille pour le ramener brusquement dans l'intérieur, laissez-moi dire deux mots à cette canaille... Mes raisons auront au moins quelque poids et porteront coups, je l'espère. »

Et, s'élançant sur le balcon, il avisa dans la foule un des plus turbulents ; puis, sans s'émouvoir des clameurs et des projectiles, l'ajusta lentement de son arquebuse et le coucha raide mort sur le pavé.

A cette vue, un tonnerre de malédictions éclata, comme si tous les diables de l'enfer eussent été déchaînés...

« Il n'y a plus à balancer maintenant, reprit le hardi gentilhomme, nous n'avons désormais à espérer qu'en nous-mêmes. En avant toutes les ressources de notre arsenal... Allons, messieurs, allons, mes amis, distribuons-nous à chaque fenêtre et ripostons coup pour coup, si c'est possible. »

Obéissant à cet ordre, Claude, Gaspard, Julien et les deux ministres s'armèrent de leur mieux et commencèrent un feu nourri qui, par sa promptitude et sa précision, donna à penser à la multitude.

« Ventre-de-loup, balbutia frère Toussaint en voyant hésiter sa bande, reculeriez-vous devant cette poignée de parpaillots ; n'avez-vous de force que pour lancer des cailloux et beugler après les murs?... Sus, sus, la porte est à moitié brûlée, un dernier effort pour la jeter en dedans. Courage ! courage ! »

A la voix de son chef, la foule, un moment intimidée, revint à la charge plus furieuse que jamais, étreignit pour ainsi dire corps à corps chaque pierre de la maison, déchiqueta pièce à pièce, clou par clou, les fermetures et les volets ; si bien qu'à l'aide des mille bras de leurs camarades, les plus fluets et les plus hardis purent introduire entres deux barreaux, pénétrer dans le logis et se mettre en devoir de déblayer les barricades intérieures.

Si solide qu'elle soit, dès qu'une digue a laissé passer à travers le ciment de ses murailles une seule goutte d'eau, elle ne saurait opposer aucune résistance. Dissoute grain par grain, pierre par pierre, elle suit le courant et présente bientôt une vaste brèche, par ou s'engouffre à grand bruit le fleuve tourbillonnant.

Une fois cette première issue découverte et pratiquée dans la maison Jugand, la question fut tranchée, et les assiégés comprirent qu'il ne leur

restait plus désormais qu'à bien finir. Gens de
cœur et d'action, habitués par le malheur des
temps à contempler la mort de près, ils eussent
fait bon marché de leur vie, s'ils n'eussent dû envelopper dans leur propre malheur ces frêles créa-
tures, ces deux jeunes filles, bien innocentes, hélas !
de leurs dissensions.

« Ursule et Louise, mes chères enfants, fit M. de
Lavarennes, connaissez-vous dans ce logis une retraite bien cachée, qui puisse au moins vous garder
pendant quelques instants. Il faut nous quitter ; car
ils approchent et cette chambre même ne sera pas
respectée.

— Mon père, répondit Ursule, nous partagerons
votre sort ; si désespérée que soit la position, nous
nous croyons plus en sûreté à vos côtés que partout ailleurs. Ne songez donc qu'à votre défense,
sans vous préoccuper d'autre chose...

— D'ailleurs, reprit Louise, la présence de deux
femmes leur inspirera peut-être des scrupules ou
du respect. »

Claude hocha la tête en signe de doute et murmura :

« Par la messe ! que fait donc M. de Sarzay ;
nous laissera-t-il égorger sans nous prêter assistance ?...

— Ecoutez, fit Julien qui, l'oreille collée à la serrure, épiait les progrès des assaillants, on dirait qu'ils enlèvent les meubles jetés en travers de l'escalier. Plus de doute, ils montent, ils viennent...

— A ton poste, mon neveu, reprit M. du Jon ; réunissez-vous tous au fond de la chambre, tandis que je me présenterai à eux, l'ordonnance royale et l'épée à la main...

— Mon père, mon oncle, soyez prudents, interrompirent les jeunes filles...

— Aujourd'hui, la meilleure prudence est la hardiesse, rapportez-vous-en à moi et faites bonne contenance. »

Bientôt des pas pressés retentirent dans le corridor, la porte trembla sous des coups redoublés, et de sauvages vociférations ébranlèrent les poutres.

« Une dernière fois, Messieurs, leur cria Denis du Jon, barrant le passage de sa taille colossale, pensez à ce que vous faites. Au mépris de cette ordonnance royale, approuvée par les grands du royaume, vous envahissez une maison, pour attenter à la vie des citoyens. Songez-y, ambassadeur de Sa Majesté, je représente le roi Charles IX, malheur à qui portera la main sur moi et sur les miens. »

Mais sa voix resta impuissante contre le tapage infernal et les hurlements de la foule ; à toute mi-

nute la faible cloison, qui contenait encore le torrent, volait en éclats sous la hache. Tout espoir
était perdu.

« Bonté divine, s'écria tout à coup Louise pen-
chée à la fenêtre, une troupe de cavaliers débouche
à toute bride dans la rue... Ce sont les gens d'armes du Roi, commandés en personne par M. de
Sarzay.

— Enfin, soupira M. de Lavarennes... pourvu
qu'il soit temps encore.

— Tenons ferme, répéta M. du Jon, aidez-moi
à jeter ce bahut par terre en guise de barricade. »

En ce moment, la porte percée à jour s'abattit
avec fracas, démasquant le visage hideux de frère
Toussaint, suivi de ses limiers.

« Feu ! » s'écria le misérable d'une voix diabolique...

Une arquebusade partit, dont les effets terribles
purent bientôt être constatés, quand la fumée se
fut dissipée. Sur le carreau gisait le cadavre gigan-
tesque de l'intrépide du Jon ; vers le fond de la
salle, la malheureuse Ursule, frappée d'une balle
se tordait dans les angoisses de la mort.

Sans être désarmé par cette lamentable scène,
le soudard se lança comme un tigre sur le corps
inerte de son ennemi, le frappa de sa botte au visage, et, le traînant à grand'peine jusqu'à la fenê-

tre, le jeta tout sanglant à la foule qui, pareille à une
meute furibonde, le déchira à belles dents, le dé-
peça dans le ruisseau , jusqu'à ce qu'il ne resta
plus forme humaine du vaillant gentilhomme [1].

Quand, du haut du balcon, il eut assouvi sa vengeance par le spectacle de cette abominable curée,
le capitaine se rejeta dans la chambre en disant
d'un air satisfait :

« Voilà un bon commencement ; aux autres
maintenant, ne faisons pas attendre plus longtemps
la potence et le bourreau. »

Mais sa joie et ses bonnes dispositions se gla-
cèrent tout à coup, quand en se retournant il se
trouva face à face avec M. de Barbançois qui, à la
tête de ses soldats, venait de culbuter cette bande
de meurtriers, et criait avec un accent formidable :

« Soyez tranquilles, mécréants, l'exécuteur et le
gibet ne chômeront pas longtemps, avant peu vous
pourrez vous en convaincre. Par le ciel, vous avez
fait de belle besogne, en assassinant une jeune fille
et un ambassadeur. Vous aurez avant peu des
nouvelles de Sa Majesté. Provisoirement, qu'on

---

[1]. Pour rétablir la vérité des faits, je dois faire observer que l'assassinat de du Jon et les circonstances qui l'entourèrent n'eurent lieu
que six ans plus tard, c'est-à-dire en 1568 ; mais j'ai cru pouvoir me
permettre cet anachronisme, dans l'intérêt et pour l'unité de ma
narration.

saisisse cet infernal coquin et qu'on balaye cette canaille, car nous avons ici bien des malheurs à réparer...

— Vous arrivez trop tard, Monsieur, fit Claude de Lavarennes montrant sa fille sanglante d'un geste désespéré.

— Silence, interrompit Julien, elle ouvre les yeux ; elle veut parler. Mon Dieu, mon Dieu, votre colère est-elle épuisée et voudrez-vous cesser de frapper ?...

— Il n'y faut pas compter, murmura Ursule d'une voix éteinte ; le ciel réclame encore une victime. Puisse-t-elle être la dernière. Approchez tous pour recevoir mes adieux, car le moment est venu. »

La famille désolée entoura le fauteuil où gisait l'infortunée, et, pliant le genou, attendit avec recueillement.

« Mes amis, reprit la moribonde, cessez de pleurer sur moi, car c'était dans les décrets de la Providence. Depuis longtemps je n'étais plus de ce monde. Consolez-vous donc, vous d'abord, mon père, qui avez si durement expié nos erreurs communes ; reportez votre tendresse sur vos enfants d'adoption... Voici votre autre fille ; et toi, pauvre sœur, qu'un même crime rend orpheline, voici ton second père, prends ma place près de lui... Tu le sais, nous suivions en ce monde la même espérance et pourtant une seule devait l'atteindre... Le sort a prononcé selon la justice, selon mes vœux... A moi le sacrifice... à toi l'avenir, le bonheur... Ta main, Louise, la tienne, Julien, mon frère chéri... Au nom du Seigneur devant qui je comparais, au nom de la piété qui doit régner sur la terre, devenez les gages vivants de la réconciliation. Que votre union éteigne dans la famille ces haines insensées, dont je suis la victime. Assez de sang, assez de discordes. Faites-moi cette promesse et je m'en irai joyeuse. »

Dominé par la solennité de la scène et le cri de la conscience, chacun s'empressa de prêter au milieu de sanglots le serment demandé. Gaspard lui-même, l'inflexible Gaspard, implora son pardon en essuyant une larme.

« Merci, merci, soupira la mourante levant son regard vers le ciel... Bénie sois-tu, mort que je redoutais, pour leur avoir inspiré cette sainte résolution... Adieu encore une fois, mes amis, mon oncle, mon père ; adieu, Louise ; adieu, Julien, soyez heureux ; mais, dût-il l'attrister, que mon souvenir vienne parfois traverser votre bonheur... Je mets dans ce vœu suprême ma vie et mon âme. »

Ce furent les dernières paroles qu'elle prononça. Son œil intelligent et radieux resta bien encore quelques instants fixé avec amour sur les êtres chéris qui l'entouraient ; mais peu à peu, un léger

voile en ternit le cristal, sa paupière s'alourdit
comme pour le sommeil, et bientôt le corps ina-
nimé resta seul, sans que l'on eût pu saisir l'instant où l'âme avait quitté sa demeure terrestre. »

CONCLUSION.

Peu de mots suffiront pour compléter ce récit.

En ce qui concerne les faits sérieux et généraux, l'histoire nous apprend la redoutable colère de la Cour à la nouvelle de cette rébellion et du meurtre de Denis du Jon. Sous le coup d'une première indignation, on résolut d'en tirer une réparation terrible, le conseil royal ordonna que les murs de la ville seraient rasés, les monuments détruits, et Issoudun *converti en village*.

Heureusement, ce grand orage se calma devant les conseils de M. de Cipierre, gouverneur de Charles IX, devant l'humilité des notables et les prières de la famille des victimes.

Ces instances et la réflexion amenèrent une distribution plus équitable de la justice. On commença par faire un vigoureux exemple sur la personne des principaux coupables, et l'on se contenta d'atteindre dans ses plus chères affections, dans sa bourse, cette imprudente bourgeoisie qui n'avait pas su prévenir ou réprimer des excès infamants pour sa cité.

Pourtant, malgré l'horreur qu'elle doit inspirer, l'historien, qui plane sur les événements, serait presque tenté de voir dans cette catastrophe une salutaire leçon de la providence ; car, soit véritable retour, repentir sincère de son crime, soit crainte du châtiment, à partir de cette époque, Issoudun renonça à ses divisions intérieures, et dix ans plus tard la Saint-Barthélemy, qui passa comme un nuage de sang sur la France et s'abattit sur la ville de Bourges, ne trouva aucun écho dans nos contrées.

Bien plus, lorsque par la suite les querelles politiques succédèrent aux querelles religieuses, on vit catholiques et huguenots, déposant leurs anciennes haines, oubliant toute velléité de réforme ou d'opposition, se réunir dans une même pensée de fidélité inaltérable au trône et lutter passionnément contre les entreprises de la Ligue, de la Fronde et de l'étranger ; ce qui, sous les règnes successifs de Henri III, Henri IV, Louis XIII et Louis XIV, valut à Issoudun les regards tout particuliers de la Cour et le titre de seconde ville royale du Berri [1]; jusqu'au jour où, suivant le cours des choses, l'ère

---

1. En 1651, après l'effroyable incendie qui détruisit une partie de la ville, Louis XIV, alors âgé de treize ans, vint consoler en personne ses fidèles sujets d'Issoudun et leur accorda, comme à ceux de Bourges, le droit d'élire annuellement un maire, qui obtiendrait pour lui et sa postérité des lettres de noblesse et le titre d'écuyer. Mais la joie causée par un semblable honneur ne fut

de la décadence commença pour elle à son tour, au profit de Châteauroux et de la maison de Condé, dont elle avait si longtemps combattu l'influence.

Quant aux épisodes particuliers de notre drame, où la fantaisie a parfois commandé, le lecteur en a déjà pressenti le dénouement. Il comprendra sans peine qu'il importe, en le terminant, d'éclaircir quelque peu un tableau déjà trop sombre.

Fuyant une ville qui devait réveiller de si cruels souvenirs, la famille Jugand s'éloigna d'Issoudun. Fidèle à sa foi et à ses antécédents, mais lié par sa promesse, Gaspard quitta la France et rejoignit Calvin à Genève. M. de Lavarennes et Julien vinrent à Bourges pour mêler leur douleur à celle de madame du Jon et de ses neuf enfants.

Enfin, un an plus tard, selon le vœu d'Ursule, Julien et Louise s'unissaient en habit de deuil, ne voulant pas séparer de leur bonheur cette idée de mort, qui l'avait enfanté, et l'image d'une sœur chérie qui devait toujours habiter parmi eux.

pas de longue durée ; car, dès la seconde élection, la jalousie suscita un tel conflit d'ambitions que les Issoldunois eux-mêmes renoncèrent à ce privilége « aimant mieux, dit la Thaumassière, que leur patrie » perdît un si illustre avantage, que de voir monter au mairat avant » eux ceux qu'ils estimoient leurs inférieurs en qualité et mérite. » (La Thaumassière, *Hist. de Berry*, page 356.)

FIN.

POST-SCRIPTUM.

Je crois devoir répéter ici ce que j'ai dit ailleurs, à propos d'un premier essai. En adoptant la forme accidentée du roman, ce livre n'a jamais eu la prétention d'atteindre à la grave précision de l'histoire, ni d'éclairer d'un jour nouveau les ténèbres de l'archéologie.

Comme *Denise de Déols*, c'est tout simplement un croquis tracé de mémoire sur un feuillet détaché de nos annales, une causerie dont la science peut facilement instruire le procès, et qui réclame tout au plus la bienveillance des gens du monde.

TABLE DES MATIÈRES

Chateauroux. — Typog. et Stéréotyp. A. Nuret et Fils.

Châteauroux. —Impr. A. Nuret et Fils.

www.ingramcontent.com/pod-product-compliance
Lightning Source LLC
Chambersburg PA
CBHW050305030726
47505CB00003B/586